Adam Mickiewicz

Wybrane Wiersze

密茨凯维奇诗选

［波兰］亚当·密茨凯维奇

林洪亮 译

四川文艺出版社

图书在版编目（CIP）数据

密茨凯维奇诗选/（波）亚当·密茨凯维奇著：
林洪亮译. —成都：四川文艺出版社，2016.9（2018.1 重印）
ISBN 978-7-5411-4418-9

Ⅰ. ①密… Ⅱ. ①亚… ②林… Ⅲ. ①诗集-
波兰-近代 Ⅳ. ①I513.24

中国版本图书馆 CIP 数据核字（2016）第 194880 号

MICIKAIWEIQI SHIXUAN
密茨凯维奇诗选

（波兰）亚当·密茨凯维奇　著　林洪亮　译

策　　划　副本制作文学机构
出版统筹　冯俊华
责任编辑　余　岚　周　轶
责任印制　周　奇
装帧设计　Tsui-Shichi　黄　几
封面原画　黄　几

出版发行　四川文艺出版社（成都市槐树街 2 号）
网　　址　www.scwys.com
电　　话　028-86259287（发行部）　　028-86259303（编辑部）
传　　真　028-86259306

邮购地址　成都市槐树街 2 号四川文艺出版社邮购部　610031
排　　版　四川胜翔数码印务设计有限公司
印　　刷　成都东江印务有限公司
成品尺寸　140 mm×203 mm　1/32
印　　张　16　　　　字　　数　320 千
版　　次　2017 年 3 月第一版　印　　次　2018 年 1 月第二次印刷
书　　号　ISBN 978-7-5411-4418-9
定　　价　68.00 元

目　录

第一部分　诗选

维尔诺－科甫诺时期

流放俄罗斯时期

流亡西欧时期

第二部分　长诗

附录

第一部分

诗选

维尔诺 - 科甫诺时期

1817 - 1824

爱学社之歌[①]

嘿！花环装饰在头上，
欢乐显露在眼中，
我们一起亲切地拥抱：
　　这是我们！自己的弟兄！

谄媚、奢侈和狡猾，
都抛到九霄云外；
祖国、科学和德行，
　　这里有永久的神殿存在。

友爱的链环围着我们，
撤去了心头的阴影，
敞开了思想和志愿。
　　这里的一切都无比神圣。

友谊、欢乐和青春的歌声
会减轻我们共同的苦痛。

<hr>

① 　这首诗在 1819 年 11 月 1 日的爱学社集会上朗读过，后谱上乐曲，成为
　　爱学社的社歌。（如无特别说明，本书的注释均系译注）

谁要是在我们这一群，
不管在田野，在大厅，
不管在工作，在娱乐，
　　都要记住我们的章程。

在生命的每一瞬间，
自己的誓言永远不忘，
让祖国、科学和德行
　　永远占据着他的思想！

手拉着手，不怕行路难，
我们的目的一定完成，
上帝、勇气、工作和信任
都会忠诚地帮助我们！

光与热

译自席勒①

勇敢的青年身处世俗的人群中，
满怀着愉快的心情。
他认为，能把内心的幻想
呈现在外部的世界中。
他热衷于对高贵的追求，
向真理伸出勇敢的双手。

但一切是如此的微不足道，
什么都不是或者渺小稀少
虽然他置身于乡村的中心，
但他只专注于自身的保护。
他的心为经受住冬天考验而自豪，
可它只为他自己在跳动。

真理啊真理，你那金色的光芒
永远在照耀，但不能燃烧。
幸福的人为了寻求科学宝藏
却没有花费多少的心血。

---

① 密茨凯维奇的翻译并不完全忠实于原作，而经过自己的加工调整，后同。

而最幸运的人却能把热情者的精神
和世故者的头脑结合成一体。

1820.6.23

青春颂[①]

没有心、没有灵魂，这是行尸走肉；
青春啊！请赐给我翅膀！
我要飞翔在这僵死的世界之上，
一直飞向那幻想的天堂！
在那里，热情创造了奇迹，
撒下了新鲜奇妙的花朵，
给希望以金色的图像。

衰老使人两眼发黑，
低垂着满是皱纹的头额。
他用那呆滞的眼睛，
望着他身边的世界。

青春！你高高飞在地平线上，
恰似那高悬在天上的太阳，
照射着这地上的人群，

---

①　这首诗写于 1820 年 12 月，但长期未能公开发表，以手抄形式在青年中间
　　广泛流传；1830 年十一月起义时被印成传单，张贴在华沙的街道上。这首
　　诗尽管采取了古典主义文学爱用的"颂"的形式和比拟手法，却抛弃了那
　　种墨守成规、平稳冷漠的风格，运用变化跳跃的节奏和长短不齐的音节，
　　大胆使用了许多富于幻想的表达，因而具有异常活跃的表现力。

从这端到那端，永无止境。

向下看！那里，永恒的云雾遮盖住，
那充满慵懒和混乱的国土，
　　这正是大地本身！

看！在那一动不动的死水上，
出现了一只负着甲壳的爬虫，
那是只小船，张着帆，掌着舵，
本能地追逐着那些更小的爬虫。
时而高高地抛起，时而深入水里，
它不管波浪，波浪也不理它，
然而却像水泡，在岩石上撞碎，
谁也不知道它是活着，还是死去；
　　这正是孤芳自赏者的下场！

青春啊！生命的美酒会使你甜蜜，
只要你能和别的人一起共享；
每当金带把我们联结在一起，
我们的心就能感受到天堂的乐趣。

团结起来，年轻的朋友们！
大众的幸福就是我们的目的。
团结就是力量，热情产生智慧。
联合起来，年轻的朋友们……
在战斗中牺牲是最幸福的人，

如果他能用自己倒下的尸体，

为同胞架起通向光荣之路的阶梯。

团结起来，年轻的朋友们……

尽管我们的道路曲折而又崎岖，

尽管暴力和软弱会阻碍我们前进。

但我们要以暴力去反抗暴力，

软弱呢，从小就要学会把它战胜！

如果摇篮中的孩子能折断多头蛇①的巨头，

那他长大成人后定能把人头马身怪②除掉，

他还能从地狱里救出那些苦难者，

也能从天堂里得到月桂的花冠，

他能摧毁理智所不能摧毁的一切；

达到目光所不能达到的地方。

青春啊！你的飞翔像雄鹰矫健，

你的翅膀像雷电一样威猛！

嘿！让我们肩并肩！如同一根链条，

把这个圆圆的地球缠绕。

我们要把思想集中到一点上，

在这点上再集中我们的灵魂！

前进吧，地球！离开你的地盘，

---

① 即希腊神话中的九头蛇（每一个头被砍掉后都会再长出来）；最伟大的
英雄赫拉克勒斯曾在摇篮中杀死过两条毒蛇。

② 即希腊神话中的半人半马怪。

我们要把你推入新的轨道；
直到你脱下那发霉的皮壳，
回忆起你青春绿色的年代！

有如在混沌和黑夜的国度里，
好争执的分子正在大声喧闹。
上帝一声大喝"停住！"威力无比，
物质世界便站立在坚定的轴上。
狂风呼啸，波涛汹涌，
星星闪耀在深蓝的天空。

人类的世界依然处在黑夜中，
各种欲望的元素正在进行战争。
然而爱的火焰正在那里升起，
从混沌中诞生了精神的世界。
青春将它拥入自己的怀中。
友谊和它结成了永恒的纽带。

大地上无情的冰雪，
将和遮蔽光明的偏见一起消融。
欢迎你，自由的曙光，
"拯救"的太阳正随你升起！

阿玛莉亚

译自席勒

她美丽无比，有如来自天堂的天使，
她美貌绝伦，胜过所有的童贞少女。
她那明亮的目光胜过五月的骄阳，
她的脸容反映在镜子似的水面上。

她的亲吻，啊，如同妙不可言的醇酒！
就像两团烈火紧紧融合在一起，
宛如两把竖琴应和得天衣无缝，
合奏出一曲响彻天国的美妙乐声。

心和心在接触、飞翔、交融，
脸和脸在接近、颤抖、燃烧，
灵魂沉入灵魂，天地都在颤动，
仿佛融化在相爱者的激情中。

你失去了她，只留下一片空虚，
徒劳地去寻找她留下的记忆，
你失去了她，所有的人生乐趣，
如同轻柔的烟雾和叹息一同消失。

1820

爱德社之歌

嘿！既然我们的生命只有一次，
我们就应该充分享受生活的乐趣！
让这只金杯盛满的美酒，
使我们陶醉、心旷神怡。

嘿！让我们兴高采烈，
围成一个欢乐的圆圈。
让我们举杯一饮而尽，
预示着甜蜜时刻的来临。

这里用不着说外国语言，
我们畅饮的是波兰蜜酒。
民族的歌声多么美妙动听，
而更美好的是兄弟般的人民！

你阅读古希腊罗马的作品，
绝不是要你淹没在书本中。
而是要像希腊人那样娱乐，
像罗马人那样去奋勇拼搏。

啊，那边坐着一群法学家，

给他们捧上一坛美酒佳酿。
今天我们需要强壮的右手，
明天才能谈得上法律条令！

今天，我们的高谈阔论，
并不能登上自由的高峰。
只有爱和友谊召唤的地方，
弟兄们，那里才能得到安宁。

谁能熔化和冶炼钢铁，
就能耗去钢铁和时间。
我们从这金属制成的杯里，
吮吸酒神酿成的玉液琼浆。

这位身居智者群中的学人，
他了解化学，有自己的爱好。
谁能从爱人的口里，
吸取到甜美的原汁。

他在测量世界的道路，
星星和天空的拱顶，
阿基米德是那样穷困潦倒，
连落脚的地方他都难找到。

今天，那位牛顿先生，
要想去把世界推动，

奉劝他考虑下弟兄们，
就请他说一声：够了！

圆规、天平和尺度
只能去测量死的物体。
我们要以愿望去衡量力量，
而不是用力量去衡量愿望。

因为心灵燃烧的地方，
圆规是测不出精神的力量。
大众的幸福是我们的基石，
团结一致胜过两人的力量。

嘿！既然我们的生命只有一次，
那我们就应该去享受生活的乐趣！
这里摆放着一只只金杯，
时间转瞬即逝，快抓住机会。

血会凝固，头发会变白，
我们会堕落到永恒的深渊。
这是费利闭着的眼睛，
这是爱德社员的手掌！

举杯祝酒 ①

如果没有光明和温暖，
没有磁性和电流，
生活在世上的人们，
将会是怎样的情形？

情形如何？很容易猜到，
黑暗、寒冷，一片混乱。
因此，让我们欢呼阳光，
万岁！灿烂的光明！

如果周围是冰冻的世界，
仅仅是片亮光又有何用？
冰冻的世界冰冻的心，
需要的是温暖，万岁温暖！

那充足的亮光和热情，
常常会被大风吹散。

---

① 这首诗是为爱光社写的，初题为《一个化学家四次举杯向光的本质致
敬》。爱光社由诗人的同学托马什·赞于 1820 年成立，当年年底就解散
了，大部分成员转入爱德社。

为了使物体和物体接近，
就需要磁性。万岁磁性！

如果伟大的世界已经
被磁性紧密连结在一起。
我们就会把电闸按下，
让电流畅通。万岁电流！

水手

啊，生存的海洋，你为何那么可怕？
当我接近海岸时你明亮而又宁静！
可今天你却波涛汹涌、狂风大作！
既无法前行，又不能返回海岸！
　　难道需要抛弃生命的船舵？

当美和德这对天仙姐妹引导他的
小船前行，他是个非常幸运的人！
而当夜色深沉，波涛更加汹涌，
这个拿来美酒，那个露出娇容，
　　一个形象更亮，一个让酒更甜。

凡是热爱德行的人一定能到达荣誉
的高地，他便是个幸运的人。
罗马的香膏会增高他的热情，
但是，如果美不对他加以垂顾
　　那他定要在血与汗中才能前行。

当美向他展示自己的全貌，
后来又在途中排除了背叛。
而希望便会随着迷人的幻觉上升。

啊，在这广袤的世界上只有空虚！
　　它不需要用甜美的德行去增强。

代替它的是冉冉东升的太阳，
正和强烈风暴斗争，在阴影中呻吟，
代替敏感心灵的是融化胸上的冰霜，
代替他双手的是双手背后抓住的石头。
　　难道这样的搏斗还要很久才能终结？

斗争如此困难，结束更是渺茫！
黑暗不会太久，碰撞越来越多：
这一切会随我们消失在波浪中，
也就是谁若是一次被卷入深渊，
　　他既不能摆脱，又不能沉入渊底。

凡是活着的都消失了，世界这样呼唤我，
出自内心信仰的呼声并没有冷却，
而精神之星还来不及熄灭，
就被一次抛入那难以估量的深渊中，
　　直至时间永远不停地在旋转。

是谁在陆地上呼喊？多么悲伤的声音？！
这是高处，我的弟兄们、朋友们，
为什么你们一直站在这海岸的岩石上？
你们至今还在那里望着我和海浪，
　　难道你们的眼睛不会感到疲劳无聊？

假如我投入到悲痛绝望的地方，
将会有疯狂的眼泪和忘恩负义的抱怨，
因为你们看不清那漆黑一团的云彩，
也听不见远处的狂风看不到吹乱的绳索
　　　在这里出现的雷鸣，你们只认为是闪电。

和我一起经历这雷电的刺激，
但别人是无法感受到我的感情！
我的评价除了上帝别人无法得到，
想对我评判，不能从外部而只能对我自身，
　　　我要继续航行，你们就回家去好啦！

　　　　　　　　　　　1821. 4. 17

狗和狼

仿效拉封丹 ①

一只瘦得皮包骨头的野狼
抖动着脚，在雪地里游荡。
突然遇见了一条纯种的大狗，
它有挺拔的肩背、肥胖的肚子，
一身狗毛油光锃亮、又密又长，
下额又肥又大，直垂到膝上。

"啊，欢迎，欢迎，我的狗老弟！
多少年了都没有见到你、听说你，
你那时还是个小家伙，不过经过这些年，
谁还会不改变自己的体形！
　　你过得好吗?"
"马马虎虎。"狗答道，
还摇摆着尾巴以示礼貌。
"啊呀呀，什么马虎呀！从身材和肥胖就能看出。
你看这脑袋，我的上帝！连刀子都砍不进。
多么强壮的肩背，多么饱满的肚子！

---

① 　这首诗仿了法国作家拉封丹（1621－1695）的同名诗，但内容和形式都
　　与原诗有不同。

肚子！就让那些坏蛋把我抓去吧！

　　请原谅我不善于表达，
像这种猪似的肚子好久都没见到了！"
"你真会开玩笑，狼先生！不过说真的，
如果你想，也可能有我这样的肥肉。"
"那怎么可能呢？"——"你得尽快
离开树林子和你的巢穴，

　　摆脱你那到处乱跑的恶习，
去到人群中间，好好去为他们效力。"
"那又该做些什么呢？"狼又问道：
"怎么办？你真是孩子，这易如反掌：
奉承屋里的人，守护主人的地盘，
用吠叫声来禀报客人的来临。
赶走叫花子，撕咬犹太人，
对高贵的老爷要刻意奉承，
对那些仆人也要摇尾示好，
这样一来你的吃用都不会缺少，
你就能从老爷公子和小姐那里
得到残羹剩饭、骨头和零食。
总而言之，能得到你所需要的一切。"

狗在说，狼听着，全神贯注，一字不落，
　　像要吞下整个谈话似的，
为自己的未来命运而感到心满意足。

随后狼看见狗脖子上少了一圈毛：

"这是怎么回事?""哪里?""脖子上,"
"小事一桩,""总有原因吧?!"
"你看到,脱了一小撮毛,
这是因为我晚上被拴上了项圈,
那是为了让我更好地守护庄园。"
"原来如此,你把这个好消息留到了最后。"
"怎么,狼先生,你不跟我走?"
"不,不,说不去就不去,老弟,
我在外边多么逍遥自在,
胜过你那被拴住的美味佳肴!"
狼说完便放开四脚跑了开去,
直到现在它还在四处游荡。

1822（?）

歌谣和传奇

迎春花 ①

当云雀在高高的天空中，
刚刚唱出美妙动听的歌声。
花木中最早的迎春花丛，
便绽放出金黄色的花朵。

我

花儿，你开得太早了，
北方依然是春寒料峭。
山上的积雪尚未融化，
橡树林里的雪水还未干。

严寒会摧残金色的花苞。
快快躲进母亲的怀抱。
乘寒风的利齿、冰冷的露珠
还没有把你吞噬、摧毁。

小 花

我的日子有如蝴蝶的一样。
日出而生，过午便凋谢。
我宁愿四月里活一刻，

---

① 这是 1822 年出版的第一部《诗歌集》的开篇之作，预示着浪漫主义的
春天来临。

25

也胜过十二月活整月。

无论是献给众神的供品，
还是赠送给朋友和爱人，
你都可将我采下编成花冠，
它定会胜过所有的花冠。

我
亲爱的小花啊，你生长在
低贱的草丛和野生的树林中，
树枝不高，色彩也不鲜艳，
为什么会有如此光辉的声名？

你没有朝霞的明媚，
也没有郁金香的娇丽，
你没有百合花的华贵，
也没有玫瑰的色彩缤纷。
你怎么会有这样的自信？
我就是把你编成了花冠，
送给了我的朋友和爱人，
难道他们会对你热情相迎？

小　花
你的朋友们定会无比欢欣，
把我这春天的天使欢迎。
友谊无需太多的绚丽光彩，

人们定会喜欢我这样的小花。

请你告诉我，亲爱的马丽娜[①]，
这小花会不会被爱人接受？
这是我青春的初恋的花蕾。

---

① 马丽娜·维勒斯查卡，诗人在二十出头时与她相恋，但马丽娜是大贵族
出身，社会地位的不匹配让两人的爱情遭到马丽娜家人的反对。她最终
嫁给普特卡梅尔伯爵，给诗人造成终生之痛。

浪漫性

Methinks, I see......where?
——*In my mind's eyes.*

——*Shakespeare*

我仿佛看见我的父亲……在什么地方
——在我的心灵的眼睛里。[①]

姑娘，你听我说！
——她不会听你——
这里是白天，又是在城镇；
你的身边没有一个活人，
你的手在拉扯什么？
你在喊谁？在和谁说话？
——她不会听你——

她像个僵硬的石头人
眼睛凝视着，一动不动。
她时而是目光炯炯，
时而又是泪水纵横。
她的手摸索着，好像抓住了什么，

[①] 见《哈姆雷特》第一幕第二场。

她时而放声痛哭，时而又破涕大笑。

"在这晚上，是你来了？雅辛克，是你？
啊，你爱我，死后也是如此。
来这里！来这里！悄悄地
我的后母会听见你的！

"让她听见好了，我已经失去你；
这里早已为你举行了葬礼。
你真的死了吗？啊，我害怕。
我为什么要怕我的雅辛克？
啊，正是他！你的脸，你的眼睛
我还看见了你雪白的衣衫！

"你自己也像夏布那样苍白，
你全身冰冷，连手掌也冰冷，
快躺在我温暖的怀中。
把我紧紧抱住，嘴唇吻着嘴唇。

"啊，长眠在坟中，定会很冷，
你死了，是的，你已死了两年。
带走我吧，我情愿死在你的身边，
我并不喜欢活在这人世间！

"生活在这些恶人中，多么痛苦。
我哭泣，他们就对我嘲笑，

我说话，他们一点也不理解，
我能看见，他们什么也看不见！

"难道你不能白天来？难道我是在做梦？
不！不！不是做梦，你就在我手臂中。
你要到哪里去？我亲爱的雅辛克，
现在还很早，你可不能溜掉。

"啊，我的上帝，公鸡已啼叫，
窗子已发白，天就要亮了。
雅辛克，你要去哪儿？等一等，
啊，我真是个可怜的女人！"

姑娘的爱抚和恳求都毫无作用；
她朝他追去，哭喊着，跌倒在地，
看到她跌倒、听到她的悲哀哭声，
好心的人们都在她身边聚集。

这些人纷纷说道："快替她祷告吧！
这是卡鲁霞，雅修的未婚妻。
他的灵魂一定在她的身边转悠。
他生前非常爱她！"大家这样议论。

我听见了，也相信人们的说明，
我心悲伤、喃喃地念起了祈祷文。
"你听着，姑娘！"一位老人大声喊道：

"你们都听我说!"他又转向人群。
"我的眼睛并不坏,眼镜也铮亮透明,
在这里我什么也没有看到。

"鬼魂完全是凡夫俗子的臆造,
是愚昧落后在梦幻的炉中把它铸成。
这姑娘真是胡说八道,荒谬透顶,
糊涂的民众也都是不讲理性。"

我客气地回答他:"这姑娘富于感情,
普通老百姓的信仰也非常深沉,
情感和信仰更让我信服,
胜过智者的眼睛和眼镜。

"你有的是僵死的学问,人民全都不懂。
你看见的世界不过是尘末,是星光,
你不了解活生生的真理,不承认奇迹,
你只要有颗心,看看你的心就会理解。"

希维德什①

给米哈尔·维勒斯查卡②

如果有谁在诺沃格鲁德克，
走进伯乌齐拉黝黑的森林里，
我就请他看一看那个湖，
请他勒住一下他的坐骑。

希维德什露出自己的胸膛，
构成一幅巨大、圆圆的图画，
像冰雪结构的明镜一样平坦，
四周是稠密的、暗黑的松树。

如果你在夜晚来到这里，
再把你的脸转向着湖水，
无数星辰在你头上、脚下闪耀，
一对月亮也放射着光辉。

多么稀罕！在你站立着的地方下面，

---

① 希维德什湖在诺沃格鲁德克，靠近伯乌齐拉的森林，诗人曾多次到湖中游玩。
② 密茨凯维奇的朋友，诗人曾到他的庄园度暑假。

呈现出一片灿烂的平原，
苍穹的那座透明的拱门，
也一直伸展到你的眼前。

你的眼力达不到对岸，
连天上、地下都不能分辨，
就好像挂在天空的中央，
或者是浮在碧蓝的深渊。

在午夜的晴朗的时辰，
湖面的情景迷惑着心灵，
可是，只有最勇敢的人，
才敢于在这湖边走动。

在那里，你可以听到和看到，
魔鬼在争吵、怪影在奔跑，
四周的一切都不息地颤抖，
连白天想起了也心惊肉跳。

有时，水里像城里一样热闹，
火光和烟雾在空中飞旋，
战争的呻吟和甲胄的噼啪，
金鼓的轰鸣和妇女的叫喊。
忽而，烟云散了，喧哗也静下，
只有岸上的枞树低低地呼啸，
水里只听到轻微的谈话，

还有妇女的悲哀的祷告。

这是怎么的？各有各的说法，
可是谁也不曾到水里探询，
种种的消息传到人们的耳中，
谁又辨得出这是假是真？

有一位伯乌齐拉的乡绅，
他的祖先是希维德什的领主。
怎么才能解答这湖里的秘密，
这位乡绅早已在思来想去。

他吩咐到城里制造一些用具，
他付出了一笔不小的款子，
织成了一副巨大的渔网，
做成了一些木筏和船只。

我早知道：这样浩大的工程，
没有上帝保佑，就干不了，
他们在教堂里许下心愿，
彻林①的神父也终于赶到。

他站在岸上，穿着法衣，
在胸前画着十字，祷告上帝，

---

① 伯乌齐拉附近的一个小镇。

乡绅就吩咐把船只放下，
渔网响着，缓缓地沉到水里。

网上的浮标渐渐漂开，
最后也沉入深深的水底，
鱼从网里钻出，网轻松地摆动，
网里一定没有什么东西。

两个人在岸上扳着网头，
把深渊里的渔网拉了起来，
谁也不会相信我说的话，
这究竟捞到了什么妖怪？

捞起来的不是什么妖怪，
而是一个活生生的女人，
银白的头发被水淋得稀湿，
明亮的脸和珊瑚红的嘴唇。

她走近岸边，有些人转身跑了，
有些人见了这怪事，非常害怕，
站在那里不动，苍白了脸，
这时，她用温柔的声音说着话：

"你们知道，谁在这里放下船只，
谁就要得到不好的报应，
最勇敢的人来到这湖里，

也要被打入这万丈的深井。

"你这无礼的家伙和你们一群，
还有跟着来到这里的那些民众，
这里原是你的祖先的领地，
你的身上也流着我们的血液。

"本来要惩罚你们的好奇，
可是你们却预先祷告过上帝，
上帝就借我的口告诉你们，
这一个奇异的湖泊的历史。

"在那布满砂石的浅滩上，
在这水草和芦苇丛生之处，
在你们的桨、橹所及的水中，
曾经有过美丽的小城一座。

"希维德什，以勇敢扬名于世，
无数财物堆满了库房，
以前在土汗公爵管辖之下，
一直是繁荣而又富强。

"这黝黑的丛林也挡不住视线，
一直穿过这肥沃、优美的平原，
就望见那时的立陶宛的首都，
诺沃格鲁德克城的墙垣。

"有一次，沙皇领着坚强的大军，
将我们的孟陀克大公①包围，
灾难笼罩了全立陶宛，
孟陀克大公也被迫撤退。

"当他的军队从边境撤退，
就给我父亲送来一角公文：
'土汗公爵，马上召集你的军队，
来保卫我们的可爱的京城。'

"土汗公爵接读了这公文，
他立刻颁布了作战的命令，
一下召集了五千名骑士，
配备着坐骑，武装了全身。

"他们挥着长矛，舞着利剑，
土汗的旗帜在城门上飘动。
土汗公爵又回到了宫廷，
因为他左思右想，心事重重。

"他对我说'为了援助别人，
是否就得把自己的人民丢掉？
希维德什除了利剑和胸膛，

---

① 13 世纪时立陶宛的统治者，他定都于诺沃格鲁德克。

并没有别的能防御的碉堡。

"'这小城的军队如果分而为二，
那么怎能保卫可爱的首都；
如果整个的军队都投入战争，
这城中的妻女又有谁来保护?'

"我回答说：'父亲，你先不必悲伤，
去吧，向光荣召唤的地方前进，
上帝会保护我们，今天的梦中，
我看见了这城市的守护大神。

"'希维德什的利剑闪着光芒，
在黄金似的翼翅下掩藏，
他对我说，勇士们走出城外，
我就负起保护妻女的重担。'

"土汗公爵听了，就向军队赶去，
一直到黑暗的夜幕降下，
远方响起了喧闹的马蹄声，
到处是可怕的呐喊：'乌拉!'

"冲锋的雷声逼近了城门，
枪弹的风暴落向整个城市，
孩子、姑娘、老人和可怜的母亲
都一齐向宫廷的地方聚集。

"'真残暴,'他们喊着,'把城门关上,
俄国人要来屠杀我们,
我们宁愿自己杀死自己,
与其在耻辱之中偷生。'

"这时候,狂怒变成了恐怖,
他们把财物堆积成山,
又用火炬燃烧着房屋,
可怕的声音在那里大喊:

"'谁不自杀,谁就要被杀!'
我救护着,一切都无济于事。
他们伸长了脖子,跪在门前,
别的人又拿来了锐利的斧子。

"这都是罪恶:或者引来了强盗,
让我们接受更残酷的枷刑;
或者以自杀代替可怕的屠杀。
'上帝呀,'我喊着,'你救救我们!

"'如果我们不能把敌人赶走,
那就要你保佑,让死神快来,
最好让你的雷电震死他们,
或者把我们在这里活埋。'

"忽而，一道白光在前面一闪，
白天突然变成昏暗的黑夜，
惊惶的眼睛都向地面凝视，
世界在我面前渐渐地消失。

"这就是过去的残害和耻辱，
这周围的青草，你一定看到，
它们都是希维德什的妻子儿女，
是上帝将她们变成了青草。

"粉白的花朵在深渊上飘荡，
像是一只只白色的蝴蝶，
当大雪将青青的草叶变白了，
它就像是枞树的针叶。

"这一幅有背于生前的道德的图画，
即使腐烂了，它也永不褪色，
它暗暗地生长，不再凋谢，
凡人的手掌不能将它采摘。

"沙皇和他的狐群狗党看见了这，
鲜艳的花朵就是证明人，
一个采下花来，装饰了钢盔，
一个编成了花环，戴在头顶。

"可是谁要在这深渊里采摘，

病魔就一定要将他折磨，
愤怒的女神也要将他照顾，
发号施令的是那无情的花朵。

"虽然时间渐渐抹去了记忆，
但是惩罚的痕迹却依然留存。
它还在传说中放出光辉，
花朵也保有着'沙皇'的名称。"

这女人说完了，便缓缓离去，
同了船只和大网一起下沉，
只听见了湖水的澎湃，
以及波浪冲击湖岸的声音。

大湖像气管一样破裂，
连眼睛也来不及将她追赶，
她沉下了，波浪掩盖了她，
从此以后，她就不再出现。

湖中水仙女①

这小伙子是谁？又年轻又漂亮，
那姑娘是谁？走在他的身旁。
他们沿着希维德什湖岸缓步行走，
明亮的月光映照在碧绿的湖水上。

他献给她的是一个花环，
姑娘送给他一篮覆盆子。
男的一定是姑娘的爱人，
而女的无疑是他钟情的对象。

每天晚上，在同一个时辰，
他们都在这棵松树下相逢，
我知道，小伙子是林中的猎人，
那姑娘呢？我却非常陌生。

她从哪里来，要到哪里去？
谁也不知道，谁也说不清。

---

① 据说，在希维德什湖上常有水女神出现，民间称她为希维德什扬卡。——
原注［波兰民间并没有希维德什扬卡这个名称的水神，这是诗人的创
造，我把它译为"湖中水仙女"。］

她来了，像沼泽地里的毛茛花，
她去了，有如晚上闪烁的磷火。

"告诉我，美丽的而又可爱的姑娘，
你对我保密，究竟是何缘故？
你前来看我，走的是哪条路？
你的家在哪里？父母又在何方？

"夏天过去了，树叶渐渐枯黄，
多雨的季节秋天就要来临，
难道我永远都要在这里等候，
等候你来到这荒凉的湖岸上。

"难道你定要在这树林里游荡，
像惊慌的小鹿，黑夜的幽灵？
还是和爱你的人住在一起吧！
亲爱的，我正是爱你的那个人。

"我的茅屋离这里不远，
就在那片橡树林中间。
我那里有充足的牛奶和水果，
还有成群的牛羊，不愁吃穿。"

"算了吧，你这骄傲的小伙子，
我父亲曾亲口警告我不要上当，
因为男人说话尽管像夜莺歌唱，

可是他们的心却像狐狸一样。

"我不相信你那变化无常的爱情，
我十分害怕你诡计多端、三心二意，
如果我听从了你的甜言蜜语，
你究竟能不能对我始终不渝？"

这小伙子跪下了，抓了一把沙子，
他呼喊着地狱里的神明为他作证，
他指着神圣的皓洁的月亮发誓——
可是，他真能信守自己的誓言？

"猎人，我劝告你，你一定要守誓。
你要牢记在这里立下的海誓山盟，
背誓的人定会遭到报应，
生前死后，灵魂不得安宁。"

姑娘说着，一刻儿也不多留，
她把花环戴在自己的头上，
远远地向猎人挥手告别，
穿过原野，快步奔向前方。

猎人紧紧把她追赶，但却是徒劳，
再快的奔跑也无法将她追上，
她像一阵清风消失在原野里，
只剩下他一人留在了湖畔。

他独自一人回到了荒凉的田野，
大地不停地在抖动、在震荡。
四周都是静悄悄的，一片寂静，
只有脚踩树叶的沙沙声响。

他沿着湖边踟蹰，徘徊，
无神的眼睛朝四下观望。
忽然从密林中刮起一阵大风，
湖水波浪起伏，奔腾翻滚。

湖水在翻腾，湖水裂开了大缝，
突然出现了前所未有的奇异景象。
在那银色的希维德什湖的水面上，
出现了一位国色天姿的年轻姑娘。

她的脸庞有如雪白的玫瑰，
花瓣上洒满了清晨的露珠。
天仙似的身上披着轻柔的衣衫，
飘动着，犹如一层透明的薄雾。

"我的年轻漂亮的小伙子啊，"
姑娘一往情深地对他歌唱，
"为什么你独自一人来回走动，
在月光下，在这荒凉的湖畔？

"你何必为一个野姑娘心神不安，
她不过是在挑逗你，引你上钩，
使你心猿意马，为她着迷，
也许她正在嘲笑你的痴傻？

"请听从我真情的劝告和建议，
不要再叹气，不要满脸愁容。
快来吧！快到我的身边来，
让我们在水晶世界里跳个痛快。

"你可以像只轻盈的燕子，
迅捷地掠过这碧绿的湖面。
或者像条健康活泼的小鱼，
整天和我在水中玩耍嬉戏。

"晚上，你就睡在深深的水晶宫中，
睡床的四周是明镜似的帐子，
铺着的是轻柔雪白的睡莲花，
你会在仙境般的奇景中进入梦乡。"

她那天鹅般的胸脯在薄衫下闪动，
年轻的猎人害羞地垂下了眼睛，
这时，姑娘步履轻盈、越走越近，
"到我这儿来！"她说，"到我这儿来！"

她脚踏清风，飞快地朝他走来，

身后现出一道弯弯的彩虹，
她在深深的湖水里劈开一条路，
掀起的浪花，像串串银色珍珠。

猎人也朝她走去，在岸边站住，
他想跳下去，忽然又止住脚步。
这时候，阵阵波浪涌向湖岸，
轻轻地抚摸着他的脚掌。

波浪抚摸着，引他走过沙滩，
顿时把他的心融化了，无比激动。
仿佛有一位清纯美丽的姑娘，
握住爱人的手，神秘地引他前行。

猎人忘记了先前的那位漂亮姑娘，
也背弃了他的誓言和守誓的诺言。
另一位美貌的姑娘让他心醉神迷，
便不顾一切地朝深处、朝死亡走去。

他边跑边看，边看边跑，
远远地离开了湖岸，
他被带过了广阔的湖面，
一直到达最深的湖心。

他的手抓住了她冰冷的手指，
他的眼睛看见了她美丽的脸，

他的嘴唇紧紧吻着她的嘴唇，
他抱住她在那里飞快地旋转。

突然掀起的阵风把微雾驱散，
也揭开了她一直在蒙骗他的假象，
年轻的猎人终于看清了她的面目，
原来她就是他在林中爱上的姑娘。

"你的誓言，我的劝告，到哪儿去了？
任何人只要违背了自己的誓言，
无论是在他的生前，还是死后，
定要遭到报应，灵魂永不安宁。

"那银色的湖水怎能任你嬉戏游玩，
那明澈的水晶殿堂也是你来的地方？
无情的土地要吞噬你的躯体，
湖里的沙石也要把你的眼睛遮蔽。

"就在这棵作证的大树下面，
你的灵魂要等候一千年，
地狱的烈火会永远把你烧烤，
再也无法熄灭那炙人的火焰。"

猎人倾听着，在原地转来转去，
他到处张望，眼里显出恐惧。
密林中突然刮起了一阵狂风，

希维德什湖里的水也奔腾翻滚。

湖水翻滚着，奔腾着，一直到底，
漩涡的浪涛把他们卷了下去，
湖水裂开了，张开了大口，
少女和猎人双双沉入了湖底。

直到现在，每当月色朦胧，
湖水奔腾，发出呜呜的声浪，
就能看到两个忽隐忽现的人影，
正是那猎人和那美丽的姑娘。

她在那银波荡漾的湖面上嬉玩，
他却在那棵老落叶松下叹息悲伤，
那小伙子是谁？他是这林里的猎人，
而那位姑娘呢？我对她很是陌生。

小鱼

歌谣，取自民歌

从森林边上的那座豪华庄园里，
发疯似的跑出一位悲痛欲绝的姑娘，
她的脸上挂满了滚滚流淌的泪水，
披散的头发在微风中急剧飘荡。

她急急跑到了草场的尽头，
那里有一条流入湖中的小河。
她绝望地扭着她白嫩的双手，
她心如刀割，悲伤地哭诉着：

"啊，你们，住在那深深的水中，
我的希维德什湖里的水仙们，
请听听一个被遗弃的不幸女人
所受到的欺骗和她悲哀的处境。

"我真心实意地爱上了我的主人，
他也信誓旦旦，定要和我结婚。
可是今天他却娶了一位富家小姐，
便将可怜的我克里霞赶出了家门。

"就让他们享受他们的新婚欢乐，
就让这个伪君子去和她卿卿我我，
唉，只要他们不到这边来，
来嘲笑我的痛苦，我的耻辱。

"一个被他狠心遗弃了的女人，
还有什么指望，在这人世间？
请接受我吧，希维德什的仙女们，
可是我的孩子，我的孩子怎么办？"

她一边诉说，一边伤心地哭着，
她用双手蒙住了自己的眼睛。
突然，她跳进了深深的水里，
湖水立即淹没了她的呻吟。

这时候，在森林那边的庄园里，
灯火辉煌，点亮了上千盏灯光，
兴高采烈的宾客们纷纷前来祝贺，
到处洋溢着音乐、跳舞和欢呼声。

然而，就在这欢乐的嘈杂声中，
从树林里传来了婴儿的哭叫声。
那忠心耿耿的仆人从林中走出，
他抱着嗷嗷待哺的婴儿急急前行。

他大步流星地朝小河那边走去，

密密的柳树排列在小河的两岸；
仿佛用强大的臂膀将小河拥抱，
小河的河水在树林中间蜿蜒穿行。

老仆人站在那阴暗的角落里，
哭喊着，脸上显出了悲伤；
"唉，谁来给这孩子喂奶呀？
克里霞，你在什么地方？"

"我在这儿，在深深的水下面，"
回答的是可爱的温柔的声音，
"我在这儿挨冻，浑身冻得发抖，
尖锐的礁石又划破了我的眼睛。

"我同石子、小鱼和水虫在一起，
汹涌奔腾的波浪推着我向前冲，
我的饮料是寒冷的露水，
我的食物是珊瑚和小虫。"

老仆人依然站在那角落里，
哭喊着，一脸焦急的神态。
"唉，谁来给可怜的孩子喂奶？
喂，克里霞，你在什么地方？"

就在这晶莹透明的湖面上，
突然掀起了一阵阵的波浪。

湖水翻滚着，波光粼粼，
一条美丽的鱼跃出了水面。

正像我们常常看见的孩子们
轻巧地用石片在打水漂那样，
我们的小鱼也是这样的蹦跳着，
在轻柔的水面上一蹦一跳而来。

她全身都是金色的鱼鳞。
两边长着色彩鲜红的鳍。
她那小小的头有如顶针，
她细小的眼睛像是宝石。

突然，她脱下了鱼鳞的外衣，
变成了一个美丽可爱的姑娘，
金黄色的头发披散在肩背上，
激动的胸脯和项颈在起伏不停。

她的脸好像玫瑰一样娇艳，
她的乳房有如白皙的苹果，
她的腰以下依然是鱼的形状，
在柳树枝下的水上摆动游荡。

她双手接过那可怜的孩子，
立即紧紧贴在她白嫩的怀中，
"啊，我的宝贝！"她说，"不要哭，

啊，你不要再哭了，我的小乖乖。"

等到这孩子停住了哭泣，
她把摇篮挂在伸出的树枝，
随后，她缩小她美丽的头，
全身又恢复了小鱼的形体。

她的身上又披上了鱼鳞，
两边又长出了坚硬的鳍，
她拍打了一下便沉入水中，
只见一片水泡在湖面泛起。

每天清晨和每天黄昏，
只要老仆人来到湖边，
希维德什水仙女便会游来，
她游过来，是来给她的孩子喂奶。

然而，有一天夜幕即将降临，
这里却见不到任何一个人影。
平常约定的时间到了，过去了，
依然不见抱着孩子的老仆人。

他不能到这里来，只好等着，
他心急如焚，可又无可奈何。
因为他的主人和新婚的娇妻，
这时恰好散步在他们相约的湖畔。

老仆人只好退了回去，远远等着，
他坐在那片浓密的树林的后面，
他等呀，等呀，徒然地等待着，
始终不见他们从湖边返回庄园。

他站了起来，用手遮住额头，
从指缝中间朝前面窥视、查看，
红霞满天的白昼已经过去，
暮霭深沉的夜晚正降临大地。

日落之后他又等了一段时间，
一直等到星星在天空中闪耀，
他才悄悄地朝湖边匆匆走去，
他朝四周观看着，想大声喊叫。

啊，上帝，这里怎么会大变样？
是奇迹，还是魔鬼的法力所致？
这里原来流着清澈见底的小河，
现在却变成了一片沙地和岩石。

河岸上见到的是可怕的脏乱，
到处散布着他们的华丽的衣衫，
主人和他的夫人到哪儿去了？
再也找不到他们夫妇的踪影！

在干涸的小河入湖处，只见耸立着
一大片岩石，高高地伸向了天空，
岩石的形状奇特，像是经过了雕塑，
看起来真像他们两个主人的模样。

这位忠心的老仆人见此惊恐万丈，
他站在那里目瞪口呆，一动不动，
等到他恢复过来能再说话时，
一两个小时早已消逝过去。

"克里霞，克里霞?"他喊叫，
回应的只有"克里霞"的回声。
他朝四周察看，真是徒劳，
再也见不到有人出现在湖中。

他望着那深暗的水坑和岩石，
冷汗从他苍白的脸上流下，
他的花白的头点了三次，
像是在说："我已经明白了。"

他轻轻地把孩子抱在了手上，
露出了微笑，笑声充满奇异。
于是他虔诚地念起了祷词，
匆匆朝那座豪华的庄园走去。

爸爸的归来

"去吧,孩子们,你们一起去吧!
    到城外去,到小山的柱子下面,
你们要跪在那灵验的神像面前,
    虔诚地把'主祷文'默念多遍。

"爸爸还不回来,从早晨到黄昏,
    我等着他,担惊受怕,泪眼汪汪,
河水上涨,森林里常常有猛兽出没,
    大路上经常有盗贼出来打劫。"

孩子们听了,便一起跑了出去,
    到城外的那座小山的柱子下面,
他们跪在灵验的神像面前,
    虔诚地把"主祷文"念了一遍又一遍。

---

① 这首诗写成于 1821 年 2 月,是一首富于波兰特色的歌谣,不仅人物的心
理特点是波兰的,故事本身也洋溢着波兰民间传说的浓郁气息。据民间
传说,立陶宛地区的强盗,每伙都由十二个人组成,人人都有一根棍棒
作为武器。诗人真实地描写了这些具有地方色彩的特点,使这首诗有别
于其他描写强盗的歌谣。

他们吻着大地，后来齐声念起：
　　"凭圣父、圣子和圣灵之名，
向你祈祝，最神圣的三位一体，
　　现在，一直到永世永生！"

接着是"我们的父"、"健康"和"信仰"
　　"玫瑰花环"和"十诫"的祷文，
等到他们一一把祷文念完，
　　又从口袋里拿出小小的《圣经》。

他们又向最最神圣的圣母祈祷，
　　"最最神圣的圣母！"哥哥的声音，
其他的孩子便齐声伴和着：
　　"请保佑，保佑我们的父亲！"

不久，他们听到了车轮声，货车来了，
　　一望见走在前面的那辆熟悉的货车，
孩子们便欢呼雀跃，一起朝大路奔去，
　　"啊，是爸爸，我们的爸爸回来啦！"

商人望见，高兴得热泪盈眶，
　　立即从货车上跳到了地上，
"嘿，你们都好吗？没有什么事吧？
　　有没有想念你们的爸爸？"

"你们的母亲好吗？还有姑母和仆人？

　　　　那只篮子里全是给你们的葡萄干。"
这一个争着说，另一个抢着回答，
　　　　充满了无限的欢笑和喊叫声。

商人对仆人说道："你们先走吧！
　　　　我要和孩子们一道步行回家。"
刚一走动，便跳出了一伙强盗，
　　　　十二个强盗将他们团团围住。

有的留着长发，有的蓄着八字胡，
　　　　他们身着肮脏的衣服，眼露凶光，
腰挂利刀，长剑在身侧闪闪发亮，
　　　　个个手上还拿着粗大的棍棒。

孩子们惊叫着，奔向他们的父亲，
　　　　他们躲在他的大衣下，紧贴胸前，
仆人惊恐万分，商人也大惊失色，
　　　　向强盗们举起了发抖的双手。

"好吧，你们把货车拉走，把财物拿走，
　　　　只求你们放我一马，饶我性命，
不要让我的孩子们成为孤儿，
　　　　也不要使我年轻的妻子变成寡妇！"

这伙人不听他说，忙于卸下货物，
　　　　他们牵走马匹，还有一个在叫喊：

"钱呢？快拿出钱来!"他挥动着棍棒，
　　另一个强盗用利剑朝仆人砍去。

"住手! 住手!"一个老强盗喊道，
　　他把他的同伙从大路上赶走，
又释放了孩子们和他们的父亲，
　　"走吧,"他说,"你们用不着害怕!"

商人赶忙道谢，那老强盗回答道：
　　"你不用谢我，我老实告诉你，
若不是孩子们的虔诚祷告，
　　第一个杀你头的就是我!

"是孩子们让你得救了，
　　使你保住了性命，没有受伤，
因此，你应该向他们道谢，
　　为什么会这样？请听我讲：

"我们早就打听到有商人经过此地，
　　我和我的伙伴们便早早埋伏在这里，
就在这城外的小山的柱子附近，
　　我们守候着，等待你的来临。

"今天，我们在树丛中间看到，
　　孩子们怎样在向上帝祷告。
我听着，渐渐产生了担忧和同情，

起先，我只觉得这多么可笑。

"我听着，便想起了我的家乡，
　　不知不觉放下了我的棍棒，
啊，我也有老婆和年幼的儿子，
　　他们在家里也会把我挂念。

"商人，你进城去，我得回林中，
　　而你们，这些可爱的孩子们，
要常到这座小山来游玩来祈祷，
　　也为我的灵魂念一遍'主祷文'!"

马丽娜之墓

外人、姑娘、雅希、母亲、女友

传奇，构思自立陶宛民歌

外　人

在涅曼河畔的田野上，
在绿荫苍翠的树林中，
有一座精巧美丽的小坟。
四周是一片鲜花像花环，
有悬钩子、刺花李和山楂。
两旁装饰着一片片绿草，
头上摆放着一束束鲜花，
还长有一棵高大的李树，
三条小路通向三个方向；
一条小路通向左方，
另一条直达村里的小屋，
第三条小路通向右方。
我是乘小船来到了这里，
我向你打听，姑娘，
这座漂亮的小坟是谁的？

姑　娘

老兄，你到村里去问问，
全村的人都会告诉你，
马丽娜生前就住在那房里，
死后便葬在这座坟茔中。
右边的那条小路，
是放牧的青年踩踏而成，
这一条是她母亲走出的，
另一条是她女友的。
每当天边露出了曙光，
他们便会各自来到这墓旁，
你最好躲在那灌木丛中，
亲耳听听他们的遭遇，
亲眼看看他们的不幸。
快看，右边走来的是她的爱人，
从家里出来的是她的母亲，
再朝左看，来的便是她的女友。
她们缓步朝这边走来，
手里拿着药草，
还不停地哭泣。

雅　希

啊，马丽娜，此时此刻，
我们还没有见面，
我们也没有拥抱。

马丽娜，曙光已现天空，
你的爱人便来到了这里，
难道你还在睡，迟迟不起？
或许你是在生我的气？
啊，亲爱的马丽娜，
你一直躲在这里不露脸。
啊，不，你不是迟迟不起，
也不是在生我雅希的气。
而是你死了，离开了人间，
你被困在了这座坟墓中。
再也见不到你爱的人，
你的雅希也不能见到你了。
过去，每当我去睡觉就会想到：
只要我醒来，我就能见到马丽娜。
那时候，我们是多么的幸福。
现在我远离人们独自睡在这里，
也许等我闭上了眼睛才会和你相见。
也许我将沉沉睡去，永远不醒！
我幸福的时候是多么勤劳苦干，
乡邻们都纷纷把我夸奖，
白发的父亲也对我称赞。
如今我无脸去见人们和上帝，
就让谷穗在地里自生自灭，
就让种子在严寒中消失，
就让邻居们把干草偷走，
就让家畜家禽被野兽吃光！

我失去了马丽娜，失去了！
慈祥的父亲给了我房屋，
还送给我大批的财富，
我倒想把个女主人娶回家，
媒人们纷纷上门为我作伐，
可我再也没有马丽娜了！
媒人们的劝说真是白费劲，
我不能，我不能再娶别人。
父亲啊，我知道我的行动：
我要离开故土，远走他乡。
你们再也见不到我的踪影。
哪怕你费尽心机也找不到我，
我再也不想活在这个世界上，
我要去与俄国佬进行斗争，
让他们杀死我，血洒沙场。

   我失去了马丽娜，失去了！

   母　亲

农人们已纷纷在田野里劳动，
可我早上还在熟睡迟迟未醒。
啊，我亲爱的女儿马丽娜！
你死了！我失去了你，
又有谁会来把我叫醒？
我整夜都在伤心哭泣，直到天亮，
白天来临，我才迷迷糊糊沉入睡乡。
我的希蒙早已下地干活，

每天天未亮他便起身出门，
他看我痛苦，不愿把我叫醒，
他早饭不吃，拿起镰刀就下地，
整天割呀割的，连一刻也不休息。
现在我却躺在这里，你的墓旁。
我为什么还要回家？
谁来喊我们去进午餐？
谁会和我们一起坐在桌旁？
啊，再也没有人了，没有了！

当你和我们生活在一起，
家里就像天堂一样快乐无比。
每逢我们家举行舞会，
四邻的男女青年争相参加。
那是多么愉快的丰收晚会！
大家玩得兴高采烈，无比欢欣。
你走了，如今家里一片凄凉，
人人都避而不进我们的家门，
前厅大门上的活页早已生锈，
院里也长满青苔，一片翠绿。
上帝抛弃了我们，邻人离开了我们，
我们永远失去了你，我的马丽娜！

女　友

还记得有天清晨我们来到这里，
站立在河水缓缓流过的河岸上，

我们亲切地交谈着，我谈起了
你的爱人，你也赞美了我的对象。
如今我们再也不能一起促膝谈心，
因为我的马丽娜已离开了人世。
谁还会再向我倾诉衷肠，
我又能向谁敞开我的心扉。
啊，只有和你在一起，
我才能和你分享忧愁和幸福。
如今忧愁已成了真正的忧愁，
而幸福呢？也不再是幸福了！

外　人

连路过的陌生人听了他们的话，
止不住心潮澎湃，热泪盈眶，
他叹息着，抹干了脸上的泪水，
他跳上了小船，顺流驶向前方。

1820.11

致朋友们

把这首歌谣《我喜欢》① 献给他们

一二三……已是半夜深更，
四周是无比的荒凉、寂静。
只有风吹教堂墙壁的声音，
偶尔能听见远处传来的狗吠声。

烛台上的蜡烛快要燃尽，
房间深处的炉火也将熄灭，
炉火重又蹿起，随即落下，
火光一闪，一灭，又一闪。

可怖啊！要是天空更加明朗，
这样的时刻不会那么惊恐不安。
这让我想起了那些甜蜜的时刻。
算了吧！……它们已逝，永不复返。

现在，我在这些书中寻找幸福，
但书令我烦闷，我扔下了书，
我的思想又在追逐愉快的往事，

---

① 见第 71 页。

我浮想联翩，我又恢复了神智！

有时，我被美妙的景象所吸引，
就像看见了我的女友或兄弟们，
于是我跳了起来，凝视着墙上，
只有我自己的影子在来回走动。

我的脑海里一片混乱，毫无头绪，
倒不如在寂静中拿起我的笔来。
于是我开始给友人们写点诗句，
我只说开始，能否完成难以估计。

也许是对逝去的春天的回忆，
而冬日的短诗会给人欢愉。
我想写可怕的事，想写爱情，
我想写马丽娜和吓人的鬼魂。

要想用画笔来使自己扬名，
那就去描绘她的美丽倩影。
让诗人用不朽的音律去歌颂，
她的智慧和美好的心灵。

尽管我对这一切都很清醒。
我只寻求欢乐、不要名声。
倒不如告诉你们，假如我能记起，
昔日我和她在一起的种种乐趣。

马丽娜对于爱情的甜蜜言辞，
从来不给予慷慨大方的回报。
即使有人对她说我爱你一百次，
她连一句"我喜欢"都不愿回应。

为了这，在卢塔每到午夜时分，
当全村的人们都已进入了梦乡，
我也向马丽娜道一声"晚安!"
用这首可怕的歌谣向她辞行。

我喜欢^①

歌谣

看啊，马丽娜，树林终结的地方，
　　右边是杂草丛生，又浓又密，
左边伸展着一片美丽的广阔平原，
　　前面还有一条小溪和一座小桥。

古老教堂里栖息着鹗鸟和猫头鹰，
　　旁边的大钟基座已腐朽、破损，
大钟后面生长着一片浆果树林，
　　树林中间有一座小小的坟茔。

那里的凶神恶煞和被诅咒的鬼魂，
　　每到午夜时分，他们纷纷显身。
哪怕是最年老的长辈都记得清楚：
　　要从这里通过，定会胆战心惊。

因为，每当午夜掀开它的面罩，

---

① 这首歌谣译自乡村歌曲，它包含有错误的观点，与炼狱的知识不相符。
为了保持其民间特点，我们未作丝毫的改动，以便更好地了解我们人民
的迷信观念。——原注〔这首诗写于 1819 年夏天，但在出版第一部
《诗歌集》时，诗人却把它放在《马丽娜之墓》的后面。〕

教堂的大门便会嘎吱一声打开。
破损基座上的大钟也会自动敲响，
　　杂草丛中传来了喧哗、喊叫。

有时还会出现朵朵白色的火光，
　　有时是雷声接着雷声响个不停。
这时候，坟墓的地板会自行启开，
　　里面的蛀虫来回窜动，格外分明。

有时路中间站着一具无头的尸体，
　　有时又会碰见没有身躯的头颅，
它张开着大嘴，鼓起它的一双大眼，
　　口里和眼里都喷射出吓人的火焰。

狼在奔跑，鬼尸便朝它紧紧追赶，
　　还用鹰的翅膀拍打着野狼。
"去死吧！倒下吧！"它厉声喊叫。
　　狼消失后，它便"哈哈哈"地大笑。

每个旅人都会看到这可怕的情景，
　　每个人都会诅咒这段路的可怖。
有的车梁折断，有的人仰车翻，
　　还有的是马腿脱节或被扭断。

我虽然记得，老安德热伊曾多次
　　劝告我，向我发出过警告。

但我嘲笑鬼怪，更不相信鬼神；
　　我常骑马到那边去游玩、驰骋。

有一次，午夜时分我来到卢塔，
　　两匹马拉的车子停在了桥上，
任凭车夫怎样催赶，都是枉然，
　　"嗨!"他喊叫着，还挥动着马鞭。

马车站着，突然又高高跳起，
　　竟把车辕连根蹦开断裂，
我只好留在车里过夜，我大叫：
　　"我喜欢这! 我喜欢这!"

我刚刚喊完，一个可怕的鬼魂
　　突然从附近的湖水中跳出，
她一身白衣，脸容苍白如雪，
　　头上戴着一顶火光闪闪的环冠。

我想逃走。我因害怕而跌倒在地，
　　我的头发也像橡树一样根根竖起。
我喊道："但愿上帝保佑我平安无事!"
　　"永远永远!"这女鬼也大声回答。

"正直的人啊，我不知道你是谁?
　　是你解除了我多年来的苦难。
因此你将生活得幸福，能活到百岁，

平安与你同在，并向你衷心感激。

"站在你身前的是个有罪的鬼魂，
　　不久后她便能享受到天堂的欢乐。
是你让我摆脱了炼狱的种种折磨，
　　因了你这一句话：'我喜欢这！'

"趁天上的星星还没有在西边下沉，
　　村里的公鸡还没有第一次打鸣，
我要把我的故事向你诉说一番，
　　你再去向别人讲述，引以为训。

"好多年以前我生活在人世间，
　　那时候，马丽娜是我的名字，
我的父亲是县里最高的行政长官，
　　他有权有势、为人正直又富有。

"他生前就想给我举行婚礼，
　　由于我家富有，我又年轻漂亮，
前来求婚的人便络绎不绝，
　　他们贪求我的嫁妆和美貌。

"他们对我倍加赞美，曲意奉承，
　　这倒很合我的口味、我的秉性，
可是当这些人正式向我求婚，
　　我都一一拒绝，一个也不答应。

"来了一个约佐，他已度过二十个春天。
　　这小伙子年轻、正直、生性胆怯，
爱情的言语他感到非常陌生，
　　尽管他心中燃烧着爱的激情。

"无论是这个可怜的人消失不见，
　　还是日日夜夜哭泣都是枉然，
他的痛苦给了我一种狂野的快乐，
　　我的冷嘲热讽激起了他的绝望。

"'我走！'他含泪说道。'滚吧！滚吧！'
　　他走了，不久便因爱情绝望而死去。
就在这小溪旁边的那座绿色坟墓里。
　　埋葬着他的尸体、他的爱情。

"从此以后，我的生活很不顺心，
　　我感到后悔，自觉良心不安。
可是已经失去了的都无法挽回
　　即使时间也不能把阴影抹去。

"有一次，午夜时分，我和父母嬉玩，
　　叫喊、打闹和欢笑声不断高涨。
突然约佐飞身而来，形象十分可怖，
　　像是一个火光闪闪的凶神恶煞。

"他站起，把浓密的烟雾紧紧扼住，

　　抛入了炼狱的江河激流中。

在那儿的声声呻吟和咬牙切齿里，

　　我听到了对我的这种判决：

"'你知道，上帝之所以创造出女人，

　　就是为了令男人喜欢和传宗接代，

就是要让自己的丈夫摆脱困境，

　　让他生活快乐，而不是痛苦不幸。

"'可是你却有一副冷冰的铁石心肠，

　　任何的痛苦、呻吟都不能让你动心。

无论是眼泪、悲伤，还是苦苦哀求，

　　都不能得到你一句甜蜜的话语！

"'为了这样的冷酷无情，你死后定要

　　在炼狱中经受长久的、长久的折磨。

直到人世间有这样一个年轻的男人，

　　会向你说出：我喜欢这！我喜欢这！

"'约佐过去多么想听到你说的这句话，

　　为了这句话，他流过多少痛苦的眼泪。

如今该你去求别人，不是用眼泪和言谈，

　　而是通过恐怖和鬼怪去获得它。'"

"他一说完，一群恶鬼就把我抓走，

从那时起，已经过去了上百年。
　　白天受尽折磨，晚上把锁链解开，
将我投入热火熊熊的深渊。

"在教堂或者在约佐的墓地上，
　　我把一切都搅得天昏地暗。
我还必须在夜深人静的时分，
　　装扮成各种鬼怪去恐吓路人。

"我把他们引进沼泽或者森林，
　　让骑马的旅人折断马腿，
他们个个都在抱怨、咒骂、愤恨，
　　唯有你第一个说出'我喜欢这!'

"你因此而把判决的黑幕落下了，
　　从黑暗的云雾中指明了未来。
啊! 你认识马丽娜，但是她……"
　　说道这里，雄鸡正好开始啼叫。

她点了点头，眼里满是欣喜，
　　随即化成了一片轻盈的气体，
像白云一样被一阵急促的风
　　刮得四面飘散，无影无踪。

我看见马车完好地停在了草地上，
　　我坐进了马车，恐惧渐渐消失。

为了那些在炼狱中受到折磨的鬼魂，

我念了三遍"圣母玛利亚"的祈祷文。

1819

手套

小故事，来自席勒 ①

国王已经入座，
在他的斗兽场上，
等待竞技表演。
王公大臣们环坐在
四周高高的看台上，
还有骑士和他们的爱人。

国王把手指一指，
斗兽立即开始。
宽宽的槛门打开，
一只雄壮的狮子
慢慢走进场地，
向四下里默默张望，
伸伸懒腰打个哈欠，
还抖动着它的鬃毛，
然后把四脚伸开。

---

① 这首诗根据德国诗人席勒（1759－1805）的同名诗歌改写而成。它不是
直接的翻译，但保持了原诗的风格和形式。席勒和歌德（1749－1832）
都是密茨凯维奇早期喜欢的诗人，曾译或改写过他们的多首诗歌。

在地上躺了下来。

国王又把手一指，
槛栏门重又打开。
一只凶猛的老虎，
从里面跳了出来。
它一看到狮子，
便大声咆哮不止，
高高翘起尾巴，
伸出血红舌头，
眼中露出凶光，
围着狮子打转，
发出愤怒的狂吼。
然后呜呜了几声，
躺在狮子的近旁。

国王又把手一指，
槛栏门重又开启。
从一只大兽栏里，
蹦出了两只豹子，
他们斗志昂扬地
双双向老虎扑去。
老虎用利爪反击，
三猛兽狠斗在一起。
狮子立即发出吼声，
站立起来……才又归于寂静。

爪上满是血迹，
个个喘气不已，
最后全躺在那里。

突然扔下了一只手套，
从看台上，从马尔达手中，
正好落在狮子和老虎之间，
就在场地的中心。

马尔达小姐脸露笑容，
转身对艾姆罗特说道：
"如果你真像你千百次
所发的誓言那样真诚，
就请你去把手套捡回！"
艾姆罗特跨过栏杆，
跳入可怕的斗兽场。
骑士和贵妇们齐声惊叹，
他在胜利的赞美声中，
沉静地回到了看台上。
马尔达小姐热情相迎，
他却把手套扔在她面前：
"小姐，我不稀罕你的感谢！"
说完便离开了她，再未返回。

1820. 4

特瓦尔多夫斯卡太太

歌谣

他们大吃大喝，吞云吐雾，
他们兴高采烈，欢歌笑舞；
喧嚣声差点要把酒馆震倒，
嘻嘻、哈哈、欢呼、狂叫！

特瓦尔多夫斯基坐在主位上，
两手撑腰，俨然像位大将军。
"你们尽情地闹吧！"——他喊道。
他开玩笑，施展魔法来吓人。

有位军人自以为骁勇过人，
他训斥大家，还出口不逊。
特瓦尔多夫斯基向他的刀吹口气，
这位军人立刻变成了一只小兔子。

有一位从法院来的辩护律师，
静静地在品尝着一杯烧酒，
他只摇响了一下他的钱袋子，
这律师竟然变成了一只小狗。

他取出了长长的三根带子，
在裁缝头上变成了三根小管，
他吮了几下，革但斯克烧酒，
就从裁缝头上流出了一大缸。

他已经喝完了他杯中的烧酒，
酒杯便发出叮咚叮咚的声响，
他望着酒杯，说道："真是魔鬼来了！
我的好伙计，你为什么来找我？"

酒杯里真的站着一个小小的魔鬼，
短短的尾巴，是地道的纯德国种，
他摘下帽子，向着在座的客人，
不停地鞠躬，表示问候和欢迎。

这魔鬼从酒杯里纵身跳到地上，
突然变大变长，足有两码高，
一副鹰钩鼻子，母鸡的腿脚，
脚上长着又尖又长的利爪。

"特瓦尔多夫斯基老兄，你好！"
他说着，不停地在地上跳来跳去，
"怎么？难道你们都不认识我了？
我就是梅菲斯托费列斯①呀！

---

① 即梅菲斯特，德国中世纪小说和传说中一个魔鬼的名字。

"已经多年了，我们在秃头山①上
签订了你转让自己灵魂的协定，
就在那张写有协定的牛皮纸上，
毫不迟疑地签下了你的大名。

"我的小鬼们都听从你的命令，
我们签订的只是两年的合同。
到了时候，你就应该去罗马，
他们对待你会像自己人一样。

"可是已经过去了整整七年，
你却没有履行我们的签约。
毫无顾忌地在这里施行魔法，
根本就没有打算前去罗马。

"惩罚，尽管你一心想推迟，
但终究难逃我们的法网，
现在我就要在这里把你抓住，
因为这座酒店就叫罗马酒馆。"

一听到这样严厉的训斥，
特瓦尔多夫斯基便向大门溜去，
魔鬼一把抓住了他的外衣，

---

① 波兰南部圣十字山的一座山峰，传说那里住有女巫和恶魔。

"你说说，神圣的诺言哪儿去了？"

这怎么办呢？魔鬼的意思，
再过一会儿他就要命丧黄泉，
特瓦尔多夫斯基的脑子一转，
又提出了更为困难的条件。

"好，梅菲斯托，你再看看合同，
上面明明还写着这样的条文：
要过了多少年、多少年之后，
你才能来摄取我的灵魂。

"我还有权向你提出三个要求，
你必须毫无条件地全部答应，
哪怕是最难办到的事情，
你也要不折不扣去完成。

"看，那布上画着一匹骏马，
这是我们酒店的招牌商标，
我想要跳到它的马鞍上，
骑着这家伙来回奔跑。

"你再用沙子编成一条马鞭，
让我能随意挥鞭催马奔驰。
你还得在林地里给我盖座大楼，
让我能在那里下马休息和吃喝。

"房子还要用栗子壳砌得高高的，
高得就像喀尔巴阡山的山峰。
还要用犹太人的胡须来盖屋顶，
再把罂粟花籽密密铺上一层。

"看，还需用这样的大钉，
它一寸宽，三寸长，
每一粒罂粟籽要用三根大钉，
牢牢地将花籽钉在屋顶上。"

梅菲斯托费列斯高兴地跳着，
他给那匹马刷洗、喝水、喂草，
又用沙子编好了一条马鞭，
一切都已准备就绪，等着飞跑。

特瓦尔多夫斯基跨上马背，
他试了试马，让它腾跃转身，
随后他挥动马鞭策马飞奔。
看，那座大楼也已大功告成。

"好，你胜利了，魔鬼先生，
还有第二件，你得加把劲，
跳进这祝福过的圣水的盆里，
让圣水淹没到你的脖颈。"

这魔鬼咳嗽着，犹豫不决，
身上竟冒出了大滴的冷汗。
可是仆人只能服从他的主人，
他跳进盆里，让水淹没到脖颈。

像是从投石机里飞出的石子，
他立即飞了出来，怒气冲冲，
"现在你是我们的了！"他喊道，
"我经受了一次最难受的洗澡。"

"还有一个要求在抓我之前——
在魔法失去效力的时候完成，
你看，这是特瓦尔多夫斯卡，
我的妻子，这酒店的女主人。

"我要去和别西卜①共住一年，
你要代替我，住在我家中。
在这一年里，你要把这位太太
当成自己的妻子和最爱的女人！

"你得发誓，要爱她，了解她，
要对她五体投地，绝对服从，
哪怕你其中一项没有做到，
整个协定就成了一纸空文。"

---

① 即鬼王，见《新约·马太福音》第十二章。

这魔鬼用一只耳朵听他说话，
又用一只眼睛盯着那位夫人，
他装作一副很注意的模样，
一边移动脚步向大门悄悄靠近。

这时候，特瓦尔多夫斯基，
想拦住他，对他嘲讽、讥笑，
魔鬼就从钥匙孔中飞跑出去，
从此他就一直在飞跑，飞跑。

百合花

歌谣，取自民歌

一桩前所未闻的罪行，
妻子杀害了自己的丈夫。
她把他葬在树林里，
就在小溪旁的草地上。
她在坟上种上了百合花，
她一边种、一边唱：
"百合花，你快长得高高的，
就像我丈夫躺在深深的地下。
就像我丈夫躺在深深的地下，
百合花，你快长得高高的！"

这个杀死了丈夫的女人，
身上溅满了丈夫的血迹。
她急急越过小山和峡谷，
穿过草地和浓密的树林。
天黑了，刮起了寒冷的晚风
大地显得黑暗、寒冷、阴沉。
时而能听到猫头鹰的叫声，
时而是乌鸦发出的呱呱哀鸣。

她直朝小山下的小溪奔去，
那里生长着一棵老榉树，
树下屹立着隐士的小屋，
她敲着门："督督！督督！"

"是谁？"门上的铁栓落下，
隐士出来了，手拿蜡烛，
这女人真像个吓人的鬼怪，
她尖叫一声，冲进门去，
啊，啊！她的嘴唇发紫，
她的眼睛直盯着房顶。
她全身发抖，脸白得像夏布，
"啊！啊！他死了，我的丈夫！"

"女人啊，上帝与你同在。
你为什么跑到我这儿来？
你在树林里干什么，独自一人
在这阴沉昏暗的黄昏时分？"

"在森林那边，在湖的对面，
就能看见我家城堡的高墙，
我的丈夫到基辅打仗去了，
他是效力于波列斯瓦夫国王，
时光流逝，过了一年又一年，
他仍未回来，还在外面流浪；
我年轻，又被年轻人包围，

在道德的路上很容易失足。
我终于忘记了我发的誓言，
唉，我犯了错，我真该死！
国王的法律是多么的严厉。
战士们都纷纷回到了家里。

"哈哈！我的丈夫不会知道了；
看看这把刀，看看上面的血，
他已经死了，埋在了地下。
老人啊，我向你坦白悔过，
神圣的教士啊，请你告诉我，
我该怎样去祈祷才能赎罪，
我该到什么地方去忏悔？
啊嗬！我情愿走进地狱，
去忍受炮烙和鞭打的痛苦，
我宁愿去经受种种的折磨，
只要让我的罪恶永不暴露。"

"女人啊！"老隐士开口说道，
"你来我这里并不是悔过，
而是害怕受到严厉的惩罚？
你安心回去，用不着害怕，
把忧虑抛弃，要脸露笑容，
你的秘密会永远瞒过人们。
因为上帝告诉过我们，
你秘密做过的那件事情，

只有你丈夫才知道真情，
可你的丈夫已经终结了生命！"

听到这意见，她很是满意，
这女人走了，和来时一样，
急急忙忙连夜赶回家中。
无论对谁，她都不露口风。
她的孩子们在门口昂首眺望，
"妈妈！妈妈！"他们焦急喊叫，
"我们的爸爸到哪里去了，这么久？"
"死了？什么？你们的父亲？"
她支支吾吾，只好这样回答，
"他就在不远的森林里，
今天晚上他定会回家。"

孩子们只好耐心地等着，
一天，两天，依然不见人影。
他们等了整整一个星期，
终于忘记了他们的父亲。

可是这位夫人却很难忘记，
心中老是想起她的这桩罪行。
于是她郁郁寡欢、心事重重，
她的嘴角上再也难见到笑容。
她整夜毫无睡意，难于入眠，
每当深更半夜，她常常听见，

好像有人在敲打着大门，
院子里像是有人在走动。
还传来了声音："孩子们！
是我，是我，你们的父亲！"

黑夜过去了，她彻夜未眠，
她无法忘记她的这桩罪行，
她整日郁郁寡欢、心事重重，
她的嘴角上再也见不到笑容。

"快去，汉卡，快快跑到外面去，
我听见了马蹄践踏木桥的声音，
我也看到了大路上飞起的尘土，
好像是有人骑马朝这里奔来，
你快到大路上去，穿过树林，
看看有没有骑马来访的客人？"

"他们骑着马朝这边飞奔而来，
路上尘土飞扬，看不清来人。
他们乘坐的骏马在大声嘶鸣，
他们锋利的宝剑在闪闪发光，
策马飞驰而来的是一伙武士，
是我们死去的老爷的亲兄弟。"

"啊！你好，你的日子过得好吗？
嫂子，你快来欢迎我们吧！

哥哥哪儿去了?""他死了,
他已经离开了这个世界!"
"什么时候?""很久了,一年以前!
他死在了战场上!" 她回答。
"这是谣言! 你可以放心,
因为现在战争已经结束了,
哥哥很好, 又健康又快活。
你马上就能在家里见到他!"

这位夫人被吓得脸色煞白,
她晕了过去, 失去了知觉,
一双无神的眼睛呆呆望着,
充满了惊惧和惶恐不安。
"他在哪儿? 我的丈夫, 尸体在哪儿?"
随后她的神志渐渐清醒,
好像她的晕倒是由于过度兴奋。
清醒过来便一再询问她的客人:
"他在哪儿, 我亲爱的丈夫?
他什么时候能站在我的面前?"

"他原是和我们一起回来,
但他想赶在我们的前面到家,
好率领家人来迎接我们,
也好早点安慰你, 让你放心,
他就要到了, 不是今天,
就是明天, 他定会回到家中。

也许他因为心急迷了路，
且让我们再等他一天，
然后去找。你可以放心，
过了今夜，明天他一定回来。"

他们等了一天又一天，没有等到。
他们只好派人出去，四处寻找，
依然没有找到他们的亲哥哥，
他们哭着，想到更远的地方去找。

这位太太却把他们挡住，
劝说道："我亲爱的弟弟们，
秋天不是出门的好季节，
路难走，雨水多，风太冷，
你们既然等了这么长时间，
再等些日子也不要紧。"

他们就这样等待着，冬天来临。
哥哥依然是全无音讯、渺无踪影。
他们一边等着，一边在想：
到了春天，哥哥就一定会回来，
可是他却早已躺在了坟墓里，
坟上的花草蓬勃生长迎风摇摆，
那百合花长得高高的，
就像他躺在地下深深的。
他们等待着，春天过去了，

他们再也不想离开她的家。

这女主人很合他们的口味，
她的青春美貌更让他们着迷。
他们说是要告别嫂子出去寻找，
可直到现在仍待在她家里等候。
他们等呀等，到了第二个夏天，
他们早已把哥哥忘在了脑后。

这女主人很合他们的口味，
她的青春美貌更让他们着迷。
尽管他们两个是她的客人，
可双双都爱上了这个女人。
他们的心中都燃起了希望，
同时也充满了忧虑和不安，
没有她，他俩都不想活命。
两个都得到她那是不可能，
他们终于达成了一致的意见，
一起去向嫂嫂倾诉他们的爱情。
"夫人，我们亲爱的嫂子，
请你听一听我们的好话，
我们在这里空等了一场，
哥哥一定是死在了路上。
你还年轻，真的很年轻，
决不要白白浪费了你的青春。
你也抛弃不开这美好世界，

还是选个弟弟做你的夫君！”

他们这样说着，站在她面前，
他们心中燃烧着愤怒和妒忌，
两个都抢着说话，互不相让，
他们恨恨地咬牙切齿，
手握着宝剑几乎指向了对方。

这位夫人看到他们在发怒，
该说些什么她自己也不清楚，
她只好请他们再等一个时辰。
于是她便朝森林那边跑去，
一直跑到了那条小河边。
那里长着一棵苍老的榉树。
她径直奔向那隐士的小屋。
“督督！督督！”她敲着门，
她一口气说出了事情的经过，
请求他提出意见，指点迷津。

“他们两个都想要和我结婚，
告诉我怎样化解他们的矛盾，
他们两个都合我的心意，
谁得谁失，我只能选一个。
我家中有两个年幼的子女，
还有不少的财产和田地，
如果我不结婚，家中缺男人，

我的财产就会坐吃山空。
唉，即使我再嫁人，任何婚姻
都不能再让我幸福、高兴。
我的头上有上帝的惩罚，
夜夜梦见恶鬼在和我纠缠。
只要一闭上我的眼睛，
咔嚓，就听见门闩的声音。
我惊醒了！我看见，听见，
他怎样走来，怎样喘息，
从他的喘气和脚步声，
我认出他正是我那个死鬼！
呼喇，他挥舞着血污的刀，
在我的床头上不停地挥动。
他拉着我，又掐着我，
这样的痛苦真让我受够了。
我只想从那座房子里逃走，
我再也得不到什么幸福，
再也不会有结婚的欢乐！"

"孩子！"老隐士这样对她说道，
"世上任何罪行都会得到惩罚，
不过，上帝一定会耐心地听着，
只要你是真心实意地悔过。
我还知道神秘的法术，
我的话一定会让你快乐，
尽管你丈夫已死了一年。

我也能再让他复活。"

"什么？什么？我的神父，
不要让他复活，这已经太迟，
这一把杀死了他的利刃，
永远斩断了我们两个的关系。
我情愿为我的罪孽受苦，
只要这死鬼不再来纠缠我。
我情愿放弃我的一切财产，
我情愿到修道院去忏悔修行，
或者逃到寂寞荒凉的森林中。
只要你，我的神父，不要
让他起死回生。这已经太迟了。
这一把杀死了他的利刃，
永远斩断了我们两个的关系。"

老隐士深深地叹了口气，
他的眼里噙满了泪水。
他用头巾蒙住了脸孔，
他扭动着颤抖的双手。
"那你就抓紧时间赶快结婚，
你用不着害怕那个鬼魂，
死人只能躺在自己的坟中，
死亡的大门坚固难以打开，
你的丈夫绝不会回到家来，
除非你自己将他召唤。"

"那两个弟弟，该怎样化解？
谁得谁失，我该选哪个好？"
"全凭命运和上帝的安排，
这是最好的解决方法。
当黎明的露水还未消失，
你叫他们两个都出去采花。
每个人要把采来的鲜花，
为你编织成一个大花环。
让他们在花环上做上标记，
表明这个花环是谁做的，
然后由他们自己将花环
摆放在教堂的祭坛上。
如果你先选中了谁的花环
他就是你的丈夫和爱人。"

这位太太听了很是高兴，
于是她就一心想要结婚。
她不再害怕那个鬼魂了，
因为她对自己最清楚不过，
决不会把这个鬼魂召唤，
无论是在怎样需要的时候。
于是她觉得一切都天从人愿，
她怎么来的，就怎么回去。
急急忙忙朝家里奔去。
无论对谁她都默不作声，

她快捷地跑过草原和树林。
她跑了一阵，又停下站住，
她站着，凝神地四下倾听：
她觉得身后悄悄跟着个人，
好像有个声音在对她说话，
在这四周一片深沉的寂静中，
"是我，你的丈夫，你的爱人！"

她停下了，心里非常惊慌，
她倾听着，随即又狂奔疾跑，
她被吓得心惊肉跳、毛发倒竖，
但又不敢朝身后回首观看。
虽然她听到从近处的灌木丛
传来了轻轻的呼叫声：
"这是我，我是你的丈夫！"

星期天终于来临，
那是她挑选丈夫的时辰。
当黎明的曙光刚刚升起，
两个年轻人便向树林走去。
年轻的太太由女嫔陪伴，
毫不害怕地走进了教堂。
她拿起祭坛上的一个花环，
"啊，百合花环，这是谁的？"
她手拿花环，朝四周一转，
"我拿的是哪一位的花环？

谁是我选中的知心爱人？"

大弟弟一步蹿上前来，
他的脸上现出无比的欢快，
高兴得手舞足蹈，高声喊道：
"你是我的！这是我的花环！
就在这些百合花中间，
我用丝带打了个花结，
看，这就是我做的记号。
这是我的，是我被你选中！"

"你撒谎！"小弟弟大声喊着，
"你们只要走出这个教堂，
我就能指出我采花的地方，
那儿有百合花在生长、开花，
就在那树林里的草地上，
在一座坟上，在小溪旁，
我可以指出那小溪、那坟，
这是我的！是我的花环！"

这俩兄弟凶狠地争论着，
一个在力争，一个反对，
他们都把剑拔出了剑鞘，
就将开始一场拼命的决战。
他们扯着祭坛上的那个花环，
高喊着"我的！我的！"互不相让。

突然，教堂的大门砰的一声，
一阵风吹进，熄灭了蜡烛。
走进了一个身着白衣的人物，
他的举止和宝剑，大家都认识。
他站住了，朝四周环视一番，
用阴沉的声音恶狠狠地说道：
"这是我的花环，你是我的人，
这些花是从我的坟上采来的，
神父，用你的圣带把我系紧，
狠毒的妻子，你要受到报应！
这是我，你的丈夫，你的爱人。
可恶的弟弟们，你们该受到诅咒，
你们竟敢去采我坟上的花朵，
还有脸去进行你争我夺的搏斗，
这是我，你的丈夫，你们的哥哥，
你们三个人，连同这花环，
都要随我走进地下的世界！"

于是，教堂的地基在摇动，
墙壁和房梁都在剧烈移动，
拱顶掉下了，出现了深坑，
教堂陷入了深深的地坑中。
他们都被埋在了地底下，
土丘上生长着百合花，
百合花，你快长得高高的，

就像他们躺在地下深深的。

1820. 5

风笛手

传奇，构思来自民歌

有位白发苍苍的老风笛手，
他雪白的胡须长到了腰间。
两个小男孩牵着他的双手，
正经过我们村子的外面。

老人弹拨着一把里拉琴，
孩子们也吹起了风笛。
我呼叫老人，请他们转身，
去到这座山丘下面的村庄。

"老人家，请顺道去参加晚会，
村子里正举行庆丰收的狂欢节；
让我们一同分享上帝的恩赐，
这里离村子相距并不很远。"

他听了，便转身来到村边，
他鞠躬问候，坐在田埂下面，
两个男孩分坐在他的两旁，
他们都在观看这热闹的狂欢。

那里锣鼓齐鸣，笛声悠扬，
干柴燃起的篝火无比明亮。
男人们在喝酒、姑娘们在跳舞，
欢庆这丰收的节日，热闹非凡。

笛声静止，锣鼓也停止了敲响。
人们纷纷离开了这熊熊的篝火，
无论是老人，还是年轻的姑娘，
都跑来围观新来的风笛手一伙。

"老师傅，你在欢快的时刻到来，
我们十分高兴，表示热烈欢迎，
你们从远方前来，定是上帝指引，
请你暖和暖和，好好休息一会儿。"

他被带到了篝火和餐桌旁，
特意安置在人群的中间。
"请你尝一尝我们的食物，
或者饮一杯甜美的蜂蜜。

既然你们带来了弦琴和风笛，
就请你们三人为我们演奏一曲。
我们会把你们口袋和酒囊装满，
以表示我们对你们演奏的感谢。"

"好吧！请你们安静！"老人说道。

"安静!"大家拍着巴掌重复一遍。
"既然你们想听,我们就弹奏一曲。
你们想听什么?""悉听尊便!"——

老人一手拿琴,一手端起酒杯,
醇美的蜜酒使他心情激荡。
他朝拿风笛的孩子们眨了眨眼,
便拨动琴弦,试了试音开始演唱:

"我沿着涅曼河走来,路很漫长,
从一个村庄走到另一个村庄。
从森林到森林,从草原到草原,
我们到处把美妙的歌曲演唱。

"人们纷纷拥上前来听我们演唱,
但我唱什么,他们并不理解。
于是我擦去眼泪,止住叹息,
又继续朝前走去,浪迹天涯。

"凡是能理解的人听了定会悲伤,
他会立即拍起巴掌以示他的欣赏。
他会泪流满面,我也热泪盈眶,
我也不想离开此地再去流浪。"

老人停止了演唱,在再唱之前,
他把目光转向草地眺望一番,

突然，他的目光定在了一点上，
是谁站在那个僻静无人的地方？

是位放牧姑娘站在那里编织花环，
她编好了又把它拆散，拆了又编，
一个小伙子站在她的身旁，
他接过了她已经编好的花环。

她的脸上显示出内心的平静，
她低垂着眼睛，望着地上，
她既不快乐，也不悲伤，
只是陷入深深的沉思之中。

就像翠绿的青草在不停摇曳，
虽然晚风已停止了吹拂。
她胸前的纱巾也在上下起伏，
虽然听不见她的唉声叹气。

随后她从胸前掏出一片树叶，
这不知名的树叶早已枯萎。
她望了它一眼便丢在了地上，
仿佛这树叶令她气恨难平。

她转过身去，朝前走了几步，
她抬眼向上，仰望着苍穹，
突然她的眼里闪出了泪光，

脸上也出现了一片羞红。

老人沉默着，轻轻拨动了琴弦，
他的目光却一直注视着那姑娘，
他望着她的脸，他那锐利的目光，
好像要把姑娘的心看个透亮。

老人重又拿起了里拉琴和酒杯，
醇美的蜜酒把老人的心温暖。
他朝伴奏的孩子们点了点头，
便拨动了琴弦，又放声歌唱：

"你是在为谁编织结婚的花环？
用玫瑰、百合花和百里香。
啊，多么幸福的年轻人！
你是在为谁编织结婚的花环？

"一定是为了你那所爱的人？
才使你流下了眼泪、脸现绯红。
你在为谁编织结婚的花环，
用玫瑰、百合花和百里香？

"你用玫瑰、百合花和百里香，
编成花环送给第一个年轻人。
可是另一个青年深爱着你，
你却把花环送给了第一个年轻人！

"你把眼泪和脸上的羞红，
留给了你那不幸的爱人。
幸运的青年从你的手中，
接过了玫瑰、百合花的花环！"

周围的群众听了老人的吟唱，
便议论纷纷，一片嘈杂声：
我们村里有人曾唱过这首歌，
是何人何时唱的，他们记不清。

老人举起手，要大家安静，
"你们听着，孩子们！"老人喊道，
"我告诉你们这首歌的来源，
也许教我歌的人就来自这村里。

"那时候，我周游列国到处流浪，
偶尔顺路来到了克鲁列维奇村，
恰好遇上了来自这地区的牧民，
他乘木船从立陶宛来到了该村。

"他满脸忧愁，但忧愁的原因，
却从未向任何人袒露心声。
后来他离开了自己的伙伴，
也没有想过要回自己的家乡。

"每当黎明时分，或者皎月当空，
我便常常看到他独自一人，
漫无目的地徘徊在草原上，
或者踯躅于海边的沙滩。

"他不顾刮风下雨和严寒，
常常来到海边的岩石上，
他独自沉思，对着风倾诉苦衷，
让泪水融进波涛汹涌的大海中。

"我朝他走去，他忧郁地望着我，
却没有把我从他身边赶走，
我默不作声地拨动了琴弦，
让琴声伴着我轻轻地歌唱。

"他泪水横流，却频频点头，
表示他喜欢我的演唱。
他握着我的手，我拥抱他，
我们两个都放声大哭。

"我们有了更多的交流，
我们成了亲密的朋友，
他像往常一样沉默寡言，
我也话语不多，难说几句。

"后来，他终于病倒在床，

那是因忧郁、过度劳累和忧伤。
我就像个亲密朋友和忠实仆人，
使他在病中得到精心的照顾。

"我看到这可怜的人已奄奄一息，
他便把我叫到他的病榻前。
'我感到，'——他说——'我的苦难已到尽头，
不过一切都听从上帝的旨意！

"'虚度年华是我最大的罪孽，
我就这样了却了我的一生，
离开人世我并不感到惋惜，
其实我早已是个活着的死人。

"'当我离开了人群居住的村庄，
来到这满是岩石的荒蛮之地；
那时候，我就对人世已无所求，
我只是生活在回忆的世界里。

"'只有你忠诚相待，伴我临终，'
——他说到这里紧握着我的手，
'我却无法来报答你的好心，
因为如今的我已是一无所有。

"'只有那首我日日哼唱的歌，
诉说了我人生旅途的坎坷。

你定要记住它的每句歌词，
至于曲谱，你已完全掌握。

"'我身边只留下这绺灰白头发，
还有这根已枯萎的柏树枝，
拿走柏树枝，学会那支歌，
这是我留在世上的全部财富。

"'你走吧，如果你以后来到
涅曼河畔——我是去不了啦。
也许这支歌会使她愉快，
也许这树枝会让她悲伤。

"'她会报答你，把你请到家里，
你就说……'突然他眼前一阵黑，
嘴里还念着圣母玛利亚的名字，
刚念到一半就再也念不下去。

"他还在挣扎。就在这临终时刻，
他好像有话要说但又说不出。
他用手指着他的心，指着他
曾经生活过的故乡的那个方向。"

老琴师停住了，目光朝四周一瞥，
他又从小纸包里拿出了柏树枝，
可是在这熙熙攘攘的人群中，

却不见他要找的姑娘的身影。

他只看见远处有衣裙在晃动，
面纱遮住了她的娇媚的脸孔。
一个小伙子挽着她的手臂，
消失在村外的茫茫黑暗中。

人们又拥到老琴手的身边，
"这是怎么回事？"大家都在问。
可他什么也不知道，即使知道
他也不会把真情告诉这群村民。

1821 下半年

青年和姑娘

一

绿绿的树林里，有一个
在采草莓的姑娘，
看，又来了一个青年，
他骑在黝黑的骏马上。

他很有礼貌地鞠躬，
轻捷地跳下了马，
姑娘害羞地躲闪着，
眼睛尽望着地下。

"你这可爱的姑娘！
今天，在这片槲树林里，
我们在这里打猎，
我和我的同伴们一起。

"现在我却迷了路，
我的小城在哪个方向，
请你告诉我走哪条路，
你这美丽的姑娘！

是不是顺着这条小路，
可以尽快走出树林去?"
"时间还很早，你一定
来得及赶到家里!

"这里是高高的树林，
树林旁是一片白桦树，
靠近小村的那边，
到那边，一条向左的路。

"再上去是一片刺藤，
在右边的小河上
有一座小桥和磨坊，
你就望见小城的楼房。"

青年说了一声"谢谢"，
轻轻地握着她的纤手，
又在嘴边吻了一下，
于是就把马牵走。

青年跨上马，装上马刺，
他的身影渐渐消失，
姑娘却独自在叹息，
我不知道这为的什么。

二

绿绿的树林里，有一个
在采草莓的姑娘，
看，又来了那个青年，
他骑在黝黑的骏马上。

他远远地就叫着：
"请你告诉我别的路！
小村那边有一条河，
我却没法儿过渡。

"并没有什么小桥，
也找不到浅滩在河里，
你这姑娘，难道你
想让我在河里淹死？"

"那么你就走这条小路，
右边是一带坟墓。"
"上帝保佑你，姑娘！"
"我感谢你的祝福！"

在树林里的小路上，
他的身影渐渐消失。
姑娘又独自在叹息，
啊，我知道这为的什么。

三

绿绿的树林里，有一个
在采草莓的姑娘，
看，又来了那个青年，
他骑在黝黑的骏马上。

他又高声地喊着：
"姑娘！这真是天知道，
你指引的是什么路？
竟把我领到了城壕。

"在这条难走的路上，
从来没有人走的脚迹。
也许有抄近路的农夫，
为了砍树才来到这里。

"我打猎打了一整天，
马也不曾休息过。"
青年嘘嘘地喘气，
黑马也不再跳着。

"我要在这里休息，
小溪的清水喝个饱，
也要把马嚼松下，

让马吃一点青草。"

青年很有礼貌地鞠躬，
轻捷地跳下了马，
姑娘害羞地躲闪着，
眼睛尽望着地下。

一个沉默，一个叹息着，
过了不多久的时间，
一个大声，一个低低地，
他们在互相交谈。

老天似乎在和我作对，
风尽吹向树林那边，
青年和姑娘讲些什么，
我一点儿也听不见。

但看他的目光和神情，
我可以深深地相信：
关于走哪一条路，
他再不会向姑娘发问。

致 M[①]

此诗写于 1823 年

滚出我的视线！……我立即听从，
离开我的心！……我心依从，
滚出我的记忆！……不……这个命令
我的和你的记忆都决不会服从。

如同影子，离得越远拉得越长，
悲伤的范围就会越加宽广……
就像我的形象逃离得越远，
沉重的悲伤会使你的记忆暗淡。

我和你一起哭泣一起嬉玩的
每一处地方、每一个时刻，
时时处处我都和你亲密相随，
那些地方都留有我的灵魂。

当你单独在房间里沉思默想，
你无意中把手伸向了竖琴，
你就会想起正是在这个时刻，

---

① 这首诗初稿题为《致马丽娜》，年份署 1822；后改现题，年份也改为 1823。

120

你曾为我唱起了同一首歌。

或者在下国际象棋，第一回合
就使你的国王陷入了死亡境地。
你会想到，士兵就是这样列队，
我们也正好下完了这一盘棋。

或者在舞会休息的间隙，
你坐着等待下一支舞曲的开始，
你看见壁炉旁边的那个空位置，
就会想到，我们曾一起在那里坐过。

你在看一本书，悲惨的命运
把一对恋人的希望彻底毁灭，
你放下了书，深深地叹息，
你就想，唉，这就是我们俩的经历。

如果作者能在复杂的考验之后，
让这对情侣最终结合在一起，
你吹熄蜡烛，抚卷自问，
为何我们的爱情不能这样结束？

这时候黑夜的雷电闪耀不停，
果园里的干枯梨树沙沙作响，
悲鸣的猫头鹰在窗外扑打翅膀，
也许你在想，这是我的心情写照。

我和你一起哭泣、一起嬉玩，
所经过的每处地点每个时辰，
时时处处我都是和你在一起，
因为到处都留有我对你的爱心。

恰尔德·哈罗德的离别

译自乔冶·拜伦①

一

别了，再见，我亲爱的国家！
你己消失在迷漫的雾霭之中，
海风呼啸，波涛汹涌奔腾，
海鸥也在不停地发出惊叫。
再过去便是西斜的太阳，
我们的船展开风帆在追赶落日！
对着太阳，向你说声再见，
再见啦，我可爱的故国家园！

二

再过几个小时，玫瑰色的朝霞
便会转变成耀眼的光芒，
我又会看见蓝天、看见碧海，
却不能看见我可爱的故乡。

---

① 这是英国诗人拜伦（1788－1824）的成名作《恰尔德·哈罗德游记》第
一章的一部分。像往常一样，密茨凯维奇的翻译并不完全忠实于原作。

过去是繁华热闹的城堡，
如今却被悲伤的情绪笼罩。
壕沟里长满茂密杂乱的野草，
只有忠实的狗在门前哀号。

三

过来，过来，我的小随从！
你为何流泪为何伤心？
是大海的波涛汹涌把你吓坏，
还是狂风怒吼让你胆战心惊？
快擦干眼泪，抬起额头！
我们的船很结实，天气又美，
就连我们家最快的雄鹰，
也比不上我们在海上的航行。

四

"任凭海浪咆哮，任凭大风呼号，
我才不怕什么天昏地暗骇浪惊涛，
从我心底流淌出来的伤心眼泪，
不是由于恐惧，而是出自思念：
我年老的父亲还留在了老家，
我最爱的母亲也不在我身边。
离开了所有的亲人，孑然一身
这里只有你，我的主人和上帝！

五

"我的父亲平静地为我祝福，
既没有伤心，更没有责怪：
可是母亲却哭得泪流满面，
期待着我们早日返回家园！"
"好啦，我的好随从，我不怪
你像小孩那样哭个不停，
如果我像你那样纯朴天真，
你也会看到我泪如泉涌。"

六

"过来，过来，我的年轻伙伴，
你的脸色为何这样的苍白？
是害怕法国海盗的凶残，
还是担心海水的波涛滚滚？"
"啊，哈罗德主人！我不是怕死，
也不畏怯任何的艰难险阻，
我只是挂念家中的妻子儿女，
才流下了这伤心的泪水。

七

"我的妻儿就住在你的庄园边上，

那儿有一片苍翠浓密的橡树林；
当儿女们哭喊着要他们的爸爸，
叫我的妻子该如何去回答他们?"
"好啦好啦，我的好伙伴!
你的悲愁完全合情合理，
但我不太多愁善感，老于世故，
所以一笑就毅然离开了家出行。"

八

情人和妻子的眼泪不能让我激动，
早上还是两眼汪汪，泪流不止，
转眼之间，她们的蓝眼睛明亮干净，
不久便有了新的丈夫、新的情人。
我不为离开童年的故土而伤悲，
也不为海上的风险而担惊受怕，
唯一伤心的是，这世上没有什么
值得我离开时为它洒下一滴眼泪。

九

如今我在这广大的世界上，
独自过着游荡漂泊的生活，
既然没有人为我流泪伤心，
我又何必去为他人呻吟。
也许只有爱犬会为我哀叫，

在它被新主人收养之前。
等到我这个旧主人回到家乡，
它定会张牙舞爪来把我咬。

十

我们的船已驶入茫茫的大海，
船帆已迎风招展疾驶前行，
任凭你把我送到天涯海角，
只要不把我送回到故土家园，
当你那碧玉般的海浪在我面前，
显得那样的广袤、平滑、闪亮。
我欢迎森林、荒原和岩石，
再见了，我亲爱的祖国！

1823

叛教者

一

我要向全世界讲述，
不久前发生在伊朗的事情：
巴沙在一群妻妾之间，
端坐在克什米尔的地毯上。

希腊女人在唱歌，捷尔克斯人在唱歌，
吉尔吉斯的女人们在跳舞，
一部分女人的眼睛露出蓝色的光亮，
另一些女人则显示出魔王的阴影。

巴沙不看也不听她们，
头巾裹在眼睛的上面，
打着瞌睡，从烟斗吐出的烟，
迷漫着一层芳香的雾。

这时，女房门口一片喧哗，
一队队仆人分站成了两排，
女房的卫队长带来一个陌生的舞者，

他鞠着躬，说道："老爷！

"你是国政会议的群星中，
最最光辉灿烂的一颗明星，
就像夜幕掩饰下的宝石中间，
那颗最耀眼的金牛星。

"在对我照耀，你这颗政坛明星，
请让我向你报告一个好消息：
那就是来自波兰的服务之风，
给你送来了一个新的贡品。

"就连最高君主在伊斯坦布尔
的欢乐园里也没有如此美的花木。
她出自寒冷北国的一个家族，
你曾动情地回忆起那个国度。"

这盖头掩住了她的花容月貌，
只要一掀开，宫中一片惊叹，
拥有三大权力的巴沙只要一看，
就会扔下长烟管沉沉晕昏过去。

他歪倒一边，头巾也脱落下了，
人们前来叫醒他。啊，奇怪！
他嘴唇发青，脸色无比苍白，
这个叛教者巴沙已魂归西天！

二

"啊，奇怪！可怕！"卫兵们喊道，
——还有经受住法律考验的智者。
这个女基督徒是个可怕的妖魔，
应该把她埋在一堆大石之下。

于是这个巴沙，这个叛教者巴沙
比狮子和老虎更加凶残无情，
却没有一个我们的童贞姑娘
和格鲁吉亚的女人碰触过他。

而当伊夫拉克公爵送给
可汗一只珍贵的银盘，
作为回报，可汗把自己随从中
十个女奴送给了公爵。

他蔑视一切！现在那个可怕的
美女形象把他毒害而亡；
就像一条青色的毒蛇，
用它有毒的目光射在蝴蝶身上。

但愿拜伊让城堡的卫队
把这条毒蛇送给平民当食物。
忠诚的臣民已集合多时，

法官也已从城里到来。

法官来了，收集了一堆石头，
大家等待着，徒然的希望，
拜伊没有来，监狱打开了，
既不见那个美女也不见拜伊。

1824

致马丽娜·普特卡梅尔夫人 ①

赠送她第二部诗集

马丽亚，我的姐妹！联结我们的
不是血缘的链条，而是精神和心灵，
我古怪的命运和你的决定剥夺了
我那一再重覆的神圣而可爱的称呼，
虽然会用不同眼光去看逝去的时光，
但请你从兄弟手中接受这恋人的纪念品。

1823

---

① 马丽娜·维勒什查卡嫁人后随夫姓，故称普特卡梅尔夫人。

致……

写在纪念册上 ①

我们的双手伸向各个方向，
我们的思想居于不同的世界，
我们的眼睛向各个方面凝望，
啊，亲爱的，我们能否再见面？
如同体积和形态相同的星星，
分别被抛弃到不同的方向，
而当天空以同样的一种强力，
使每次运行都受到永远排斥。

从平凡世界遭到永久的放逐，
这对于他们是损失还是有益，
对一切的厌恶又使他们联成一气，
难道非得要用仇恨去表达爱意？

1824.7

---

①   当时诗人回到科甫诺，这首诗有可能是写给他的亲密朋友卡罗琳·科瓦
尔斯卡的。

133

写在杨·维耶尼科夫斯基^①的纪念册上

别了，帕尔纳斯的兄弟，
无论是在国内还是在国外！
即使你在卡赞的茅屋里，
也不会成为游手好闲者。
你好好观察指定给你的东方，
要像击剑家对待奥林匹克比赛，
那里有珍珠宝石在向你闪亮，
维尔诺^②的彗星会在那里消失。

1824

---

① 爱学社成员，维尔诺大学古典文学系的学生，被流放到俄国卡赞，在那里学习东方语文。
② 立陶宛首都维尔纽斯的波兰语称呼。

134

船员

"听着，船员啊，不幸的事件
　　　迅疾地把我们抛弃！
让你远离祖国的海岸，
　　　再也不能回到自己的故乡。

"尽管你的眼睛朝向地上，
　　　但投向我们的是愉快的眼神，
少见的微笑出现在你的脸上，
　　　额头上依然是明媚的阳光。

"人人都在忙乱，期望能延迟，
　　　唯有你急急忙忙地赶到，
是不是想快速地逃离祖国，
　　　逃离时脸上还带着微笑?"

"听着——"船员说道——"多少年来，
　　　我就见过这个国家这些民众，
我所看到的在所有同胞的心中，
　　　从来都没有过欢乐的心情。

"我在压迫中看到勇敢的品德，

而在民众的头脑里却是愚昧，
有知识的人所追求的是利润，
　　　可是在女人的心里却是空虚。

"我不受个人幸福的引诱，
　　　我被洪水急浪卷走了，
残留的感情、思想和愿望，
　　　把自己交给了祖国的小舟。

"我可以享受美妙的生活，
　　　而当狂风暴雨正要肆虐，
最后一只小船也快要破裂，
　　　我是否还有最后的希望？

"今天，我并没有被绝望所掌控，
　　　因为当我离开这些海岸之前，
上帝给了我非常高兴的新情景，
　　　让我认识了一个高尚的家庭。

"我认识了母亲，她有斯巴达女人的心，
　　　她常为波兰母亲而流泪。
我也认识了这位天仙般的女儿，
　　　她有着令人惊异的萨尔马特精神。

"她们作为神圣信仰的信徒，
　　　被注定要送进狮子的大口中，

他们敢于把慈悲、宽慰和支持，

　　送入到山洞的最深处。

"尽管监狱发出钢铁的响声，

　　村民的令人胆寒的呐喊，

尽管有许多野兽的嘶嚎，

　　还有比它们野蛮百倍的卫兵。

"我认识了她们！未来吓不倒我，

　　舵手啊！把帆升得高高的！

让我们前进吧！我的祖国不会亡！

　　因为哪里有这样的母亲和女儿。"

　　　　　　　　1824 下半年

写在 S. B 的纪念册上 [①]

幸福的时光已经过去了，真可惜！
那时，草原上百花怒放争奇斗艳。
我也采集到成把成束的各种鲜花，
可是现在，连一朵草花也难觅见。
受到狂风暴雨的不断袭击，
在当年辉煌灿烂的祖国山河，
在当年开满金色花朵的草原，
可是我依然将我找到的送给你，
请接受它吧！像过去一样快乐。
因为这花是由你朋友之手采来，
你也拥有了他的最后的礼物。

1824. 12. 22
接到离开立陶宛的命令后
几个小时写就

---

① 即莎罗美亚·贝居，维尔诺大学的贝居教授的夫人，也是波兰诗人尤留
斯·斯沃瓦茨基（1809－1849）的母亲（斯沃瓦茨基 5 岁时父亲去世，
莎罗美亚改嫁给了贝居教授）。她喜爱文学、音乐，很喜欢密茨凯维奇
的诗，诗人常去她的沙龙做客。

流放俄罗斯时期

1824 - 1829

官职[1]

按照贝朗瑞[2]的歌谣《孩子们》的曲调写成

嘿，快快跳起舞来，
　　　捋捋你的胡须，
我们的祖先就曾说过，
　　　要奋勇杀敌，
也要开怀畅饮。
　　　嘿，为他们的健康干杯！
年轻的波兰人对官职不屑一顾。
　　　当他还没有获得勋章，
他在世界上拼搏，像在俄国的澡堂[3]。
用荆条鞭打腰背也是白费劲，
　　　如果他玷污了良心，
　　　但愿上帝扭断他的脖颈。

　　　你是贵族的子孙，
　　　不应去热衷于官职，
我们的祖先就曾说过，

---

[1]　原诗的题目为czyn，在俄国的意义是等级或官职、官衔。——原注
[2]　皮埃尔·让·德·贝朗瑞（1780－1857），法国歌谣诗人，当时很受欢迎，写过许多讽刺时政的作品。
[3]　俄国的蒸汽澡堂是分阶层的，阶层越高，气温越高。

如果你是个赌棍，
　　即使贫穷也无须哭泣。
嘿，为他们的健康干杯！

那是位天文学家，从黑夜到清晨
　　他辛勤地追踪着天上的星星：
胸前、腹部和膝盖上都挂满十字架，
　　不久死神就会来临，
　　接着便是地狱的折磨，
唯有这一个十字架，
鬼王才不会惧怕。

　　嘿，快快跳起舞来，
捋捋你的胡须，
我们的祖先就曾说过，
　　你是贵族的子孙，
　　不应去热衷于官职，
嘿，为他们的健康干杯！

1824 末

航海者

写于 Z^① 的纪念册上

如果你看见一条小船，
被狂风巨浪紧紧追赶。
但愿你那颗天使般的心，
不要为航海者担忧和绝望。

狂风早已把小船抛进了海里，
希望也随着它向远方漂去。
如果命运注定他要被吞没，
那又何必去担忧、去哭泣？

还不如让他在大自然的狂暴中
时时刻刻去和新的险境作斗争。
我不愿挣扎着踏上沉寂的海岸，
望着大海，计数着身上的创伤。

1825.4.1 敖德萨

---

① 约安娜·查列斯卡夫人，诗人流放敖德萨时认识的一位朋友。

致 M. S[①]

你的光辉闪耀在世界的天涯海角
诗人们向你，如同波斯人的祖先向印度太阳
低下他戴着不朽桂枝的头向你致敬。
千百把竖琴齐声赞美你巨大的贡献，
你在想，在这个出众的天使合唱队中，
在颂扬胜利的歌声和欢呼声中，
竟会突然出现一个不和谐的粗野声音，
如同在皇宫的侍从中间出现个农民，
他竟敢如此大胆地推开其他的人们，
直接来到您的面前，向您表达诚心，
音调的女王啊！您亲切接待了他，
他是您的熟友——这是波兰话的响声。

1827.12.12 莫斯科

---

① 马丽亚·希曼诺夫斯卡（1790－1831），波兰钢琴家，诗人在莫斯科与她
相识，并成为她家里的常客。1834年，诗人与她的次女塞琳娜结婚。

143

在狂风暴雪来临之前^①

当一群一群的候鸟发出哀鸣，
在狂风暴雪来临之前飞向远方，
不要去责怪它们！当春天来临，
它们会沿着原路返回原来的地方。

听到它们的叫声，请你想起我，
暴风雨过后，希望总会把我照亮。
我的心就会立即乘着快乐的翅膀，
重又飞向北方，飞到你的身旁。

1829.4.6

---

① 约安娜·雅尼什是一位住在俄国的德国人的女儿，也是年轻的诗人和画家。她在莫斯科认识密茨凯维奇并爱上了他。1829年4月，密茨凯维奇离开俄国前曾从彼得堡来到莫斯科和朋友们告别，这首诗便是应雅尼什的请求写在她的纪念册上。

在塞琳娜·S^①的纪念册上

集合开始了，我看到远方一大群
步兵、骠骑兵、枪骑兵匆匆赶来，
高举着冠有名号的各种各样军旗，
想在纪念册上建起各种武器的兵营。
时过境迁——那时我已成白发英雄，
忧伤地回想起我初出茅庐的岁月，
我向朋友们讲起，在这支军队的
右翼，我是个首屈一指的掷弹兵。

                    1829 彼得堡

---

① 塞琳娜·希曼诺夫斯卡，当时她 17 岁。

大钟和小钟

有一次，小钟在塔楼上叮叮当当，
对躺在教堂前面沙地上的大钟说道：
"你看，老兄，我比你小，但我会唱，
你很大，又有何用？只会一声不响。"
"啊，"——大钟轻声道——"好吹牛的小老弟，
你应该感谢神父把我扔在了沙里！"

1925

朋友 ①

如今世界上已没有真正的友谊，
在奥斯曼县里就可找到它的例证。
那里住着一对好友密舍克和列舍克，
他们两个真是不分彼此，形影不离，
人们说起他们，即使得到一个干果，
他们也会把它分成两半，
总而言之，像这样的朋友
在现今的时代可说是凤毛麟角；
你会说，他们是一个躯体两个灵魂。

有一次，他们在橡树下谈起他们的友谊，
都说是强烈的友情把他们紧连在一起。
他们说得像布谷鸟和白嘴鸦一样动听，
就在此时，他们听到一声吼叫，
列舍克像啄木鸟那样迅捷爬上了树干，
密舍克对于爬树可是个门外汉，
他只好在树下伸手喊叫："老兄，救我！"

转眼之间，密舍克吓得脸色煞白，

---

① 密茨凯维奇在俄国期间写过好几首寓言诗，这是其中的一首。

他倒在地上，熊来到他的身边，
由于惊吓过度，他不省人事像具尸体，
熊动了动他的身躯，闻了闻他的气味，
便认定他已是个死人，肉不新鲜，
便轻蔑地眨了眨眼，转身朝树林走去。
因为立陶宛的熊是不吃死人的肉。

密舍克终于苏醒，大叫："你真差劲!"
"密舍克，你真幸运，熊没有把你撕碎。
熊在你身上掰弄了这样长的时间，
好像在你耳边说了些什么悄悄话?"
"它告诉了我，"——密舍克说——"熊的格言：
我们只能在患难中去认识真正的朋友!"

兔子和青蛙

译自拉封丹

野兔常常处于烦恼和惊恐之中，
　　　但只要能跑能跳便从不灰心。
　　　现在它腿脚衰弱无力，
　　　感到自己的下场有点不妙。

因此它心里感叹：啊，在太阳下面
　　　兔子再也不会有轻松的命运！
　　　在白天，狗、狐狸、大鸟、兀鹰
　　　　　和乌鸦，
　　　就连它，如果它想要，也会把我吞掉。
　　　即使在夜里睡觉眼睛也无法闭上，
因为蚊子在蜘蛛网上嗡嗡哭喊，
　　　这时候我这颗兔子心便颤抖不停，
　　　我害怕得比胆小鬼还要胆小。
　　　永不安宁的生活使我苦不堪言，
今天我决定自我了断结果性命。
再见啦，田野，我童年时代的摇篮，
白菜和萝卜，我年轻时的爱侣，
　　　请允许我用泪来滋润你们。
我向大家宣布：我要投水自尽！

它哭着，迈开无力的腿脚走向湖水，
　　在途中，它踩着了一只青蛙，
那青蛙一抖，像火箭似的，
　　从兔子脚下跃进了湖中。
兔子自言自语道：谁也不要抱怨
自己是胆小鬼，因为这个世界
　　就是建立在胆小害怕上。
谁都会像那只在它面前逃走的青蛙，
谁都会有让自己害怕的兔子。

1829

求婚

当我赞美姑娘的美貌，
妈妈在倾听、叔叔在揣摩。
可是等我表达心意提出求婚，
全家都向我提问，我却在听。

妈妈问起了我的田庄和农奴，
叔叔询问我的官职和收入，
他们的女仆也向我的男仆打听，
关于我过去的恋爱经历。

妈妈，叔叔，我只是一个人，
我的田庄在帕尔纳斯山①上。
我的笔就是我收入的来源，
至于官职，只有去问子孙后代。

我是否恋爱过？——无聊的好奇心！
我能不能恋爱？——我可以向你证明，
抛开你的女仆、我的男仆——小乖乖，

———————————

① 希腊神话中诗神居住的地方。

请你晚上到我居住的旅舍来!

1825

犹疑

未见你时，我不悲伤，更不叹息，
见到你时，也不失掉我的理智，
但在长久的日月里不再见你，
我的心灵就像有什么丧失，
我在怀念的心绪中自问：
这是友谊呢，还是爱情？

当你从我的眼中消失的时候，
你的倩影并不映上我的心头，
然而我感到了不止一次，
它永远占据着我的记忆，
这时候，我又向自己提问：
这是友谊呢，还是爱情？

无限的烦扰笼罩我的心灵，
我却不愿对你将真情说明，
我毫无目的地到处行走，
但每次都出现在你的门口，
这时候，脑子里又回旋着疑问：
这是为什么？友谊，还是爱情？

为了使你幸福，我不吝惜一切，
为了你，我愿跨进万恶的地狱，
我的纯洁的心没有其他希望，
只为了你的幸福和安康，
啊，在这时候，我又自问：
这是友谊呢，还是爱情？

当你的纤手放在我的掌中，
一种甜美的感觉使我激动，
一别的袭击却又将我的心唤醒，
它大声地向着我发问：
这是友谊呢，还是爱情？

当我为你编写这一首歌曲，
预知的神灵没有封住我的嘴，
我自己也不明白：这多么稀奇，
哪儿来的灵感、思想和韵律？
最后，我也写下了我的疑问：
什么使我激动？友谊，还是爱情？

1825

致 D. D [1]

我的宝贝，在这愉快的时刻，
你开始唠叨、哭泣和情话绵绵，
多么可爱的唠叨调情和缠绵，
真不想漏掉每一个词每句话，
我不敢打断，也不敢回答，
唯一想的就是听、听、听。

然而说话的激情使你两眼发亮，
你的脸上出现了草莓似的鲜红，
珍珠般的牙齿在珊瑚中闪光，
啊！这时候，我大胆注视着你的眼睛，
话说得很快，并不企求你来听，
唯一想的就是吻、吻、吻！……

1825 敖德萨

---

[1] 诗人写过多首致 D. D 的诗，据考证它们并不是给某一个女人的，具体指
谁不得而知。

两个词 ①

当我和你单独坐在一起，
什么事都不想问你。
我望着你的眼睛和嘴唇，
当你的眼睛还没有显示，
我就能猜出你的所思所想。
当你的朱唇还没有打开，
我就能知道你想要说的话。
我想听见什么，看到什么
无须我向你解释清楚。
事情并不困难也不新奇
我的亲爱的，就是两个词：
我爱——你！我爱——你！

即使我和你来到了天堂，
我也不想看到别的景象。
唯有希望这两个词，
永远写在你的眼睛里。
愿它发出千百道光芒，
处处可见，在我的身旁。

---

① 波兰语中，kocham（我爱）和 ciebie（你）各为一个词，故称两个词。

从曙光在东方的冉冉上升，
到太阳在西方的渐渐下沉，
我都不想听到天堂的别的歌声，
唯一想听到的就是这样的声音：
我爱——你，我爱——你！
这样的声音会使我无比激动，
它千回百转，无尽无穷！

1825

梦

虽然你不得不抛弃我，
但你心中的爱并未泯灭，
即使离弃也不愿我悲伤，
离别时也不愿再提离别！

当伤心的明天到来之前，愿晚上
最后一刻在抚爱中度过：
当离别的那一刻来到，
就请你给我几滴毒药。

我要紧吻你的嘴唇，当死神
来临，我不想闭起我的眼睛，
我要亲着你的脸，看着你眼睛
就让我心满意足地沉睡不醒。

等到过去了多日或者多年，
你们就会让我把坟墓抛弃，
而你会想起你那长眠的朋友，
你会从天而降使他恢复知觉。

你重又把我拥入你白皙的胸前，

重又用你有力的双臂把我抱紧。
醒来时我会以为只打盹了片刻，
还在吻着你的脸望着你的眼睛。

1825 敖德萨

谈话

我亲爱的，我们用不着谈话，
我只想和你分享我们的感情，
我无法把心灵融入你的心灵中，
为什么要把心撕裂成字句，
等到你的听觉和心灵感受到时，
它在嘴里变了味、在空中己凝结。

啊，我爱你！爱你！我千百次重复，
可是你不满意，还开始生气，
说我不能完美地表达出自己的爱，
只会说得好听，像唱歌那样，
如同在昏睡中，我没有办法
去表现生活的标志而避免死亡。

我以空洞的言辞让嘴唇受累，
现在我想把它和你的嘴唇相吻，
我想和你交谈只能用我的心跳、
急速的呼吸和紧紧的拥吻，
这样的交谈可以一小时、一天和几年
直到世界末日，直到世界的终端。

1825 敖德萨

160

离开之日的沉思

我怎会有不合时宜的悲伤？我站在门前，
再次回到了这孤独寂寞的房间，
好像是忘了什么？——我那迷茫的眼神
再次回来向这些友好的墙壁告别。
有多少个清晨和晚上，
耐心听着我毫无目的的叹息。
我常在黄昏时呆坐在窗前，
望着窗外，但不知看到了什么。
当千篇一律的景致让我无聊时，
我便站起，漫无目的地来回踱步，
孤独的脚步声在房间里回荡，
我数起了时钟钟摆走动的嘀嗒声，
或者是小甲虫轻轻煽动着翅膀，
发出细微的声音，像是在敲打爱人的门。
早晨来临。令人讨厌的车夫已在等待，
快收拾好东西，拿走这几本书，
我们走吧！如同踏进不友好的门槛，
我就这样离开，谁也不来祝福我一路顺风。

这有何关系？我离开这城市，再也见不着
那些与我心性并不相通的居民，

我的离开不会给任何人带来伤痛，
我也不想身后留下别人的一滴眼泪。
如同彩虹般万紫千红鲜花开放的草场，
那细小柔弱的花朵在孤独地飞翔，
从凋零的枯秆上飘落到遥远的地方。
即使他碰上了玫瑰和五月的花束，
他渴望休息，用僵硬的手掌支撑着，
可狂风又把他催赶到更远的地方。
于是我这个不为人知的外国人，
被带到了这些熙熙攘攘的广场和街道，
每天都能遇见一大群美貌的女人，
她们想认识我，为什么？我可是个过客！
孩子们追赶着正在闪光的蝴蝶，
抓住了它，看了看便放了，让它飞走吧！
让我们飞走吧！翅膀幸运地保留到回来，
我们飞走吧，再也不会降低我们的高度！

我记得年轻时便离开了我的故乡，
亲爱的朋友和我的可爱姑娘。
我离开了，我看见了，在树木中间，
我听见了说话声，看见挥动的手绢。
我哭了，美好的哭泣，在激情的岁月。
可是今天我为何要哭，一个冷漠的老人？
年轻人会死得轻松，他还不了解世界，
他想活在妻子、朋友和兄弟们的心里。
老年人的生活已经脱去了假象的外衣，

再也不会相信人间和超自然的奇迹。
他知道他完全到了躺进坟墓的年纪……
他悲伤，他要离开这座陌生的城市。
上车吧，谁也不会在途中拦下这马车，
没有人来送行，哪怕是用眼神，
没有人回到家里脸上还挂满泪珠，
驿车铃声响了，宣告我的出发上路。

        1825.10.29 敖德萨

爱情十四行诗

一　致劳拉[①]

只要一看见你，我便脸颊绯红，
在陌生的眼里看见了熟悉的眼神。
你的脸蛋儿也红得像浆果一样，
如同早晨绽放的玫瑰花瓣。

只要听见你歌唱，我便热泪盈眶，
你的歌声直透我的灵魂和胸膛。
仿佛天使在你的歌声中显现，
或者是天堂敲响普救众生的钟声。

啊，我亲爱的！你不必羞于承认，
我的声音、我的眼神也能使你激动，
纵使外人和命运都反对我们，我也毫不在意。

我必须远离，我毫无希望地爱着，
在人世间，你嫁的是别个男人，
但上帝却把你的心许配给了我。

[①]　劳拉是意大利诗人彼特拉克（1304－1374）的十四行诗所歌颂的对象，
　　密茨凯维奇借此表明他的十四行诗与彼特拉克是一脉相承的。

二　我自言自语……

我自言自语，也和别人交谈，
我呼吸急促，心在激烈跳动。
眼里冒火，脸色却苍白异常，
许多人关切地询问我的健康，

或者在耳边悄悄探问我的神智。
我整日肝肠痛断。我躺在床上，
希望痛苦能得到片刻的缓解，
狂热的心却又使我产生种种幻象。

我跳跃、奔跑，在心里搜索词句，
想对你的残酷无情进行一番责备，
但想出的词句却又千百次地遗忘。

可当我见到你时，自己也不明白，
我怎么会如此平静，比岩石还要冷漠，
为了重新燃起激情，我只好一声不响。

三 你的身材平常……

你的身材平常，谈吐也并不惊人，
你的容貌和双眼也没有压倒群芳。
但人人爱看你的模样，倾听你的话语，
即使你的打扮像牧女，你依然是位女王。

昨天，人们在高歌欢唱、谈笑风生，
相互探听你那些女伴们的芳名，
有的赞不绝口，有的大开玩笑，
当你一走进大厅，人们便鸦雀无声。

宴会上正在歌唱的合唱队中的歌手，
大厅里正在欢快跳舞的男女宾客，
骤然停下。为什么全都静止不动？

人人都在问自己，但谁也弄不清楚，
诗人说道："我知道，是天使来临。"
人们虽不认识你，但都在向你致敬。

四 林中幽会

"你来了，为何如此晚?""我迷了路，
在浓密的树林中，月亮又那样昏暗，
你担心我，想我吗?""你这个负心汉，
你扪心自问，难道我会去想别人?"

"让我吻吻你的手，紧抱住你的双脚，
为什么你全身哆嗦?""我不知道，
我在树林里怕听树叶响、夜鸟叫，
啊，我惊恐不安，也许我们是在犯罪。"

"好好看着我的额头和眼睛，你难道不信
额头上没有印下罪孽，眼里也没有愧疚，
上帝啊! 我们在一起，难道会是犯罪?

"我们坐得远远的，话也没有说上几句。
我真高兴和你在一起，我人世间的天使，
就像是上天给我送来了一位仙女。"

五 虔诚者指责我们……

虔诚者指责我们，浪荡者讥笑我们，
尽管我们单独置身于四堵墙壁之中，
她是那样年轻，而我又爱得深沉。
但我低垂着眼帘，她也泪流不停。

我抗拒着诱惑，她也在抵御着欲望。
禁锢我们的枷锁却在不停地发出声响，
悲惨的命运把我们的双手紧紧捆住，
我们自己也不了解我们心中的情感。

是悲伤，还是欢乐？我从你的手上
感到激动，从你的嘴唇得到温暖，
啊，亲爱的！我又怎能称它为悲伤？

然而，当我们的脸颊流满了泪水，
我们只能在叹息中享受生活的乐趣；
啊，亲爱的，难道我能称它为快乐？

六　晨与暮

东方升起套戴着火红云环的太阳，
西边挂着苍白忧郁的月亮，
朝霞把玫瑰花苞映得无比娇美，
晨露将紫罗兰压得枝条低垂。

劳拉站在窗前，抚弄着金色发辫，
我跪在凉台下面，心中无限惆怅。
"紫罗兰、月亮、还有我亲爱的你，
为什么，"她说，"你们一早就这样忧伤？"

傍晚我再来时，又是另一番景象。
天上升起了皎洁而又明亮的月亮，
暮色也给紫罗兰增添了勃勃生机，

我亲爱的人儿，你又站在了窗前，
打扮更加华丽，眼里也充满欢乐，
我跪在你的窗下，依然像早晨一样忧郁。

七 来自彼特拉克

塞努乔，你想知道吗①

你们想知道我的痛苦吗，我的同龄人？
需要一支生花妙笔才能将它描绘，
我的思想在回忆马丽亚的一举一动，
我的那颗心总是环绕着往事萦回不停。

时而她活泼可爱，时而她沉思伫立，
时而她用眼神召唤我，时而她双手掩面。
时而她愤怒，时而她忧郁，时而她高兴，
时而她温柔甜蜜，时而她冷若霜冰。

时而她在歌唱，时而她紧握我的双手，
时而她独自静坐，时而我们亲切交谈，
她跑开了，却把我的名字写在沙粒上。

时而她喃喃细语，时而她又轻轻叹息，
时而她脸红耳赤。啊，在这些回忆中，
我的心灵和思绪久久无法平静、安宁。

---

① 引自彼特拉克的第八十九首十四行诗。密茨凯维奇的这首是其仿作。

八　致涅曼河

涅曼河，我故乡的河，你的源流在哪里？
我幼小的双手曾在你的河水中嬉玩，
我曾顺着河水一直漂流到寂静的荒野，
让不平静的心在那里获得恬静和抚慰。

那里，孤芳自赏的劳拉注视着自己的倩影，
她解开发辫，把鲜花插在鬓角上，
我这个热恋的青年，泪流满面，
模糊了她在银色水波上的美丽倩影。

涅曼河，我故乡的河，你的源流在哪里？
它们曾带给我多少幸福、多少希望，
我那无限美好的童年欢乐又在哪里？

那令人怀念的斗争时代的烦恼在哪里？
哪里是我的劳拉？我的朋友又在何方？
一切都过去了，为何我的泪水还在流淌。

九　猎人

我看见一个年轻的猎人整天徘徊
在林中小路上。他站在小河旁，
久久朝四周观望，唉声叹气地说：
"我多想见到她，我就要远走他乡，

但我不想被她看见。"随后在河对岸
身穿猎装的狄安娜①策马缓缓走近，
她勒住了坐骑，把目光转向身后，
远远跟在她身后的定是她的侣伴。

猎人全身发抖，苦笑着朝后隐退，
他以该隐的目光朝对岸的路上望去，
他愤怒焦躁，用颤抖的手拿起武器。

他退后一步，仿佛要放弃他的打算。
随后看见尘土飞扬，他举起了枪，
瞄准目标，尘土近了，但谁也没出现。

---

① 　罗马神话中的狩猎女神。

十 祝福

仿彼特拉克

要深深祝福那个年月、那个星期，
还有那永远难忘的日子和时辰，
还有那姑娘让我萌生恋情的时刻
和地方，尽管她从未钟情于我。

她那充满热情和欢迎的眼神，
犹如爱神张开了他的神弓，
那可爱的箭矢正好射中了我的心，
啊！这是我唯一一次被神箭射中。

我祝福那第一次听见她的优美歌声，
这歌声在家乡的森林和江河中回响，
这歌声一直响遍了祖国的山山水水。

我祝福你，这支我在遥远的地方
用来赞美你的笔。还要祝福我的心，
它被劳拉占据着，会对她永志不忘。

十一 放弃

不幸者是那无法获得对方感情的人，
不幸者是那心儿受到残酷折磨的人，
但是那爱上别人而又无法忘却的人，
我认为他才是不幸者中最不幸的人。

看到她那明亮的眼睛和娇美的额头，
种种回忆把他幻象中的欢乐破灭。
美貌和品德激起了他强烈的感情，
可是他忧心忡忡，不敢去与天使接近。

他不停地责怪别人，又觉得错在自身，
他失去了世上的女人，仙女也离他而去，
他注视她们，怀着希望和她们分手。

然而他那颗心就像一座古老的神殿，
被风风雨雨和似水年华侵蚀和摧残，
神不愿住在里面，人又缺少那份胆量。

十二　致 D ……

望着我的眼睛，你叹气，你过于憨厚。
毒蛇的眼里已露出凶光，要防备中毒。
快逃吧，趁毒气还没有进入你的呼吸，
如果你想让你的生命免受任何的毒害。

诚实是我身上还保存着的唯一品德，
你在我的心中燃起了不应有的激情。
但我能独自承受，何必在垂死之际，
让天真的少女卷入我可怜的命运中。

我喜欢寻欢作乐，但我不屑于欺骗，
你还是个孩子，激情却在折磨着我，
你很幸运，你的位置是在宴客中间。

而我的位置却是在棺材和坟茔之中，
年轻的藤蔓啊，你该去攀附浓密的杨树！
还是让带刺的植物去围绕那坟场的圆柱。

十三 我第一次乐意像奴隶那样……

我第一次乐意像奴隶那样望着你，
但额头上并没有失去明亮的光辉。
我想你，但在想念中依然保持着自由，
我爱你，但我心里却没有感受到痛苦。

我常常把放纵的时刻当成幸福，
年轻人的想象，不忠贞的谎言，
和迷人的美貌常让我产生幻觉，
但我依然会诅咒这种放纵的生活。

即使在我爱上了那位美女的时候，
有过多少的眼泪、激情和不安，
现在一提到她的名字，我依然悲伤。

亲爱的，只有和你在一起我才幸福，
上帝保佑，让我得到了这样的爱人。
还要感谢你教会了我对上帝的崇敬。

十四　亲爱的，一想起那些抚爱……

亲爱的，一想起那些抚爱我就叹息，
但可怕的忧思又常常毒害我的心情。
啊！也许你那颗饱受痛苦的心——
我害怕说出——已被悲伤占领。

啊，亲爱的，你的眼神是那么炽热，
你的嘴唇笑得可爱，难道是你的过错？
你过于相信我的品德和你自己的力量，
而造物主偏偏在我们身上燃起熊熊烈火。

我们斗争了多少个日子、多少个星期，
孤身的年轻人总是渴望着能成对成双，
我们相亲相爱，久久相互依偎在一起。

啊！如今，我要去把泪水洒向祭坛，
那不是为了恳求上帝宽恕我的罪过，
而是求他不要用你的苦恼将我折磨。

十五　早安

早安！我不敢叫醒她，多么可爱的人，
她的灵魂一半已经飞往天堂般的仙境，
另一半则使她的脸容像仙女一样娇艳，
有如太阳一半在天堂，一半在彩虹中。

早安！她叹了口气，眼睛炯炯有神，
早安！朝霞的亮光使她无法睁开双眼，
肆无忌惮的苍蝇在她的嘴边飞来飞去。
早安！阳光照进窗内，我就在你身边。

我带来甜美的早安，但你那娇美的睡态，
却让我失去了勇气。我只是想要了解
你的心境是否平静，身体是否健康？

早安！难道你不想让我亲吻你的手？
你叫我走我就走。这是你要的衣衫，
快穿好出来。我再次向你道声"早安！"

十六　晚安

晚安！今天我们已经尽兴，不再嬉玩，
让天使的蓝色翅膀围绕着你进入梦乡，
晚安！让你流过泪的眼睛得到憩息，
晚安！让你的心灵获得无比的安宁。

晚安！让我们幽会的每时每刻每秒每分，
都成为催你入睡的平静而又美妙的声音，
这声音在你耳边轻响。当你昏昏入睡，
我会在你蒙眬的眼中变得更加可爱可亲。

晚安！请你转过眼睛，再朝我望一眼，
让我亲吻你的脸。晚安！你想叫仆人？
让我亲亲你的胸。晚安！纽扣已扣紧。

晚安！你跑开了，还把房门关得很紧，
想从锁孔向你问好，可惜也被遮上了。
我一再说着：晚安！想让你无法入睡。

十七　你好

你好！这是我对你最甜美的问候。
无论是黄昏的黑幕把我们分开，
还是清晨的曙光将我们双双唤醒，
从来没有人这样激动地告别和相逢。

就像此时此刻，被黄昏的暮色所激动，
甚至连你这样寡言少语和害羞的人，
一听到这傍晚的诚挚的祝愿和问候，
眼睛也会更加明亮、说话多了几分叹息。

向共同生活在一起的人们道声"你好！"
让"你好"去赞美把人们联在一起的劳动，
让"你好"围绕着一双双幸福的情人们。

当他们欢快地痛饮着甜蜜的甘醇，
祝福那些相爱的人和暗恋着别人的人，
让一声"晚安！"合上他们脉脉含情的眼睛。

十八　拜访

致 D. D

我刚刚进来，只和她本人说了几句话，
便响起了门铃，迎宾侍者走进客厅，
他后面是来访者，向她鞠躬和问候，
这位刚刚进门，门外又来了位客人。

但愿我能在大门口埋下捕兽的陷阱，
上面用树叶伪装，安上捕兽的毒夹，
如果这一切都无济于事，我只有逃走，
到另一个世界去筑起忘河的堤埂。

啊！该诅咒的讨厌鬼！我珍惜每秒每分，
犹如一个罪犯在等待最后一次的审讯。
可是你却在侈谈昨天的假面舞会和逸闻。

你已经拿起手套，正在寻找你的礼帽，
此时我才缓了口气，心中升起了希望，
啊！你又坐着不动了，像被钉住了一样。

十九 致来访者

要想做个好客人，请听听我的忠告，
不要去散布众所周知的逸事趣闻，
说什么今天在此地跳舞，别处进餐，
粮价下跌了，天下雨，希腊在暴动。

如果你在大厅里看见一对说笑的男女，
你要注意，他们是否会向你问候致意，
他们坐的位置是否相隔，不紧挨在一起，
是否一切都循规蹈矩，衣着也很得体。

假如女主人的嘴上没有丝毫笑意，
却时时发出笑声，而那里的少爷，
却站在一旁，时时看看手表又收起。

嘴里虽然彬彬有礼，眼里却露出恼恨，
这时你该如何对待？只有道声："再见！"
何时再去拜访他们？必须再过一年。

二十 告别

致 D. D

你在拒绝我。难道你心里不再爱我？
或许是我没有爱你——还是你有所顾忌？
但你还在亲近别人——难道是我未付钱？
过去我从未给过，不是也得到了你。

尽管我没有向你献宝，但也不是白取，
每一次亲近我都付出了高昂的代价：
那是我的整个灵魂和我生活的平静。
你为什么拒绝我？我找不出原因。

今天我在你心里发现了新的贪欲；
你想要赞美你的诗歌。我完全知道，
你想用它去玩弄别人的幸福和宁静。

诗是买不到的！尽管我下笔如有神。
如果要我用诗神的桂冠来把你装饰，
只要一想起你，诗和我会变得僵硬！

二十一　达那伊德斯 ①

美丽的女人啊，黄金时代哪里去了？
那时候，用野花和绣着谷穗的衣裙，
让鸽子充当媒人，送给心爱的恋人，
就能获得少女的美貌青春和她的心。

如今时代贬值了，但要价却更昂贵，
得到我黄金的女人还向我要诗句，
我把心给了她，她还要和我结婚。
我写诗赞美她，她却问我是不是富翁。

女人们！我把礼物、诗歌和痛苦的灵魂，
都投进了你们那贪得无厌的欲壑中，
如今我的慷慨变成吝啬，激情成了嘲讽。

虽然我对你们的动人美貌难以忘怀，
我仍旧在赞美你们、对你们大献殷勤，
过去我献出一切，今天我的心除外。

---

①　希腊神话中达那奥斯国王的女儿，因在新婚之夜杀死她们的丈夫而被罚
挑水倒入一只无底的瓮中，直到把瓮装满。

二十二　辩护

我在同龄人中间写诗去歌颂爱情，
一些人对我称赞，另一些人议论纷纷：
"这诗人只会谈情说爱，只会为情悲伤，
他没有别种感情，也不会描写其他对象。

"他已步入成年，有着丰富的人生阅历，
可他心中依然燃烧着天真幼稚的激情，
难道上帝给予他的就只有这种声音？
难道他只会去歌唱自己的傲慢和感情？"

多么善意的忠告！若是我满怀激情
拿起阿尔舍①的诗琴，采用乌尔辛②的曲调，
我还没有开始歌唱，在场的整个人群

便会怀着惊异的神情纷纷逃离现场。
我只有放下诗琴，把诗篇扔进忘河中，
有什么样的听众便会有什么样的诗人。

---

① 指阿那克里翁（前520－前485），古希腊诗人。
② 乌尔辛 ·尤利安·聂姆策维奇（1758－1841），波兰诗人、作家、历史
学家、社会活动家。

克里米亚十四行诗

Wer den Dichter will verstenhen

Muss in Dichter's lande gehen

——Goethe in Chuld Nameh

谁想要了解诗人，就应到诗人的国家去。
      ——歌德《天堂之书》

献给克里米亚旅行的旅伴们。
      ——作者

一 阿克曼草原①

我航行在无水的辽阔海洋上，
我的马车像小船在绿丛中前行。
穿过青草的波涛、鲜花的海浪，
绕过色彩斑斓的山茱萸的岛群。

黑夜降临了，没有路，也无路牌指引，
我仰望天空，寻找为我导航的星星，
远方是云彩在闪烁？还是曙光初露？
闪光的是第聂伯河，是阿克曼的明灯。②

我们停下。多么寂静，我听见鹤群飞过，
太高了，就连老鹰的鹰眼也望不见，
我听到了在草地上蹁跹飞行的蝴蝶。

我还听见了光溜的蛇在草丛中穿行，
多么寂静！我好像听到了立陶宛
传来的声音——没有人呼叫，我们前进！

---

① 阿克曼是俄国南部的一座小城，位于第聂伯河的右岸，离黑海 12 里。诗
人把草原比作无水的海洋，表明它的宽广。
② 指海岸上的灯塔。

二 平静的大海

从塔尔汗库特①高处俯视

微风把船旗上的丝带轻轻飘扬，
明净的海水像胸膛在不停颤动，
仿佛是位渴望幸福的年轻未婚妻，
惊醒了，叹口气，重又坠入梦中。

船帆已在光秃的桅杆上卷起，
如同战斗结束后收起的军旗。
船轻轻摇曳，像是被铁链锁住，
旅客们谈笑风生，水手们也在休息。

大海啊，在你的欢乐的生物之中，
有一只章鱼暴风来时便藏身海底，
等到风平浪静，它便伸出长长的触手。

思想啊，在你的深处是记忆的多头蛇，
当命运乖戾和感情激动时，它便沉睡着。
等到心灵平静了，它的利爪就向它进攻。

---

① 克里米亚半岛最西端伸入黑海的海角，以水域激荡而闻名。

三　航行

大海汹涌咆哮，充满了可怕的怪物，
有一位水手攀着绳梯升入了高空。
他像一只蜘蛛在无形的蛛网中攀登，
还在暗中窥视着它的蛛网的抖动。

风来了！狂风！船在颠簸！挣断绳索
它剧烈颠簸着，淹没在大片浪花之中。
船头翘立，破浪凌空，朝天空飞行，
风抓住了它的翅膀，脖子伸进了云层。

我的思想像船帆一样在风浪中膨胀。
我的想象像桅杆的绳索在天空翱翔，
我不由自主地和水手们一起叫喊。

我倒在了船板上，伸出双手抓紧。
我觉得是我的心在推动着船前行，
啊，我有了鸟飞的感觉，多么轻盈！

四　暴风雨

帆破舵断，风急浪高，大海在咆哮；
人们惊呼狂叫，唧筒发出可怕的呻吟，
最后的一根绳索也被狂风卷走了，
太阳血红地落下，希望也随之消失。

狂风发出胜利的欢呼！骇浪滔天，
层层巨浪有如一座座高山屹立海中。
死神出现了，直朝轮船冲了过去，
恰似军队进攻那早已破坏了的堡垒。

有的昏倒在地，有的扭动着双手，
有的抱住了朋友，一起跪下祈祷，
他们在乞求死神发善心放过他们。

唯有一位旅客孤坐一旁，他在想：
"那些昏倒的和能祈祷的人真幸福！
幸福的还有那些有朋友可以告别的人！"

五　从科兹沃夫①草原眺望山景

旅行者和米尔查②

旅行者

是不是阿拉③给大海砌了一道冰冷的大墙

还是给天使们建造了一个寒云的宝座?

是不是第扶④们为了不让星星的队伍离开东方,

用四分之一的大陆筑起了这道高墙?

山顶红光冲天,犹如查罗格罗德⑤的大火!

当黑夜笼罩着大地,是不是阿拉在这

广袤的苍穹中悬挂的一盏耀眼明灯,

指引着世界在自然的大海中航行前进?

米尔查

那儿吗? 我去过。冬天坐着,伸出长喙

---

① 位于克里米亚西海岸的一座小镇和港口。

② 鞑靼汗国的贵族称号。

③ 伊斯兰教对"主"的称呼。

④ 古代波斯神话中的恶神,曾统治过世界,后被天使们赶到了世界的尽头。

⑤ 恰提尔·达格山峰在日落之时,因阳光的返照,有时看起来像在燃烧一样。——原注〔查罗格罗德是伊斯坦布尔的斯拉夫人的称号。〕

正从自己的窝里喝着那小溪和大河的水，
我吸气，雪从我嘴里飞出，我加快脚步。

那儿连老鹰也够不着，是飞云的终点，
我躲开了那沉睡在云雾摇篮中的雷电，
直到那个地方，我的头上有颗明亮的星。
那就是恰提尔·达格！[①]

旅行者

啊！

[①] 恰提尔·达格是克里米亚南部的最高山峰，相距 200 里都能从各个方向
看到它，它的形象像是块巨大的青色的云。——原注

六　巴克奇萨莱①

这儿是雄伟但已荒废的基雷②宫殿，
还有巴夏们憩息的凉台和前厅。
原是权势的宫殿，爱情的密室，
如今只有蚂蚱在跳跃，蛇在爬行。

树木和杂草已穿过五颜六色的窗口，
攀附在沉寂的墙上，达到了天花顶上。
人们的成果已经被命运所主宰、所摧残，
在墙上写下了伯沙撒王③的"废墟"字样。

在大厅的中央有座大理石的水池，
那是哈内姆的喷泉，依然完好无损。
喷出珍珠般的泪水，在荒野中呼喊：

"你们到哪儿去了，爱情、权势和荣誉？

---

① 巴克齐萨莱城位于四面环山的一个山谷之中，以前是基雷们——即克里
　米亚的可汗们——的京城。——原注
② 从 15 世纪到 18 世纪，基雷王朝统治着克里米亚汗国，最后一个基雷死
　后，汗国被俄国占领而灭亡。
③ 巴比伦王国的最后一位统治者，前 539 年在与波斯人的战争中被杀，巴
　比伦王国灭亡。见《旧约·但以理书》第五章。

纵使泉水干涸，你们也应该永存人世。

耻辱啊，你们消失了，泉水却永留于此。"

七　巴克齐萨莱之夜

虔诚的居民们从清真寺走出、散去，
召人祷告的喊声①已消失在黄昏中。
晚霞把苍白的脸孔映照得绯红，
黑夜的银色之王②急于同爱人相见。

永恒的星星在哈内姆的天上闪烁，
像无数盏明灯把整个天际照亮。
像在湖中睡着的天鹅一样的白云，
胸前洁白，周围却是一圈落日金光。

阴影已落在了柏树和梅纳列中间
远处是隐没在黑暗中的大理石围墙。
就像是艾伯力斯③宫殿中的魔王，

也会在黑夜的天幕之下隐藏——

───────────

① 伊斯兰教的教堂通称为清真寺，在里面的一个角落里，建有叫作梅纳列
　 或梅纳列特的尖塔，周围有高达塔一半的走廊。报时人从这走廊上呼叫
　 人们前来祈祷，每天在规定的时间内呼叫五次。报时人的清晰而又尖锐
　 的声音是很悦耳动听的，特别是在没有车轮声、显得非常寂静的伊斯兰
　 教城市里。——原注
② 意为月亮。
③ 伊斯兰教中的恶魔。

有时雷电会在他们头上惊醒，它的闪光
像武士策马飞奔在沉寂的荒野上。

八　波托斯卡之墓[①]

春天之邦，花园里的鲜花竞相开放，
但是你却凋谢了，你美丽的玫瑰！
岁月流逝，像飞去的金色蝴蝶，
那记忆的毒蛇已将你的心撕碎。

在朝向波兰的地方，无数星星在闪耀，
为什么在路上聚集了那么多的星星？
莫非你在墓中尚未熄灭的火热的目光，
要把你的脚迹所过之处永远照亮？

---

① 离可汗王宫不远，有一座坟，坟上建有圆顶，是按东方风格建成的。克里米亚的普通百姓都说，这是凯丽姆·基雷为他宠爱的女奴所建的纪念碑。这个女奴是波兰人，来自波托斯基家族。但是莫拉维耶夫－阿波斯托尔在他所写的那本博学的、写得很美的《克里米亚旅行记》中却坚持认为，这故事是杜撰的，坟中所埋的是一个格鲁吉亚女人。我们不知道他的这种观点有什么根据。他的理由是：在18世纪中叶，鞑靼人不会这样轻易将波托斯基家族的人抢来做奴隶，这种观点是不能令人信服的。众所周知，在乌克兰的最近的哥萨克暴动中，就有不少人被掳去，并被卖给了邻近的鞑靼人。在波兰，姓波托斯基的小贵族大有人在，因此，这故事中被掳的女奴并不一定要出自著名的胡曼尼大贵族，他们比较少受到鞑靼人的侵略和哥萨克暴动的影响。从这个关于巴克齐萨莱坟墓的民间故事中，俄国诗人亚历山大·普希金以其非凡的天才写出了他的故事诗《巴克齐萨莱的喷泉》。——原注〔胡曼尼是波兰大豪绅波托斯基家族的领地和大庄园。〕

199

波兰女人啊！我也在孤独中死去，
让友爱的手埋葬我，在你的近旁，
旅人们常会在你的墓前聚首，交谈。

那时候，听到故乡的话语我多么激动，
那些热情歌颂你的诗人们定会看见
近旁的坟墓，也会为我赋诗一首。

九　哈内姆 ① 之墓 ②

米尔查致旅行者

这是从爱情葡萄园中采下的未成熟葡萄，
为了阿拉的宴会。这儿是东方的珍珠，
从欢乐和幸福之海采集。而永恒的甲壳，
——棺材，却过早地把她们带进了黑暗。

忘却和时间的黑幕已将她们掩藏，
她们上面的冷盖石在果园中闪亮，
有如遮盖着亡魂的旗子守卫着坟茔，
异教徒的手还是留下了她们的姓名。

啊，伊甸园的玫瑰！在清澈的泉边，
在羞怯的绿叶下度过了开花的时辰，
永远避开了那些不信教者的目光。

如今外国人的眼光亵渎着你们的坟，

---

① 　伊斯兰教徒家中供妇女居住的房间，也可引申为伊斯兰教徒的妻子和女眷。
② 　在一座豪华的花园里，在桑树和细长的白杨树中间，竖立着可汗们和苏
　　丹们以及他们的妻子和亲人们的墓石。在邻近的两个建筑物里，有许多
　　棺材凌乱地躺在那里。从前这些棺材都盖有华贵的织物，现在已露出光
　　秃的木板和腐烂的破布。——原注

201

啊，伟大的先知，请原谅他，允许他，
只有他这个外国人含泪把她们瞻仰。

十　巴达利①

我放松缰绳、鞭打着马飞驰前进，
森林、山谷、峭壁依次迅速后退，
就像小溪的湍急水流那样消隐，
我想让这种景象令我陶醉、发昏。

当口吐白沫的马不再听从命令，
当五彩缤纷的世界已被夜幕笼罩。
我那焦渴的眼光犹如一面破镜，
映照出森林、山谷和峭壁的幻影。

大地沉睡了。我无法入睡便跳进大海，
黑暗的汹涌的海浪冲击着海岸，
我朝海浪低下了头，伸出了双臂。

波浪碰着头，破碎了，周围一片混乱。
我的思想无助地陷入了遗忘之中，
就像一只陷入奔腾的急流中的小船。

---

① 　巴达利是个美丽的山谷，由此地可到达克里米亚南边的海岸。——原注

十一　白天的阿卢什塔①

高山从胸前扔下了它的朦胧的纱巾，
金色的麦田在早晨的祈祷中低语。
森林低着头，从它浓密的头发中，
撒下了红玉、榴石②，像哈里发③的念珠。

草原鲜花盛开，五颜六色的蝴蝶，
如同飞翔的鲜花，又像弯曲的彩虹，
让金刚石的华盖覆住了整个天空，
远处是蚱蜢，张开了翼翅的衣裙。

光秃的峭壁凝视着大海，一动不动，
那里，大海在咆哮，发起新的进攻。
海浪波光粼粼，恰似老虎的眼睛。

这预示着狂风暴雨将袭击岬角，

---

① 阿卢什塔是克里米亚最令人向往的美丽地方之一。那里从来没有袭人的
　北风。在 11 月，旅人们还常常到依然是翠绿的胡桃树的树荫下乘
　凉。——原注
② 在克里米亚的整个南岸，都生长着结有美丽鲜红的果实的石榴树和桑
　树。——原注
③ 伊斯兰教的宗教及世俗的最高统治者的称号，意为继承者，即先知穆罕
　默德的继承者。

但在海岬的远处，海浪轻轻地摇动，
船只和一群群海鸥都在悠然地沐浴。

十二　黑夜的阿卢什塔

风变清爽了，灼热的白天渐渐离去，
在恰提尔达格的肩上照耀着世界的
明灯，放射出红光，然后渐渐隐去。
迷途的旅人便在那里凝望，倾听。

山峰模糊了，山谷已是沉静的黑夜，
泉水在矢车菊花床上歌唱着甜梦，
空气里充满鲜花的芬芳和甜美的歌声，
一种神秘诱人的声音直达你的心灵。

黑夜和沉静抚摸着我蒙眬入睡，
那流星的刺人亮光又把我惊醒，
金黄的光波照耀着大地、天空和山峰。

东方之夜啊！你的风姿犹如宫中妃嫔，
用抚爱助我入睡，可是我刚入梦乡，
又被你目光惊醒，再来一次甜蜜的温存。

十三　恰提尔达格

米尔查

穆斯林虔诚地吻着你基座上的双脚，
伟大的恰提尔达格，克里米亚船的桅杆！
大山的巴迪沙①！世界的米纳内特，
你超越于群峰之上，直达云端！

你守卫着天堂的大门，正如巨人
加百列②守卫着伊甸园的殿堂一样。
苍翠的森林是你的外衣，还有雷电，
那可怕的勇士编织着闪电的云巾。

无论是太阳的炙热，还是云雾的遮荫，
或者是蝗虫的危害，乔尔③的放火烧房，
恰提尔达格啊！你都镇定自如、岿然不动！

---

① 巴迪沙是土耳其的苏丹的称号。——原注
② 我之所以用加百列这个名字，是因为大家都很熟悉。根据东方的神话，
　天堂的真正守卫者是拉美（在牧夫星座），被称为"艾思赛美琪"的两
　颗大星之一。——原注〔加百列是天使，上帝的使者。〕
③ 乔尔意为不信教者、异教徒，伊斯兰教徒是这样称呼基督教徒的。——
　原注

在天地之间你成了创造主的翻译，
在你的脚下是人们、雷声和大地。
你只倾听着上帝的对创造物所说的话语。

十四　旅行者

我的面前是富饶而又美丽的地方，
头上是晴朗天空，身旁有美丽姑娘。
为什么我的心还在想念那遥远的地方，
以及——很遗憾——更遥远的时光？

立陶宛啊！你那呼啸的森林在歌唱，
胜过巴达利的夜莺、萨希拉①的姑娘。
我宁愿在你的沼泽中间趔趄行走，
胜过在这桑葚和金色凤梨的山谷。

我身处远地，这里又有诱我的欢乐，
为什么我总是心神不宁，长吁短叹？
是为了我在青春年华时爱上的那个她？

那亲爱的屋子，她曾拥抱过我的地方，
那里的一切会令她想起那真诚的爱人，
当她踏着我的脚迹时会不会把我想念？

---

① 克里米亚的一条小河，流经恰提尔达格的山脚下。

十五 楚伏特－卡列①悬崖上的小路

米尔查和旅行者

米尔查

松开缰绳、转过脸去，快快祷告吧！
骑手们把自己的聪明寄托在马的脚上②。
勇敢的马！看，它的眼睛在测量着那
深渊。它曲着腿，正站在悬崖的边上。

仿佛悬在空中：不要看！还是试试看，
那里就像开罗的井③，深得望不见底。
手指没有翼翅，就不要用手指来指去
连思想也要抛弃，因为思想就像铁锚。

---

① 楚伏特－卡列是一个坐落在高高的悬崖上的小村子，崖边的小房子就像
是燕子窝。通往山上的小路十分险峻，像是挂在悬崖上似的。在村子里，
房屋的墙几乎与悬崖边缘连在一起。从窗口望出去，眼光就会消失在深
不可测的深渊中。——原注
② 克里米亚的马，在经过艰难而又危险的道路时，似乎有一种特别的警觉
和谨慎的本能。它在举步之前，先把脚提在空中，试探每一块石头是否
踏实，踩下去是否能站住。——原注
③ 这口井叫约瑟夫井，深88米，是奉埃及的苏丹萨拉丁（1138－1193）之
命挖掘的。

从小船上抛下去，也不能达到海底。
雷电交加，大海掀起巨大的海浪。
小船更加颠簸，直沉入浑浊的深渊。

旅行者
米尔查，我看见了！那座世界的深渊，
要等到死后，才会说出我看到的一切，
因为能说明它的，决不是活人的语言。

十六　基基内斯山 [1]

米尔查

向深渊望去，天空就躺在下面，
这是大海。海浪中似立着山鸟 [2]。
它被雷电击中，张开桅杆似的羽毛，
恰似一张弯弓，比半圆的彩虹更大。

它有如蔚蓝海水中出现的白色大岛。 [3]
在茫茫深渊中飞行，这是黑云，
它撒下黑夜，将半个世界笼罩，
你是否看见它额头上闪耀的丝带？

---

[1]　山中的鞑靼营地位于巴达利山坳和克里米亚南岸之间。

[2]　即西慕尔格，是《一千零一夜》中大家很熟悉的山鸟，在波斯神话中非
　　常出名。东方的诗人们多次把它歌颂："它像高山那样巨大，像城堡一
　　样坚强。"菲尔多希在《列王记》中写道："它的爪子能抓起一头大象。"
　　他又接着写道："它一看到骑士队伍，就立即乘坐乌云飞离它所栖息的
　　山岩，一直冲向天空，像一阵狂风，在那队骑士的头上撒下一片阴影！"
　　参看哈梅尔著的《波斯文学史》（1818 年维也纳出版，第 65 页）。——
　　原注［菲尔多希（940－1020）是波兰诗人，《列王记》长五万余行，花
　　335 年才完成；哈梅尔是与密茨凯维奇同时代的德国东方学者，诗人
　　写作《克里米亚十四行诗》时，读过他的《波斯文学史》。］

[3]　如果有人从高出于云雾之上的山顶去眺望那飘浮在海上的云，他就会觉
　　得它像是躺在海上的一座白色大岛，我就曾亲自从恰提尔达格山上看见
　　过这有趣的独特景象。——原注

212

那正是闪电。站住，脚下便是深渊，
我要让马奋力一跳，越过那大缺口，
我要跳了，你站住，准备好踢马刺！

现在我一消失，你就盯住对面的悬崖，
如果那里羽毛闪现，那是我的帽子！
如果没有看见，那就证明此路不通。

十七　巴瓦克瓦瓦①的城堡废墟

这些残壁断垣的城堡曾把你装饰打扮，
还保卫过你，忘恩负义的克里米亚！
如今倒像是挂在山中的巨大的骷髅，
里面住满了毒蛇和比毒蛇更凶恶的人。

让我们爬上尖塔，上面刻着纹章和人名。
那是一位带领队伍叱咤风云的英雄。
他令敌人闻风丧胆、如今已被人遗忘，
葡萄藤缠住了他，就像缠住一条小虫。

这里墙上有希腊人雕琢的雅典装饰品，
还有意大利人给蒙古人②戴上的铁链，
前往麦加的朝圣者唱起了祈祷的诗文。

今天黑翼翅的兀鹰在坟墓上空盘旋，
好像城里遭受过瘟疫和死亡的席卷，
唯有悲悼的黑旗一直在塔顶上飘扬。

---

① 就在同名的海湾的上面，有很久以前从小亚细亚的米勒都斯莱的希腊人
建立的城堡遗址。后来热那亚人又在同一地方建有琴巴洛炮台。——原
注［此海湾离塞瓦斯托波尔不远，15 世纪被鞑靼人占领。］
② 这里指鞑靼人。

十八　阿尤达[①]

我喜欢依靠在阿尤达的岩石上，
凝视着那泡沫飞扬的汹涌波涛。
像密集的黑色队伍、像飞扬的雪花，
在天空中凝集成百万条奇妙的彩虹。

它们冲击着海滩，海浪支离破碎。
像是鲸鱼的军队在向海岸发起进攻，
它们占领了陆地、迅即又撤回海中，
一路上留下了珊瑚、贝壳和珍珠。

你的心也是如此，年轻的诗人[②]啊！
热情常常在你的心里展开激烈的战斗，
可是后来，每当你弹奏起你的竖琴，

它就从容退去，消失在记忆的深渊中。
留下了不朽的诗歌，它将世代相传。
成为戴在你头上的流誉奕世的桂冠。

---

① 克里米亚南岸边的一座小山，地处阿卢什塔的西部。
② 指古斯塔夫·奥里查尔，波兰奇，常年住在阿卢什塔附近的别墅里。密
　茨凯维奇曾在他家里住过多日，与他成了好朋友。

旅人

译自歌德的《过客》

旅　人

年轻的女人，上帝保佑你！
也愿上帝保佑你的
正在怀里吮奶的
婴儿。

请允许我靠在这岩墙上，
放下我背负的
旅行行囊，
在你身旁休息片刻。

女　人

客人啊！是什么手艺驱使你
在这样炎热的夏天，
穿过这沙石的道路，
风尘仆仆地来到我们这里？
也许你是个商人，
从城里贩来了货物
到我们乡下来推销？

216

客人！你是在讥笑我的问话？

　　旅　人
我没有带来货物，
我是要去这附近的城镇。
黄昏把天气变得凉爽了，
请你指给我看，你们饮用的泉水
在哪里，美丽的女人。

　　女　人
从这条山路上去，
再往前走，这条小路
会把你带到我住的小屋，
那儿就有
我们饮水的泉源。

　　旅　人
我看见丛林之间有一片
人工修整过留下的痕迹。
经由大自然之手扔下的石块，
不可能摆放得这样整整齐齐。

　　女　人
再往前走，向上——

旅　人

在一块青苔掩盖的
　　弓形额枋，
我认识你，创造的艺术精灵，
你的印章刻在这石头上。

女　人

游客啊，再往前走——

旅　人

我跨过一块碑文
什么也读不出，字迹已被磨灭，
这位艺术的创作者，
是要向子孙后代显示他的虔诚。

女　人

旅人啊！让你感到惊奇的
是这些长满青苔的石头？
再往上走，在小路的转弯处，
我小屋周围就有很多这样的石头。

旅　人

还要往上走？

女　人

　　　　　立刻向左！

灌木林中有棵大树！

　　就是这里！

旅　人

啊，美惠女神！啊，缪斯！

女　人

你看见了我的小屋。

旅　人

一座庙宇的废墟！

女　人

就在屋旁的下面，

你能听见水响，

那就是我们打水的地方。

旅　人

啊，勇敢的天才，

你用你一生的力量，

在你的坟上展开双翼。

虽然你的杰作，

在你身边毁坏了

但你是个不朽者!

女　人
请等一下，我进屋里去
给你拿盛水的杯子。

旅　人
常春藤覆盖着
你那美妙的神像!
你从瓦碟中，
就像从破损的棺材
冒出来直冲云天。
两根相同的圆柱，
那儿是你的姐妹站立在坟墓之间，
你们的额头上长满阴郁的苔藓。
以庄严忧伤的目光俯视着
你的兄弟姐妹们
那令人尊敬的形象，
他们散落在脚下，
埋入到土里，
在垃圾堆里，在泥土中，
杂乱的野草在上面摇曳不停。
啊，不可原谅的大自然!
你就是这样来珍惜
你杰作中的杰作吗?
你麻木地毁坏了

你神圣的殿堂。
而在它们的废墟上
却是荆棘丛生！

女　人

我的孩子睡得多么沉！
客人啊，你是愿意进屋来歇歇，
还是留在这个院子里？
多么可爱的孩子！我到泉边去舀水，
现在请你抱一下我的孩子。
睡吧，我的宝宝！睡吧，我的儿子！

旅　人

孩子睡得真甜蜜，
多么天真，多么健康。
轻轻把你摇动，
你诞生于神圣过去的
墓地之上！
愿过去的神圣精灵
留在你的身上。
它用神奇的翅膀
掩盖着他的精神，
每天将在神的感觉中
得到欣赏。
啊，可爱的胚芽！
你破土而出，并在春天

蓬勃生长！
在你伙伴面前闪耀吧！
当花凋谢时，
如同从高大的树上，
从你的灵魂深处结出了
丰硕的果实，
在阳光的照耀下成熟。

女　人
愿上天能实现你的愿望！
我的小宝贝还在睡吗？
可用来招待你的，
除了这杯水，只有这片面包。

旅　人
真要谢谢你，谢谢！
这四周都是一片翠绿，
鲜花盛开！

女　人
我丈夫很快就要回来，
他干完了田里的劳作。
我的客人，请你留下、留下，
和我们一起共进晚餐，
和我们农民。

旅　人

你们就住在这里？

女　人

我们的小屋不远，

就在倒塌大门的废墟中，

那是我父亲用破砖建成，

遗赠给了我们，

我们就住在那里。

父亲把我嫁给了个农民，

后来他就死在我们怀中——

啊，我的心肝！你已经睡够了！

你看他多活泼多调皮，

你这个小淘气包！

旅　人

啊，大自然，你永远是多产的母亲！

你对所有的人都一视同仁，

你使每个人都享有生命和快乐！

你让所有人都居有其所——

燕子栖息在上面的建筑物上，

并高高筑巢在屋檐下，

毛毛虫为它们的幼虫

编织起过冬的暖窝。

而你呢，在昔日的豪宅的废墟上，

为自己建起了一座简陋的房屋。
在坟茔之上享受生活吧!

再见了,幸福的女人!

女　人

你一定要到城里去吗?

旅　人

上帝保佑你和你的儿子
身体健康,幸福安康!
再见!

女　人

一路平安!

旅　人

如果我没有弄错
右边这条小路,
就能到达城里?

女　人

是的,直达维龙①。

---

① 在那不勒斯附近,古罗马人在此建有许多别墅。

旅　人

还有多远？

女　人

两里路。

旅　人

再见！
大自然啊，一个来自远方的旅人，
迷途在过去的坟茔之间，
呼吁你的关怀。
你引导他走向能
抵挡北风的避难地。
引导我到达平静的地方，
那里有一丛小白杨，
能遮住正午的阳光。
当每天的工作结束之后，
我便回到自己的家里休息。
小屋被落日的余晖染成了金色。
但愿我也有这样美貌的女人，
手上也抱着这样可爱的孩子，
前来把我迎接！

1827 末

回忆

译自普希金

当喧闹的一天为凡夫俗子静下时，
　　黑夜就将半透明的霓衫
覆盖在首都的宁静广场上，
　　投下了梦，作为劳累的报偿。

这时候，孤独的我在寂静中
　　慵懒地度过那沉思的时刻，
这时候，内心的毒蛇对着
　　散懒的我，烧得更加炽热。

脑海里的幻想在沸腾，涌现出
　　千丝万缕的思念和无穷的忧虑：
这时候，往事的回忆默默地
　　在我面前展开长长的画卷。

我怀着憎恨和恐惧阅读自己的历史，
　　我不仅对自己是悔恨交加，
还深感悲痛，流下苦涩的泪水，
　　但却无法洗去悲哀的韵律。

1828

监视

乌克兰歌谣①

从花园的长廊，气喘吁吁的总督，
跑向自己的城堡，他既愤怒又担心，
他冲到了妻子的床边，掀开帐子，
他全身发抖，床上连个人影都没有。

他低头望地，用他一只发抖的手
抚摸着他唇上的一绺花白胡须，
他离开床边，转身朝门口走去，
大声喊叫哥萨克纳乌姆的名字。

"嘿，你这哥萨克！你这乡巴佬！
为何不在花园门口放狗、派人守卫，
快去拿火药袋和那支土耳其枪来。
还有点火绳。混蛋，快跟我出去！"

他们拿上武器，悄悄走进了花园，
他们放慢脚步，直向凉亭靠近。
只见绿茵草地上闪着白色光辉，

---

① 这首诗取自乌克兰地区的民间故事，许多外国译者都把它改名为《总督》。

那里坐着一个身穿白衣的女人。

她伸着一只手遮住自己的眼睛，
白衣袖正好盖住了她的胸脯。
另一只手却在用力地推搡着，
一个双膝跪在她面前的男人。

他抱住她的双腿，热情地说道：
"亲爱的，难道我已失去了一切，
连一次握手、一声叹息都不给，
是那个总督用金钱把你买去的。

"我爱你这么多年，爱得那么深沉，
现在我又要离开你，远远地哭泣。
他不爱你，又不悲伤，只有金钱在响，
难道他就这样得到了你所有的一切。

"每天晚上，他把又老又丑的秃头
紧贴着你那天鹅般的雪白胸脯，
从你玫瑰般的嘴唇、红润的脸颊，
享受着本该属于我的天堂般的幸福。

"我骑着忠心的马，在月色朦胧中，
穿过寒冷和沼泽，急急赶到这里，
就是要在他的宫里向你道声晚安，
立刻就得告别，又要久久把你思念。"

她默默地坐在那里，他依然在向她
诉苦，又是哭泣，又是苦苦哀求。
最后她激动得失去知觉昏了过去，
她双手垂下，立即依偎在他的怀里。

总督和哥萨克隐身在树叶之间，
他们从腰间取下了火药袋，
拿出了通条，打开了枪膛，
装上了火药，双双做好了准备。

"老爷!"哥萨克说，"我心里发慌，
我双手发抖，无法朝姑娘放枪。
当我握着武器时，我全身发冷，
我不禁流下了眼泪，浇湿了枪眼。"

"闭嘴。你这杂种，会有你哭的时候!
拿着，这是列希钦①火药，不许出声!
点上火绳，擦干枪眼，准备射击，
假如打不中她，我就要了你的性命!"

"高一点……向右……慢点，我先开枪。
头一枪要把那个男人的脑袋打中。"
哥萨克端枪瞄准，未等主人枪响，

---

① 位于波兰中西部的大波兰地区，以产火药而闻名。

他扳动枪机，直朝总督脑袋射去。

1827 末

三个布德雷斯

立陶宛歌谣

魁梧的立陶宛老人布德雷斯，
把身强体壮的三个儿子叫到院里：
"你们快到马厩里去把马鞍装好，
也把你们的镖枪和刀剑磨得锋利。

"我听到消息，维尔诺已发出命令，
要兵分三路，向三个方向发起进攻，
奥尔格德打俄国，斯吉格沃打波兰，
凯斯杜特公爵要去攻打普鲁士人。①

"你们年轻力壮，应该去为国效劳，
去吧，孩子们！神会保佑你们，
今年我不去了，我要给你们忠告。
你们三个分成三路去应征作战。

"第一个跟奥尔格德去攻打俄国佬，

---

① 奥尔格德（？－1377），立陶宛大公，凯斯杜特（1297－1382）是他的
弟弟，两人自1345年起联合统治立陶宛；斯吉格沃（1348－1434）是奥
尔格德的儿子，立陶宛大公，1386年与波兰女王雅德薇嘉结婚，接受天
主教，加冕为波兰国王。

一直打到伊尔曼湖畔的诺夫哥罗德城，
那儿的商人拥有大量财富，无比富有，
还有那黑貂的尾皮和金银的装饰品。

"第二个要去参加凯斯杜特领导的大军，
狠狠消灭那些蛮横的十字军狗杂种！
那儿的琥珀就像海中的沙子一样多，
还有色彩鲜艳的呢绒和嵌有宝石的道袍。

"第三个要随斯吉格沃越过涅曼河，
那儿的人很贫穷，得不到什么财富，
但能获得打造精美的刀剑和盾牌，
还能给我带回一个美丽的儿媳妇。

"世上的公主也比不上可爱的波兰姑娘，
她们活泼健康，像只逗人嬉玩的小猫，
她们的脸像牛奶一样白嫩，眉毛很浓，
一双眼睛宛如两颗星星在炯炯发亮。

"半个世纪以前，我还是个勇敢的青年，
便娶了个波兰姑娘做我的结发妻子，
尽管她进了坟墓，只要我眼望那边，
我心里依然保存着对她的深切思念。"

他吩咐完了，便祝福他们一路顺风。
儿子们披挂上马，朝各自方向飞奔。

秋去冬来，他们无声无息，不见踪影，
老布德雷斯心想，也许他们已战死疆场。

大雪纷飞，一个战士骑马飞驰而至。
斗篷里面，好像藏着一个很大的包袱。
"孩子，你里面装的可是俄国的卢布？"
"不，父亲，那是你的波兰儿媳妇！"

大雪飘落的时候，又一个战士进了家，
斗篷下面，好像藏着一个很大的包袱。
"你从普鲁士回来，那是一包琥珀吧？"
"不，爸爸，是我把波兰姑娘带回了家。"

大雪纷飞的时候，第三个战士回来了，
斗篷鼓鼓的，一定有大量的战利品。
老布德雷斯用不着多看便立即吩咐，
赶快邀请客人来参加第三次的婚礼。

1827 末

威尼斯的莫拉赫^①人

取自塞尔维亚民歌

当我花掉了最后一块金币，
当奸诈的女人狠心把我抛弃。
我伤心，我游荡。意大利人对我说：
"德米特里，让我们到水城去吧，
城里的姑娘又多情，又美丽，
那里的金币像山上的石头一样多。

"那儿的士兵都穿着丝绸和金饰，
他们痛饮美酒，整天寻欢作乐。
他们会热情款待你，不愁吃喝。
而且你很快就会发财，衣锦还乡，
那时你外衣上的锦绣会闪闪发亮。
一把短剑挂在你那闪光的银链上。

"当你来到乡村，在村里转悠一番，

---

① 意大利把亚德里亚海边的斯拉夫人称为莫拉赫人。这首诗译自作家梅里美（1803－1870）收集编选的南斯拉夫地区的《抒情诗集》（1827 年巴黎出版）。当时，这部诗集在波兰和俄国的文学界引起很大反响，普希金也曾把其中的三首诗译成俄文；密茨凯维奇译的和原诗有出入，普希金说："密茨凯维奇的翻译美化了这首歌。"

234

美丽的姑娘都会跑到窗口来观看。
当你站在窗外，唱起动人的情歌，
她们便会向你献上鲜花和礼品。
让我们去吧，德米特里，坐上船，
去到水城，我们就会成为富翁。"

我真傻，相信了他，离开了故乡。
我这个山民就住在了大理石船上。[①]
我烦闷，他们的面包硬得像石头，
那儿的空气也让我透不过气来。
既不能自由行动，也不能自由思想。
我被束缚得就像条被拴住的狗那样。

当我向姑娘们说起幽默恭维的话语，
她们便嘲笑我说的尽是难懂的土语。
在这里就连我的同胞，山民兄弟们，
也接受了当地的语言和他们的风习。
我就像一棵夏天刚刚种下的小树，
遭受到烈日的炙烤，狂风的摇曳。

有一次，我梦见我见到了一些熟人，
他们过去都是我非常亲密的朋友，
"欢迎你，德米特里！"他们喊道。
但是在这儿我从未遇到过一个熟人！

---

① 　即威尼斯城，它的四周几乎被海水包围。

在这儿，我真像一只林中的蚂蚁，
被狂风暴雨吹到了大湖的中心！

1827－1828

法力士①

卡西达②

为纪念 *Emir Tadi-ul-Pechra*③ 而作

献给伊凡·科兹沃夫④

像一只欢快的轻舟飞离了大地，

重又驶入了那晶莹剔透的大海中。

大海把它喜爱的桨拥抱在胸前，

那弯弯的船头像是飞翔的天鹅，

就像阿拉伯人乘马从岩石丛中，

勇敢驰入了那无边无际的沙漠。

他扬鞭催马，马蹄飞跃在沙河里，

沙沙作响，像烧红的铁投入水中。

我的骏马在干燥的海洋中疾驰飞奔，

---

① 法力士，即骑士。在阿拉伯的贝都因民族里是一种尊称。与中世纪的
Chevalier（骑士、勇士）的意义相同。——原注

② 阿拉伯古典文学的一种著名诗体，行数多少不定。

③ 意为"荣誉的桂冠"，是波兰旅行家、探险家瓦兹瓦夫·热乌斯基
（1785－1831）在东方旅居时取的名字。他以高超的骑术和勇敢精神而
闻名于阿拉伯世界，曾被选为部落的酋长和部落联盟的首领，回到波兰
后，因其不平凡的经历和生活方式受到人们的关注。他参加了十一月起
义，并在一次战役中失踪，此后再也没有他的消息。

④ 俄国浪漫主义诗人（1799－1840），曾翻译密茨凯维奇的《克里米亚十
四行诗》。

像海豚的胸脯冲破汹涌奔腾的海浪。
越来越快，有如风驰电掣，
沙子和石子在后面飞扬，
越来越高，越来越高，
有如飞驰在飘扬的尘土之上。

我的黑骏马犹如暴风雨中的一片黑云，
马额上有颗星在闪烁，像黎明的启明星。
风吹散了它的鬃毛，像羽毛似的飘动，
雪白的腿向前飞奔，后面是电光闪闪。

　　快跑，银蹄的骏马！快呀快！
　　高山呀，让路！森林呀，躲开！

青翠的棕榈树带着绿荫，
带着果实徒劳地在等待。
我迅捷地摆脱了它的拥抱，
棕榈树便羞怯地向后逃去，
只好躲藏在深深的绿洲中。
它的叶子却在嘲笑我的傲慢。

那边，看守沙漠边界的岩石，
用狰狞的面目望着这位贝都因。
它们讥笑我的马蹄踏踏的回声！
久久地喧嚣着，发出威胁的声音：

"狂人啊，你行色匆匆要去哪里？
荒野里的阳光像标枪一样锐利，
你在那里找不到一棵棕榈树，
用它的绿叶遮着你的头顶；
也没有那雪白胸膛似的帐篷，
唯一的帐篷便是辽阔的天空。
在那里夜宿的只有峭壁巉岩，
还有成群的星星在那里闪动。"

你们的威胁只是白费劲，徒劳无功！
我毫不畏惧，我还要加快脚步前行。
　　我注视着那些骄傲的岩石，
　　原来排着一队队的敌对阵容。
　　现在它们气馁了，成排地退走，
　　一个接一个，消失得无影无踪。

秃鹫听到它们的威胁，便盲目相信，
只想看到这个贝都因人倒在沙漠中。
于是它追逐我，攻击我，用有力的翅膀，
前后三次在我的头上编织着黑色的花冠。

　　它哇哇大叫："我闻到了死亡的气味①，

_____

① 　在东方有一种普遍的迷信：据说秃鹫很远就能闻出死亡的气味，就会在
　　要死的人的头上盘旋。旅行者刚刚死去，就会有好几只秃鹫出现在他的
　　附近，虽然事前一只也看不见。——原注

愚蠢的骑士啊，笨劣的马！
骑士要在沙漠中寻找生路，
白蹄马要在这里寻找牧场。
骑士和马的努力都是徒劳。
从这里过去的人永不回返，
在这些路上连风也要迷路，
它边吹边把自己的脚迹抹去。
这里的草地不是为马而生长，
但却是滋养毒蛇的温床。
在这里夜宿的只有死人的尸体，
和紧盯着尸体的一队队秃鹫！"——

它哇哇叫着，朝我伸出明亮的利爪，
我们相互对视了三次，眼睛对着眼睛 [①]。
当我对抗它的骄傲，拔出我的弯刀，
是谁先害怕呢？是高高飞走的秃鹫。

我抬头观看它在空中飞走的路线，
只见它高飞在空中，像个飘浮的黑点。
开始有麻雀那样大，后来比不上蝴蝶，
接着像蚊子，最后消失在青蓝的天空。

快跑，银蹄的骏马！快呀快！
岩石呀，让路！秃鹫呀，让开！

---

① 那时的欧洲相信人类意志的灵异，认为眼睛有特殊的威慑力量。

240

从西方的太阳下面，露出一片白云，
它向我追来。白翅膀在蓝天中闪亮。
它只想在天上做一个勇敢的猎人，
就像我在广袤草原上的所作所为一样。
当它飞近了，高悬在我的头顶上，
它就顺着风势，发出了这样的威吓：

"狂人啊！你行色匆匆要去哪里？
渴望会融化你的心胸，
尘土要沾满你的两鬓，
天上的云彩不会带来甘霖，
在这枯瘠不毛的荒原上。
听不见泉水银铃般的响声，
露珠还没有下落到地面上，
中途就被饥渴的风抢光。"

它的威胁只是白费！我奋勇向前，
加倍努力。失望的云疲倦地退去。
　　它低垂着头，越退越低，
　　一直退到岩石后边休息。
等我转身过去，朝后轻蔑一看。
我已经把它远远地扔在了天空。
　　从它脸上看出了它心中的怨愤，
　　心中的怒火烧得它全身通红，
　　又因嫉妒使得它的脸色苍白，

241

最后变黑了，像具尸体，隐埋在山中。

　　快跑，银蹄的骏马！快呀快！
　　秃鹜呀，让路！云朵呀，避开！

现在，我把眼睛转向了太阳，
又朝身前身后环视了一番。
无论是在地下，还是在天上，
再也没有没有谁来把我追赶。
大自然都已进入了梦乡，
也听不见人们的脚步声。
自然界也都沉浸在寂静中，
就像没有受过惊吓的兽群。
当它们第一次和人偶然相逢，
并不逃避，也没有胆怯心惊。

啊，上帝！我不是这里的第一个人，
在那边的沙堆上，立着一队辉煌的勇士。
他们是迷路了，还是设伏在抢劫旅客？
勇士们身着白衣，他们的马也白得吓人！
我走近前去，大喊：站住！他们不应！
　　原来已经死了，一队古代的商人，
　　大风掀开了盖在他们身上的沙坟。
骆驼的骨架上直立着骑士们的骷髅，
　　从那以前嵌着眼球的窟窿里面，
　　从那张开的大嘴的颚骨中间，

有一道道流沙在不停地流淌，
一边发出可怕的呻吟，一边叫喊：
"疯狂的贝都因啊！你到哪儿去？
那边去不得，那里是飓风的故乡。"

我飞驰向前，什么也不害怕。
快跑，银蹄的骏马！快呀快！
尸体呀，让路！飓风呀，滚开！

飓风，从非洲沙漠掀起的飓风，
第一次孤独地穿过这沙石的荒原，
它远远地看见了我，便突然停住，
它大发雷霆，尽在一处来回转动。
"这是什么风？像是我的小弟兄。
飞得这样低平，形象又这样丑陋，
竟敢闯进我的领地？那是我的遗产！"
它狂怒地朝我袭来，像座活动的金字塔，
当它看到我毫不畏怯，敢与它抗争，
便火冒三丈，用脚踩踏着大地，
把整个阿拉伯都搅得天昏地暗。
就像老鹰抓小鸟，把我抓到了天上——
它对我喷射着烈火似的气息，
还用那充满尘土的翅膀拍打我，
它把我高高举起，又将我摔倒在地，
把我埋在了滚滚的流沙中间。
我挣脱了狂风，我勇敢地与之搏斗。

我撕裂了它那庞大的肢节和躯体，
用我有力的双手和愤怒的牙齿。

飓风想用圆柱来挣脱我的拥抱飞往天空，
但却徒劳无功，只把躯体分成了两半。
它终于倒下了，倒下了，倾泻一阵沙雨，
像城墙一样长的尸体倒在了我的脚旁。

我出了一口气！我自豪地望着星星，
天空中的所有星星
都用金黄的眼睛望着我。
因为在这旷野上只有我一人。
我敞开胸膛自由地呼吸着，
多么甜美，多么愉快，多么舒畅！
整个阿拉伯世界的全部空气，
　　几乎刚好能满足我的呼吸。
我放开眼睛朝四周观看，多么舒畅！
　　只要睁开我的眼睛，极目远望，
　　看得那么远，那么宽，那么清晰，
　　越过这周围的地平线，
　　一直看到更广大的世界。
我张开我的双臂，多么愉快！
　　我亲切地伸出手臂把世界拥抱，
　　拥抱在我的胸前，从西到东。
　　我的思想有如利剑飞向苍穹，
　　越飞越高，越飞越高，直达天顶。

像只蜜蜂扎下了针，也沉下了它的心，
我的灵魂也随着我的思想隐没在天空。

1828　彼得堡

流亡西欧时期

1829 - 1855

致……

1829 年在阿尔卑斯山的斯普吕根 ①

我永远不能、永远不能和你分开！
飘洋过海、穿越陆地，你我都相随
在冰地上我看到你闪闪发亮的脚迹，
在阿尔卑斯山的瀑布响声中我听出你的声音，
当我朝四周一望，头发立即倒竖，
我渴望看到你的身影，但又深感畏惧。

你这负心人！当我今天在这高耸的山峰
坠落下深渊，而又消失在茫茫云雾里，
我止住脚步，被千古不化的冰雪所困累，
我把不断落在眼睛上的水滴擦去，
在灰蒙蒙的天上寻找北斗星，
我寻找立陶宛、你的房屋和你：
你这负心人！也许你成了宴会的王后，
而在舞会中引导着客人们狂欢乱舞，
或者用种种调情去取悦他们，
或许用讲述我们的爱情故事来取乐！

————————

① 阿尔卑斯山中的一处隘口，位于瑞士和意大利的交界处。这也是诗人思
念马丽娜的最后一首诗，之后马丽娜不再出现在他的诗中了。

248

你说说：追求你的人向你大献殷勤
称你为"夫人"，你是否会心花怒放？
快乐让你入睡，狂喜令你惊醒，
甚至连任何的记忆都不能令你伤心？
如果你能分担真诚于你的流浪者的遭遇，
我亲爱的，你是否会觉得更幸福？
啊！我多么想牵着你的手攀上这些岩石，
我会用歌声来慰问你旅途的劳累：
我会第一个跳进这奔腾的急流，
从水里捡来石头铺在你的脚下，
让你过河时双脚不会沾到水，
我要用热吻来温暖你的纤手！

让我们到山中的小屋去小憩休息，
我会脱下肩上的斗蓬披在你身上，
而你会在牧人的篝火旁坐下，
安然入睡，醒时依偎在我臂膀上。

1829.9.24

致我的向导 ①

罗马，1830 年 4 月

我的向导啊！这座纪念碑上
有个模糊潦草的不熟悉的姓名，
是游客到罗马一游留下的标志，
我倒想了解这个游客的情形。

也许是喧嚣的浪声会立即接待他
住进旅馆，也许是沉默的沙子
会掩没他的生平和种种遭遇，
让我们永远无法知道他的情况。

我想要推测出他的思想和情感，
在你的纪念册上，在意大利土地上，
他留下了姓名，这是他全部的标记，
也是他生命旅程中唯一的印记。

是否在长久思考之后用颤抖之手

_____

① 这首诗写在亨利塔·艾娃·安克维奇小姐的纪念册上。安克维奇小姐出
身于波兰贵族，当时随父母来到罗马，她喜欢历史、艺术，对罗马的名
胜古迹也较为熟悉，诗人到罗马后和她交上了朋友，多次在她的陪同下
游览罗马，后来两人相爱，但遭到她父母的反对。

慢慢地雕刻，如同在岩石上刻上碑文？
或者在他离开时，为了表示诀别
不经意地流下了一滴孤独的泪水？
我的向导啊！你有一副稚嫩的脸容，
但你的额上却闪显出老成持重的智慧，
游经罗马的大门、陵墓和寺庙神殿，
你是我的天使，引导我一路观瞻。

你甚至能看透那些石头的内心世界，
只要你用天蓝色的眼睛投去一瞥，
从片言只语中就能猜出它的过往历史，
啊，也许你还知道这个旅游者的未来。

致 H……①

召唤到那不勒斯去
模仿歌德 ②

你认识这个国家，
那儿生长着柠檬。
橙子的金色光辉，
把绿色树林照亮。
那儿的常春藤为
古老的遗迹添彩。
那儿月桂树丛生，
柏树静静地立着。
你认识这个国家？
啊！亲爱的！那里
简直就是我的天堂，
当你和我在一起！

你知道那座大厦，
它有一百扇大门。

---

① 即亨利塔·艾娃·安克维奇小姐。
② 这首诗的形式模仿了歌德小说《威廉·迈斯特学习年代》中的插曲《迷
娘》，都由三节诗组成，但内容大不相同。

还有一排排圆柱，
和一大堆的雕像。
它们以雪白脸容
对我热情地欢迎。
我们的旅游者啊，
你为什么会这样？
你认识这个国家吗？
啊，亲爱的！那里
简直就是我的天堂，
只要你和我在一起！

你知道这座海洋，
那儿有峭壁巉岩，
疲劳的骡子在云中，
小心探索着路径。
在那儿的大坑深处
沸腾的岩浆在闪光①。
悬崖削立，飞瀑倾泻，
发出雷鸣般的声响。
你知道这地方吗？
啊，亲爱的！这里
这里就是我的天堂，

---

① 指离那不勒斯不远的维苏威火山。

只要你和我在一起!

1830.6 那不勒斯

致波兰母亲

此诗写于 1830 年

波兰母亲啊！如果在你儿子的眼里，
　　闪烁着天才的明亮光辉。
如果能从他的孩子般的额头上，
　　看出古代波兰人的骄傲和荣光。

如果他离开了他的同龄人伙伴，
　　跑去听老人歌唱昔日的辉煌。
他低垂着头，全神贯注地听着。
　　那老人向他讲述祖先历史的荣耀。

波兰母亲啊！你儿子的命运多么不幸！
　　你要面对着悲痛的圣母跪下，
你看见那刺伤她心脏的利剑，
　　敌人也会将你的心刺伤！

虽然一切政府、人民和教派结成联盟，
　　虽然全世界都在享受着和平，
你的儿子只有去参加毫无荣光的战争，
　　只有殉难……再也不能起死复生。

还不如早点让他留在孤寂的洞穴，

　　去进行忧郁的思考，躺在灯芯草上，

呼吸着潮湿而又腐烂发臭的气体，

　　和那里的毒蛇一起分享睡床。

让他在那里学会掩饰自己的愤怒，

　　隐藏他的思想，在深深的渊薮中。

用恶言恶语去伤害人们，像用霉气那样

　　要谦恭卑屈地行事，像一条毒蛇。

我们的救星，当他还是拿撒勒的孩子，

　　他就十分喜爱那拯救人类的十字架。

波兰母亲啊！如果我真是你的儿子，

　　就该知道怎样去玩那些未来的玩具。

你早早地让他戴上了手铐铁链，

　　要他羸弱的身体去拉沉重的大车。

当他看到刽子手的斧头不会害怕，

　　看到杀人的绞架脸也不会变色。

他不像古代的勇敢的骑士们，

　　把胜利的十字架插在耶路撒冷[1]。

他也不像为新世界而斗争的士兵[2]，

---

[1]　指中世纪时期的十字军东征。

[2]　指美国的独立战争。

为了自由而把鲜血洒在战场上。

总有一天，不认识的奸细会把他告发，
　　　与他斗争的就是伪证的法庭。
阴暗的地牢将是他的比武场，
　　　强大的敌人将会判决他的罪名。

高高矗立的光秃的木绞刑架，
　　　正是这失败者唯一的纪念碑。
他的奖赏只有女人的短暂的哭泣，
　　　和爱国同胞夜里长久的交谈。

逃①

他在打仗——一年过去了，
他没回来——也许是死了。
姑娘，别浪费青春年华，
王子的媒人已前来作伐。

王子在宫中大摆筵席，
姑娘在屋里不停地哭泣。

她的眼珠，犹如两道闪电，
如今变成了两道浑浊的水泉。
她的脸，像是丰满的月亮，
今天月亮已西沉，消失不见，

---

① 这个故事是一切基督教国家的人民所熟悉的故事。诗人们常常以种种不同的形式来描写它。毕尔格尔就是根据这个故事写成了《列诺娜》。我不了解德国农村的民歌，因此无法知道，毕尔格尔在多大程度上对这个故事和它的风格作了改动。我是依照我在立陶宛听到的用波兰语唱的民歌写出这首歌谣的，我忠实地保留了故事的原来的内容和结构。我还记得民歌里几句原来的诗句，它们便成了本诗风格的范本。——原注［毕尔格尔是德国诗人，《列诺娜》写于1773年，被译成多种语言。其他国家的诗人也根据这个故事，相继写出了各自的歌谣。密茨凯维奇的《逃》富于独创性，融合了民间异教信仰和基督教的新精神，更具有波兰色彩。］

美丽变成忧愁，健康变成可怜！

母亲看见，对她又担心又安慰，
王子又宣布了他们订婚的日期。

媒人们喧闹地、成群地来到，
"请你们不要把我带到祭坛，
唉！只希望把我送到坟场，
在棺材里为我预备好尸床。
如果他死了，我也不想活，
母亲啊，这会使你痛苦悲伤。"

"女儿啊，快去忏悔你的罪孽，
神父正在忏悔室里等着你！"

教母来了，她是个老女巫：
"赶走神父，赶走那些教士，
上帝和信仰，只是梦和幻想。
教母能在痛苦中给你以欢乐，
年老的教母知道的可是不少，
她还有薇草，这草中之王，
你也有了你爱人送来的礼物，
我是来给你施行非凡的法术。

"把他的头发编成一条毒蛇！
放下两枚指环，相接同心，

从左手放出血来把它吸引。
我们一起向毒蛇发咒语，
再向两个指环大吹一口气，
他就会应召前来娶你为妻!"

姑娘做着这恶事，战士骑马赶来，
召来了幽魂——法术已起效用。
冰冷的房屋已经打开了大门，
姑娘啊姑娘，难道你什么都不怕?

沉睡的庭院一片寂静，
只有姑娘还未曾入睡。
时钟已敲响午夜的钟声。
卫兵们悄悄地在墙角守卫。
姑娘倾听着，传来马蹄声，
狗也似乎吠叫不出什么声来，
只轻吠了一下，便不再吠叫。

下面庭院里响起一阵脚步声，
有人踏着长长的走廊快步前行。
他已经穿过了三重房门，
三扇房门被他依次地打开。
身着白色衣服的战士进来了，
便立即坐在了姑娘的床上。

他们心情激动，热烈相拥，

甜蜜的时间飞快地过去。
听，猫头鹰已发出叹息声。
战马在嘶鸣，时钟已敲响，
他们从狂欢中醒来。他说道：
"祝你健康！我们不能再逗留，
我的战马叫了，它在等候我。
你快快起来，和我一起上马，
你就永远是我钟爱的妻子！"

月亮高悬空中——骑士在狂驰飞奔，
他穿过草原，穿过岩石和树林。
姑娘啊姑娘，难道你不胆战心惊？
战马飞过田野，像狂风一样，
带着他穿过森林，一片寂静。
这里和那里，惊起一群群乌鸦，
在枯树枝上哇哇地叫个不停。
黑暗中闪烁着一双双狼的眼睛，
恰像是天空中闪烁不定的星星。

"快跑呀，我的战马，快快飞跑！
看，月亮已穿过云层正在下落。
趁月亮还没有从云里下落之前，
我们要越过九座山、十条河，
还要穿过十座高大的峭壁巉岩，
再过一小时，雄鸡就要啼鸣了！"

“你带我去哪里?”“还会去哪里呢?
回家去,我的爱人,回我的家去。
我的家就在那孟多格的山里[①]。
白天,道路向所有的人开放,
晚上,我们只能偷偷进去。”
“你有城堡吗?”“是的,有城堡,
没有锁,但却被牢牢地锁住。”

“我的亲爱的,快把马勒住,
我差点要从马鞍上翻身掉下。”
“我亲爱的人儿,用你的右手,
抓住马鞍。你手里拿的是什么?
是不是做女红用的针线包?”
“不,是黄金的小祭坛——祈祷书。”

“没有时间停下,他们追来了,
你听,你听,这追来的声音。
越来越近,大地在脚下震动,
我们的前面是一座万丈深渊,
扔掉你的小书,我放马飞奔。”

战马,仿佛卸下了重负,
立即跨过了十里狭路。

[①] 孟多格山坐落在诺夫格罗德城的附近,现在已是坟地了。所以在立陶宛那一带说“到孟多格山去”,其意思就是死。——原注

他们绕路穿过了沼泽地，
四周是无边的茫茫荒原。
他们的前面飞舞着点点磷光，
仿佛是启明星在指引着他们，
从一座坟茔到另一座坟茔。
在他们疾驰而过的地方，
留下了青色的痕迹。
他们顺着这亮光的指引，
继续向前，疾驰飞奔。

"我的爱人，这是什么路呀？
到处都看不到任何人的足迹。"
"虽然令人心惊，却是最好的路了。
逃走的人因为害怕只好绕着走。
这里不让步行的人来到此地，
所以路上没有留下人的足迹。
马车载着富人来到这里，
工役们送来的都是穷人。"

"快跑！我的战马，快跑！
晨曦已经在东方冉冉升起。
再过一个小时，钟就要敲响，
我们要赶在晨钟敲响之前，
还要越过两座岩石、两条河，
还要翻过两座难走的山岭，

再过一小时，鸡就要啼第二遍。"

"我的爱人啊，请勒住缰绳！
路上到处是高山峭壁和森林。
这些障碍连战马见了都胆颤，
我也多次被树刮得差点掉下。"
"我亲爱的，那是什么绳子？
那边挂着的又是什么袋子？"——
"我的爱人啊，那是祈祷的圣帽
还有一串念珠和圣袍的腰带。"——

"该诅咒的绳子！可恶的绳子！
老是在战马的眼前晃来晃去，
看，马在发抖，认不清路了，
我的爱，快把那些玩意儿扔掉！"

战马好像什么也不害怕了，
一下就跑过了五里路。

"我的爱，为什么是座墓地？"——
"这些墙是围绕着我的城堡。"——
"为什么有十字架，有坟墓？"——
"那不是十字架，是塔尖
让我们越过墙，跨过门槛，
这儿是我们行程的终点！"

"站住！我的战马，快停下！
你已经赶在鸡鸣之前跳过了
这么多森林，这样多的江河，
还有这么多的山岭和岩石。
战马啊，为什么你还在发抖？
啊，我知道你为什么害怕，
我和你都害怕那些十字架。"

"你为什么站着，我的爱人？
那寒冷的露水已将我打湿，
那刺骨的晨风吹得我发抖，
我全身寒冷，快给我披上斗篷！"

"我的宝贝，快低下你的身来，
让我的脑袋紧紧贴在你胸前，
我的头颅能放出火般的炽热，
就连石头也会烤得热气腾腾。

"你身上还有一根什么钢针？"——
"不，是十字架，是母亲给的。"——
"这十字架比箭矢还要锐利，
它刺伤了我的脸，烧着我的两鬓，
快把你的钢针抛掉，越远越好！"

十字架抛到了地上，立刻不见，
战士拦腰抱住了姑娘，动作灵活。

他的嘴里吐着火，眼里充满火焰，
战马发出嘶鸣，和人的笑声一样。
他们一跃而起，跳过高高的围墙。
这时候，晨钟敲响，雄鸡高唱，
就在神父出来做晨祷之前，
战士、战马和姑娘都消失不见。
石头躺着，十字架矗立着，
墓地里充满了深沉的寂静。
只见地上有一个新的土堆，
那是座没有十字架的新坟。

好心的神父久久地站在坟前，
为两个灵魂祈祷、为死者祭奠。

1830－1831

黄昏时的谈话

一

我和你交谈，你是统治天庭的君王
同时也是我灵魂之家的贵宾：
当夜把一切都笼罩在黑暗中，
只有忧虑和悔悟在警惕守护。
我和你谈话，却又说不出一句话；
你的思想能听出我的每一种想法，
你统冶广大地区，却在我身边服务，
你是天上的君王，却在我心里受苦。

每一种好思想宛如一缕光明，
重新回归你、回归泉源、回归太阳，
重又流淌，重又把金光洒在我身上，
送来光，我接受光，光是我的引路人。
每一个好愿望都会增强你的实力，
你会为此而对我做出无限的付出。
如同你在天上，你的仆人、你的孩子
在人间愉快欢乐，闪光发亮。

你是君王，啊，奇迹！你却是我的臣民！

每一种卑鄙的思想会是新的标枪，
揭开你那尚未愈合的旧伤，
每一次丑恶的欲望会像吸醋的海绵，
愤怒的我会把它塞进你的口中。
乘我的怒火还没有把你埋进坟墓，
你就像卖给老爷的奴仆受苦受难。
就像你在受难，你的主人、你的孩子
在人世间同样地受苦、同样地会爱。

　　二

当我向亲人揭示这病态的思想
和围绕着它的癌症般的怀疑，
坏人为了活命而立即逃走，
好人在哭泣，眼睛却转向别处
伟大的医生！你最清楚我的病因，
但是你并不厌恶我这个人！

如果我面对亲人，从内心深处
发出比痛苦呻吟更凄厉的声音，
一种在地狱酷刑时发出的声音，
在人间静默，这是丑恶良心的声音：
严厉的法官！你给丑恶的良心
煽风点火，——但你还能听我说。

三

当人世间的孩子们称呼为安静的我，
我却在他们面前掩饰我激动的灵魂，
冷漠的傲气却像雾霭的外衣，
内心的闪电把乌云染成了金色：
只有在深夜——轻轻的——在你的怀中
我流下来这像暴风雨似的泪水。

1831－1832

致孤独

孤独啊！我从炎热的日常生活
跑向你那如同清凉的水中：
我多么欢欣，投入到你那无比
晶莹透明的纯净凉爽里。

我不断纠结于各种各样的思想，
仿佛在大海的波浪中嬉戏游玩，
直至劳累无聊，我要把我的躯体
沉入睡梦中，哪怕是片刻也好。

你是我的元素，为何这明镜似的水，
会使我的心变冷、感觉变得模糊，
为何我又要变成鸟－鱼的形状，
奔向太空，用眼去寻找太阳？

天上无法呼吸，地上缺少温暖，
在这两种元素中我都是流放者。

1832 春

流浪者的心声 ①

这些今年春天鲜花绽放的树，
都沉醉于自己的甜蜜的芬芳。
水在潺潺流淌，夜莺在歌唱，
还有蟋蟀发出的悦耳的叫声。

为什么我总是忧郁，心事重重，
迷人的春天也不能让我快乐？
因为我的心是那么的孤独混乱，
我又能和谁去分享春天的芬芳？

在我住房前面，在朦胧的黄昏，
一群流浪歌手唱起了甜美歌声，
我还听到了六弦琴悦耳的声音，
我关上了窗户，独自在流泪伤心。

---

① 密茨凯维奇在罗马听到十一月起义消息后，便着手准备回国参加起义，
  但由于种种刁难，1831 年 7 月才到达波兹南地区，这时起义已近尾声，
  他也无法越过普鲁士边境进入华沙。起义失败后，大批战士流亡到了西
  欧，密茨凯维奇随着他们来到德累斯顿。期间他写作了诗剧《先人祭》
  第三部，和许多抒情诗，本诗即其中之一。原诗没有题目，现在的题目
  是译者取的。

这些流浪的歌手正是一群恋人，
他们欢唱着，为了心爱的姑娘。
歌声带给我的不是欢乐而是悲伤，
这动听的音乐我又能和谁去分享？

我经历了多少的痛苦和流离颠沛，
却依然不能回到我的故国家园。
我又能向谁去倾诉我心中的苦痛
只有把我的故事带进我的坟茔。

我唯有听天由命地束手地坐着，
两眼注视着在风中摇曳的蜡烛。
有时，我在心里谱成了一首歌，
有时，我拿起忧愁的笔来写作。

我的孩子们，我的言论和思想，
为什么你们不能让我心情舒畅？
啊！因为我的灵魂是年老的寡妇，
留下的是一些孩子，是孤儿寡母。

春去冬来，秋来暑往，日复一日，
暴风雨来了，晴朗的天也会过去，
流浪者的忧伤却永远不会消失，
因为他也是个孤独寂寞的鳏夫。

　　　　　　1832 春

夜宿①

在科夫冈②战斗之后，我们的队长
下令在特洛克湖畔宿营过夜，
士兵们都躺坐在绿茵茵的草地上，
一个伤员在用苔藓包扎伤口。

有的士兵在擦洗，捣鼓着自己的枪，
随后便用白桦树皮盖住了扳机。
有的枕着斗篷，大家都进入了梦乡，
哨兵在放哨，队长也在警惕防备。

他背靠大树，在黑暗中沉思，
大树已经枯萎，却长有果实。
这果实会把最饥饿的人吓死，
因为它上面吊着两个犹大黎③。

那是两个奸细，沙皇的奴才，

---

① 根据真人真事写成。主人公文岑特·马图舍维奇是特洛克县起义大队的
队长，密茨凯维奇在德累斯顿和他结识。马图舍维奇详细讲述了自己在
起义期间的经历，密茨凯维奇据此写成了这首诗。
② 特洛克北部的一个村庄。
③ 指被吊死的像犹大那样的叛徒、奸细。

一个是普鲁士人，长着一双长腿，
腿上穿着一双白袜，另一个是
犹太人，他的长须直垂到地面。

队长未睡，他把武器放在膝上，
一双眼睛在寻找熟悉的小山，
它在湖的对岸，那里有他的宅院，
他时时向黑暗中的宅院投去目光。

突然山上火光闪闪，难道是雷电？
在这样的季节里雷电不可能出现。
"啊，最圣洁的圣母，波伦的马丽亚！
快救救他们……救救孩子，房子着火了！"

"巡逻队在哪儿？上马，到宅院去！……"
接着便听到铁器的叮当和人的喧哗声。
"来人是谁？"从树林里传来了回应。
巡逻队回来了。大家都已惊醒。

"队长，你遭到了最大的不幸！"
巡逻队带回来的是悲惨的消息。
有的报告：敌人杀害了你的妻子。
另一个说道：你的孩子已被烧死。

"但是我们抓到了莫斯科佬的指挥官！"
"他是什么人？""法国人，年轻而英俊。

就是他下令俄国军队放火焚烧村庄，
为了金钱，他任意屠杀手无寸铁的人。"

队长听到这消息，真像遭到雷击一样。
他望着他的宅院，一声不响地站着。
宅院的所有窗户，已是火光飞舞，
队长的眼里喷射出可怕的怒火。

醒来的士兵们都感到无比的惊异，
出现了深沉的静默和无言的悲痛。
队长沉默着，就像射击前的枪弹，
他望着宅院，一声大喊："拿绳来！"

立即跳出两个魁梧的行刑大汉，
他们手拿已经打好活结的粗绳，
他们卷起了衣袖，露出了胳膊，
猛力扯开了这雇佣军官的衣领。

这时有人飞驰而来："有人来了！"
"上帝与你们同在！我是传令兵！"
他脱下斗篷……啊，这是克拉科夫
的军装：白色上衣配着红色领章。

"斯克齐涅茨基^①打胜仗了，全面的胜利。
他在瓦夫内全歼罗森和格兹马的军队，
还缴获了许多俘虏和不计其数的枪炮，
他正向立陶宛进军……斯克齐涅茨基万岁！"

这位士兵喊叫着，又是哭来又是笑。
啊，凡是忠心热爱自己祖国的人们，
都会像这个可怜的人高兴得热泪盈眶，
我们的队长呢？……他躺在了地上。

他像十字那样躺着，祈祷了很长时间。
他站了起来，对着法国人说："你自由了，
快快滚开！不要玷污了我的双脚。
今天，任何人我不会加以惩处……"

---

① 斯克齐涅茨基·杨·齐格蒙特（1787－1860），波兰将军，曾在拿破仑麾
下服役，十一月起义期间曾担任起义军的总司令。

上校之死 ①

森林深处护林人的小屋门前，
有一队波兰士兵正在休憩。
门口站着的是上校的勤务兵，
他们的上校躺在屋里奄奄一息，
附近的农民闻讯纷纷前来送别。
这位首领定是战功显赫的英雄，
淳朴的农民才会关心他的健康，
像亲朋好友一样为他哭泣悲伤。

上校吩咐卫兵给战马装上马鞍，
这战马伴随他经历过无数战斗，
他想在临死时能再见它一面，
于是他要求把马牵进他的房间。
他还要勤务兵把他的军服拿来，
还有他心爱的军刀、武器和腰带。
他要像恰尔涅茨基②临终前一样，

---

① 根据真人真事写成。艾米莉亚·普拉特尔是日姆兹地区起义游击队的首
领，她女扮男装，立下许多战功，事迹被波兰许多诗人和艺术家所歌颂。
密茨凯维奇在德累斯顿听到英雄的故事，立即写出了这首诗。
② 波兰国王卡其密什统治时期的著名将领，1665 年在战斗中受了重伤，死
在农民的茅屋里。临死前，他下令把他的战马牵进屋内和它告别。

和他的这些战斗伙伴——告别。
他们刚刚从茅屋里牵出战马，
一位神父带着圣礼匆匆来到。
士兵们一见脸色煞白、无限悲痛，
农民们也纷纷跪下，虔诚地祈祷。
就连科希秋什科的老战士们，
他们经历过多少次的流血战斗，
从未掉过一滴泪，如今都泣不成声。
他们跟着神父，都念起了祈祷文。

黎明的钟声在教堂的上空响起，
起义的战士们立即离开了此地。
因为沙皇的军队已在附近出现。
农民们走进房门瞻仰死者遗体，
只见他直挺挺地躺在光板木床上，
他手握十字架，头枕着一个马鞍，
旁边放着他的战刀和一支双筒枪。

为什么这位身着军装的首领，
却有一副少女那样美丽的面容？
为什么他的胸脯会那么高耸？
啊，他是个姑娘，立陶宛女英雄！
艾米莉亚·普拉特尔，起义的首领！

1832

奥尔当战壕

根据副官的讲述写成①

没有命令我们射击——我来到大炮旁边
朝前面战场望去；二百门大炮齐鸣，
俄国的大炮排成整整齐齐的一列，
又直又长，伸展很远，像一条海堤。
我看见他们的指挥官挥动战刀来回跑动，
他把军队像鸟的一翼翅膀那样展开，
翅膀下面是紧紧跟进的步兵，
形成长条的黑色纵队像激流涌进，
刺刀闪闪发亮，黑色的旗帜，
像兀鹰似的把军队引向死亡。
面对着它的是一条狭小的白色防线，
像是屹立海里的岩石，那就是奥尔当战壕。

---

① 斯特方·加尔钦斯基是乌明斯基将军的副官，他的第二部《诗集》由密
茨凯维奇编辑出版并题献给乌明斯基，本诗也收在其中。诗后附有密茨
凯维奇的说明："这首诗是受加尔钦斯基讲述的影响写成的，我把它作
为我们共同的作品而收入我这位朋友的诗集中，我把它献给了波兰的这
位最后的指挥官，他对我们的事业从不绝望并为之奋斗终身。"十一月
起义后期，乌明斯基奉命指挥华沙东南地区的保卫战，奥尔当战壕指在
沃拉和幸福区之间的五十四号战壕，因为它是由尤利安·康斯坦丁·奥
尔当指挥的炮兵防守的。战壕被俄军攻占后，军火库爆炸，据参加战斗
的兵士说，是奥尔当点燃了军火库，并与敌人同归于尽。但实际上奥尔
当没有牺牲，后来还参加了意大利的自由解放斗争，1886 年才去世。

他们只有六门火炮，一直在冒烟和闪光。
即使从愤怒的口里发出那么些激越的话语，
绝望的灵魂所抒发出的那么些感情，
也比不上这些火炮射出的炮弹和霰弹。
看，那些炮弹正好落在敌军纵队中间，
如同海浪的波涛，敌军团被烟雾淹没，
炮弹在烟雾中爆炸，队伍被炸上了天，
巨大的碎片在纵队中间闪闪发光。
子弹在飞舞，从远处发出威胁、呼啸、鸣叫，
如同公牛在搏斗前的尖叫，晃动，地动山摇，
已经落了下来，像蟒蛇在纵队中间缠绕，
胸膛在燃烧，咬紧牙关，呼吸都困难，
最惨烈的场景看不见，但从响声中能听出
尸体的倒下声、伤兵们的痛苦呻吟。
整个纵队从头到尾已是千疮百孔，
有如死亡天使在纵队中间走过了一趟。

那策动这些喽众去进行屠杀的国王在那里？
他是否分担他们的勇气，自己也挺身而战呢？
啊，不！他安坐在五百里外的自己的京城中，
伟大的国王，半个世界的专制君主，
他眉头一皱，千百辆马车便立即出发飞奔，
他命令一签，千百个母亲就要为儿子哀哭，
他的手一挥，从涅曼河到基瓦便遭受压迫，
这个巨人像上帝有力、像魔鬼可恶！
当你的兵器吓坏了巴尔干外的土耳其人，

当法国的使节在舔吻你的脚掌，

只有一个华沙才敢嘲讽你的权力，

才敢对手挥拳相抗，拽下你的皇冠，

拽下你头上的卡其密什和赫罗布雷①的王冠，

是你偷走王冠玷污血迹的，你这个瓦西里的儿子！

沙皇惊慌失措——彼得堡人害怕得颤抖不止，

沙皇雷霆发怒，廷臣们也胆战心惊得要死：

但是军队却在调动，沙皇就是他们的上帝

和信仰。沙皇发怒了，应为沙皇高兴而去死。

派出了高加索的指挥官②率领半个世界的军队，

他忠心耿耿，行动果断，像刽子手的刀一样犀利。

乌啦！乌啦！看，快到战壕了，已下到壕沟，

壕沟倒塌了，靠堆积物来支持自己的身体。

壕沟的白色鹿砦都已烧成了遍体焦黑，

但战壕还在，被炮弹照得清晰可见。

黑暗上面一片红光，就像在蚁巢中间，

扔入的蝴蝶在闪亮，蚁群在追逐着它。

火光熄灭了，战壕看不见了。是否最后一门大炮

从原地被掀翻，沙土全把它掩埋了？

是不是最后一个装弹手都已鲜血流尽？

火光熄灭了。莫斯科佬已把鹿角摧毁。

---

① 卡其密什和赫罗布雷都是波兰早期的著名国王，这里指波兰被瓜分后沙皇成了波兰的国王。

② 指伊万·帕斯凯维奇，他在高加索战争中指挥俄军，1831 年被任命为波兰王国总督，镇压十一月起义。

普通枪支在哪里？啊，今天他们干的事
比亲王的所有阅兵都要多好几倍。
我猜出为何沉默——因为我多次看见
我们的几个士兵在和成群的敌人搏斗，
整个小时只有两个词在喊叫：放、装弹，
当烟尘窒息呼吸，双臂已累得乏力，
但指挥员还在下令，士兵们奋力不停，
到最后即使没有命令他们依然忘我战斗，
到最后都不需什么勇气、感情和记忆，
士兵们像转磨似的在装弹、射击和转动，
从眼到脚从下到上，全身贯注在防卫。
直到双手在装弹箱里摸索寻找了很久，
连一粒子弹都找不到，战士立即煞白了。
没有找到弹药，已不能再去打枪放炮，
他只觉得那支烧热的枪还烫着他的手。
他拿不住枪，倒下了；乘敌人杀他之前，
他死了。我这样想——敌人拥进了战壕，
像是成群的蛀虫爬进了新的尸体上。

我的眼睛模糊了。当我擦着双眼时，
我听见我的将军在对我说话，
他通过架在我肩膀上的望远镜，
久久望着战场和战壕，一声不响，
最后他说："丢失了！"从他望远镜下面
掉下了几滴眼泪。对我说："伙计，

你年轻，眼力好，看看那边战壕的情况，
你认识奥尔当，看看他还在不在？""将军，
我不怎么认识。""哪里还有炮，哪里就有他。"
"我没有看见。啊，我看见了他，他隐身在烟雾中，
就在这滚滚烟雾的中间我看到他多次
挥动着一只手，发出战斗的命令……
我又看见了他，看见了手，像闪电掠出，
他威胁着敌人，还手拿着火烛。
他们把他抓住了，他完了，啊，不，
他朝下面纵身一跳，跳进了地下洞库。"
"好！"将军说道："不能把弹药落到敌人手中！"

一阵火光——烟雾——静默了瞬间——响起了
　　　　　　百炮齐鸣般的轰隆声。

爆炸土地上面的空气变得一片昏暗，
大炮蹦跳着，仿佛被击中似的，
在轮子上晃来晃去，燃烧的导火线，
并没有点中大炮的凹糟内。烟雾直朝向
我们这边飞来，我们被浓烟罩住，
除了弹药的闪光什么都不能看见。
烟雾渐渐消散，落下了一阵沙雨。
我朝战壕那边望去——壕沟、鹿砦、大炮，
我们剩下的几个人和一大群敌人。
所有一切都像梦似的消失了，只有奇形
怪状的黑色土堆躺卧在那里，

那是保卫者和侵略者混在一起的坟堆，
他们签订了第一次真正永久的和平。
尽管沙皇命令莫斯科佬赶快站起，
但这些莫斯科魂灵第一次不听沙皇命令。
那里葬送了成百上千的尸体和人名。
魂灵在哪里？我不知道。但我知道
何处是奥尔当的魂灵，他成了战壕的守护神！
为美好事业而牺牲性命如同创造生命一样，
都是神圣的。上帝说过成功，也说了牺牲。
然而当信仰和自由逃离了人民，
当专制和疯狂的傲慢笼罩着大地，
就像莫斯科佬围攻奥尔当战壕，
上帝为惩处这个被罪恶毒害的部族，
会摧毁这土地如同摧毁这战壕一样。

                    1832. 6. 23

战士之歌

我无法在自己的茅屋里入睡，
战友啊！我想住到你的家中。
我那里的窗子都是面向大路，
路上的驿车总是来往不停。

每当晚上一响起号角声，
我的心便会急剧地跳动。
我以为这是上马的命令，
随后我就会一哭到天明。

只要我闭上眼睛，我的眼前
就会出现我们的战马和军旗，
还有晚上的篝火和哨兵的叫声，
以及战士们的欢快的歌声。

这时我就会醒了过来，在清醒中
我好像听到了我们班长的说话声，
他亲切地拍拍我的肩膀，命令道：
"快快起来！我们要去打莫斯科佬①！"

---

① 波兰人对俄国敌人的蔑称。

我起来了，可我现在是在普鲁士^①！
只要是在波兰，置身于自己人中，
哪怕是躺在沼泽地里，挨饿受冻，
忍受各种煎熬，也要比这里更好。

今天晚上我倒希望自己不要睡觉，
只想等候我们的班长再次来到。
他亲切地拍拍我的肩膀，命令道：
"快快起来，我们要去打莫斯科佬！"

1832 夏

---

① 十一月起义失败后，大批起义军队越过边界进入普鲁士，并在那里被解除了武装。有些战士留在普鲁士境内，有些则被遣散到西欧其他国家。

农夫和毒蛇

拉封丹寓言

在伊索的动物绘图日志里，
有一则关于农夫的善举
和毒蛇的丑恶行径的故事。
一个冬日的早晨农夫来到果园，
看见一条蛇躺在门外的雪地里，
直冻得僵硬、半死不活，
奄奄一息，最后一次摆动尾巴。
农夫一见便对蛇产生了怜悯，
立即抓起它的尾巴带回家中。
他把蛇放在炉火的旁边，
像对待自己的孩子那样，
把毯子盖在了它身上。
他并不想要它的回报，
而是一直精心把它照料，
直到冻僵的蛇恢复了知觉。
毒蛇一醒便露出了凶相：
它扭动身子，抬起头、咝叫着，
然后弓起身子，拼命往前一蹿，
竟袭击它的再生恩人、它的救星！
"这是什么意思？"农夫惊讶喊叫，

"你这是恩将仇报，
想要把我咬死？你这条毒蛇！"
他边说边拿起一把斧子，
朝蛇的七寸处砍去，后又砍向腹部，
两下便把毒蛇砍成了三段，
头和尾分别跳向两个角落。
只见这三段毒蛇还在挣扎，

    还在颤抖，

    还在跳动，
尾巴朝向颈脖，颈脖朝向尾巴，
毒蛇便一命呜呼，再也不能活命！

经常会发生好心人做了好事，
却遭到忘恩负义者的恩将仇报，
值得庆幸的是，忘恩负义之人
不会得逞，终会受到报应。

1832

他一半是犹太人

他一半是犹太人，一半是波兰人，
他一半是雅各宾派，一半是穷学生，
他一半是平民百姓，一半是军人，
但他是个十足的坏小子。

1833

在空地上

人们在空地上建起一座新房，
不远处蛤蟆和猫头鹰便争论不休。
猫头鹰说："这是给我建的房子。"
蛤蟆争辩道："这是我的，我的。"
人却说："猫头鹰一直生活在废墟中，
蛤蟆生活在腐败的墙下和缝隙里，
我们建的是整洁的地板和新的屋顶，
哪里还有蛤蟆和猫头鹰的立脚之地？"

1833

为民众呐喊的口舌……

为民众呐喊的口舌最终会让民众厌烦，
娱乐民众的脸孔最终会让民众嫌弃，
为民众打斗的手民众会将它砍去，
民众喜爱的名字民众也会把它忘记，
一切均会过去，在喧嚣噪闹和劳累之后，
平静和无名的小人物将会继承一切。

1833

我建立的纪念碑比青铜更牢固

仿自贺拉斯 ①

我的雕像在普瓦夫 ② 的玻璃屋顶上闪耀，
超越于科希秋什科的坟墓和帕奇在维尔诺的府第。
就连维特姆贝格恶棍也无法用炸弹把它摧毁，
奥地利的猪猡们也不能用德国技术把它推倒。
因为从帕纳尔山到科甫诺的两条河流 ③，
我的名声一直扩展到普里贝奇海滩之外，
诺沃格鲁德克和明斯克的青年都在读我的诗作，
他们非常勤奋竟把我的诗歌抄写好多遍，
在各地庄园我还受到那些管家女儿的垂爱。
甚至连贵族府邸因缺少好书也在读我的作品！
虽然受到沙皇的威胁和海关官吏的仇视，
但犹太人依然把我的一卷卷作品运进立陶宛。

1833.3.12 巴黎

受格日马瓦来访而写成此诗

---

① 昆图斯·贺拉斯·弗拉库斯（前65－前8），古罗马诗人。本诗题目借用
了他的诗句。

② 普瓦夫是查尔托里斯基家族的老宅所在地，当时的波兰贵族文化中心；
以下提到的也均是当时的知名建筑。

③ 指涅曼河和维利亚河。

短句和箴言

选译 ①

重中之重

和平是我未来的财富、未来的幸福，
如果上帝不想要和平，我就不要上帝。

真理的级别

有些真理，智者能告诉所有的天下苍生，
有些真理，他只能向自己的人民讲述，
有些真理，他只能告诉自己的亲友，
有些真理，他不能向任何人透露。

言论和行动

言论中见愿望，行动中见威力，
美好地度过一天比写本书还难。

---

① 分别取自雅库布·贝姆（1575－1624），德国神秘学家；安格奴斯·希勒修斯（1624－1677），德国神秘派诗人；德·圣·马丁（1743－1803），法国神秘学家。

建筑物

精神是座建筑物，躯体则是脚手架，
建筑物一完成，脚手架就得被拆除。

为何有战争？

为什么人与人之间，像野兽那样常常
互相残杀？因为他们身上存在着兽性。

跛者的意见

当我第一次步入某个人群之中，
想去认识他们，第一眼我能看出，
有理性的人会先看我的右脚，
而愚蠢的人会先看我跛了的左脚。

区别

好人和坏人都在为亲人忙碌着，
好人为了养活他们，坏人靠他们养活。

魔鬼的忘却

魔鬼知道上帝的永恒和威力无边，
但是它忘记了上帝的慈悲仁爱。

活动时间

谁在为永恒工作，他就特珍惜时间，
因为时间一旦停滞，活动也就结束了。

没有瞬间的永恒

你们是否知道我们活得比上帝更长？
上帝虽是永生的，但它连瞬间都没活过。

客人

你呼唤上帝，他常常是隐身而来，
他敲打着你的房门，你却很少在家。

为什么撒谎？

魔鬼虽然承认自己的聪明和威力，
但他知道一直在撒谎，连自己都不相信。

渴求长生不死

你想通过某种英勇行为而获得长生不死，
你真傻！不管你想不想你都会长生不死。

一致

优秀的大师只愿在这种合唱团中歌唱，
他会觉得自己的声音已融入到和谐中。

我

一个乐师能把一支优秀的乐队搞糟，
如果他在演奏时力图让大家都听到他。

私有财产

你抱怨，有人在利用你的私有财产，
而你的罪过就在这私有财产上。

幽灵

天主一直慈爱地望着魔鬼，
魔鬼却转过身去不敢看天主。

聪明

学习和金钱都能让你发家致富，
但聪明只有靠你本人努力才能获得。

星星数目

圣经中的真理有如天上的星星，
眼睛越好，看见的星星就越多。

人群

魔鬼是个胆小鬼特别怕孤独，
于是他常到人群来作客。

微观世界

躯体是个小世界，灵魂是本小书，
书中记录着世界所发生的一切。

爱人类

他爱人们吗？为什么他又逃避人们？
因为他爱的是人身上的人性而不是人本身。

※ ※ ※

学问是药品，圣言是面包
谁的胃口好，无药也能活。

1834－1835

你问，为什么上帝要用少许荣誉来装扮我

你问，为什么上帝要用少许荣誉来装扮我？
是根据我的思想和愿望，而不是我的所作所为！
思想和愿望就是世界的诗歌：
诗歌像花，会在同一季节中开放凋谢，
行动却像颗深埋在泥土中的种子，
直到次年才会结出丰硕的果实。
只要时间一到，盛名就将沉寂，
沉静的种子结出的果穗会铺满大地。
喧闹过去，我们也将和荣光与赞美一同消失。
平静的人有福，他们必定拥有世界，
凡是听从基督的人定会了解真理，
谁想拥有大地，就请安静地待着。

1835 - 1836

酝酿爱情

酝酿爱情，就像蚕在体内形成蚕丝，
从心中吐出，如同泉水从深井涌出，
把它展开，像把一颗金球锤打成薄片，
然后把它投进从地下深处涌出的水中。
把它向上放飞，像是被风吹动，
把它撒向大地，如同播种庄稼，
抚育人们，像母亲抚育自己的孩子。

你的力量由此向前，像自然的力量，
然后你的力量又变成元素的力量，
你的力量后来又成了繁衍的力量，
成了人的力量，天使的力量，
最后成了造物主的创世力量。

1839 洛桑

在清澈而宽广的湖水上

在清澈而宽广的湖水上，
屹立着一排排峻峭的山岩。
清澈透明的湖水映现出
山岩如画的墨黑的倒影。

在清澈而宽广的湖水上，
掠过黑云、暴风雨的前奏。
清澈透明的湖水映出了
这些黑云的流动的影像。

在清澈而宽广的湖水上，
电光闪动、雷声震长空。
清澈透明的湖水映出了
闪闪电光、雷声渐渐消隐。

这宽广的湖，和从前一样，
依然是那样的清澈和透明。
这时我看见四周的湖水，
正映出所有景物的映像：
峻峭的山岩及其威严的峰顶，
还有随即消逝的闪电和雷鸣。

山岩屹立着，阴沉而又威严，
浓厚的黑云会带来狂风骤雨。
电闪雷鸣也会过去，无影无踪，
可是我呢，却一直在漂流不停。

1839－1840 勒芒湖上

当我的遗体入座在你们中间

当我的遗体入座在你们中间，
凝视着你们的眼睛，大声说话。
此时我的灵魂在远处，啊，在远处
游荡和抱怨，啊，在抱怨。

我有个国家，那是我思想的祖国，
还有许多和我心心相印的亲友。
比我现在所见的国家更美丽，
我的家庭比整个家族更亲切。

在那里，我沉迷在劳动、关心
和娱乐之中，我坐在榆树下，
在那里，我躺在萋萋的芳草中，
在那里，我追捕那些小鸟和蝴蝶。

在那里，我见到她身穿白衣走下凉台，
穿过绿茵草地直向树林中的我们奔来，
淹没在麦地里恰似在水中游泳，
像早霞一样从上面照耀着我们。

1839－1840

泪水横流

纯洁的泪水落下了、接连不断,
落在我那天使般的甜美童年上,
落在我那焕发而又自豪的青春上,
落在我那饱受挫折的壮年上,
纯洁的泪水落下了,接连不断。

1839－1840

固执的妻子

现如今投水自尽的人如此之多，
竟使河岸要卫兵把守。只要看见
有人出现，那个人穿着邋遢，
连警示牌都不看一眼，
还戴着一副破旧的手套，
卫兵们就认定他要跳河自尽，
于是他们急急忙忙赶去救他，
还把他抓住带到了拘留所。
另有一人沿着塞纳河岸，
逆河水方向飞奔，宪兵中途
把他拦住，打着官腔问道：
"你为啥要朝逆水方向奔跑？"
"不幸啊！"这个可怜虫叫道，
"救命啊！快救人啊！
我老婆投河了，投河了，
跳进河里去了！"
宪兵听了，便对他说：
"嘿，难道你连一点水力学都不懂！
你找溺水者尸体，却把方向搞错了。
按照自然法则遗体应顺流而下，
可是你追寻妻子为何逆流而上？"

这男人答道："我老婆生前古怪，
对所有的事情都持相反的态度：
因此我有充分理由推断，
这尸体在河里漂浮定会逆流而上。"

1840

通往俄国之路①

像荒原上的狂风，一辆驿车
在雪地里驶向更加荒蛮的北方，
我的双眼如同两只敏锐的隼鹰，
在茫茫无际的海洋上空飞翔，
被狂风驱使着，无法降临陆地
它们所看到的都是狂风巨浪，
没有栖息的地方，只好卷起翼翅，
朝下面望去，那里就是死亡之地。

一路上看不到城市，也不见高山，
人类和自然界没有留下任何的印记。
大地是如此的空旷、如此的荒无人迹，
仿佛是昨天傍晚刚刚才建起的新天地。

------

① 诗剧《先人祭》第三部后面附有一组诗，包括：《通往俄国之路》《京
郊》《彼得堡》《彼得大帝纪念碑》《军事检阅》《奥列什凯维奇》《致俄
国朋友》。据诗人为《先人祭》第三部法译本写的序言，这组诗是第三
部的组成部分，同时与以后的各个部分建立联系。这组诗的主人公和
《先人祭》的主人公是同一个人，即康拉德—古斯塔夫，他是一位诗人、
先知、青年秘密工作者，在第三部结束时，他被流放到俄罗斯，这组诗
记录了他的见闻、观察和生活片段。诗人原计划还要把《先人祭》写下
去，因种种原因未能如愿。这里选译了《通往俄国之路》《京郊》《彼得
大帝纪念碑》和《致俄国朋友》。

可是古代的猛犸就曾在这里繁衍生息，
随着河流波涛而来到此地的水手们，
就曾用莫斯科农民听不懂的陌生语言，
宣称这些地方早已被人类开垦创建，
在伟大的诺亚方舟的那个时代，
这里就已和亚洲国家的贸易不断。
甚至连偷来的或被暴力抢来的史书，
也不止一次地向世人宣称，
就是这块荒无人烟的土地，
曾经是多个民族的母亲。
只不过流经这些原野的河流，
并没有遗留下它们咆哮的历程。
就连从这块土地出去的人们，
也没有留下过自己生活的烙印。
但在遥远的阿尔卑斯的岩石上，
却留下了来源于此地的波涛痕迹。
而在更遥远的罗马的纪念物上，
也记载着来自此地盗贼的行踪。

荒凉的国度，银装素裹而又空旷，
就像一张可供书写绘画的白纸——
上帝的手可以任意在它上面写画。
善良的人们也可使用这些字句，
去描绘出神圣信仰的真理，
而让爱去统治人类的部落。
难道世界的战利品就是牺牲？

难道是上帝的老敌人已来到
从这本大书中抽出了利剑，
让人类的种族处于桎梏之中？
难道鞭打就是人类的战利品？

在这片茫茫银色的荒凉土地上，
狂风怒号，掀起阵阵雪的迷雾。
雪的海洋也因此而汹涌奔腾，
厚厚的积雪被狂风吹起离开了地面。
随后又突然结成为一个个巨大雪团，
坠落到地上，单调而又洁白。
有时从极地掀起的巨大风暴，
一路袭来，其势难以遏止，
直扫到黑海边上的广大平原，
沿途掀起的浓浓的雪雾，
常常把行驶的马车遮住，
就像非洲狂风淹没利比亚①人一样。
尽管地面上是单调的茫茫白雪，
有些地方峙立着一道道黑墙，
其形状有如一座座岛屿和陆地，
那是北方的云杉、松树和冷杉。
有些地方的树木已被刀伐斧砍，
砍下的树木被堆成了一排排，
构成奇异的形状，像房顶和墙壁。

------

① 利比亚位于非洲的北端，撒哈拉的风沙常常会淹没其周围的人。

人们称其为房屋，供人们居住。
在广袤的平原上，像这样的木房
有成千上万，规格几乎是一模一样。
宛如一顶顶帽子，烟囱里冒出热气，
像子弹夹一样，窗户在闪闪发亮。
那边是成双成对的一座座的平房，
有的是四方形的，有的是圆形，
如此众多的房屋，人们称之为城镇。

我终于遇见了活人，他们个个
肩宽腰圆，虎背熊腰，身强体壮，
犹如北方的猛兽和高大的树木，
充满着活力、健康而又强悍。
他们的脸容有如他们的国土，
显示出空虚、坦率和粗野的表情。
他们的心中却像地底下的火山，
其烈火还没有涌现在他们的脸上，
他们的口里没有热情洋溢的言辞，
满是皱纹的额头上也毫无任何的表示，
就像东方人和西方人的脸孔一样。
经历过多少次的故事传说和事件，
也经受过多少次的悲痛和希望。
每张脸孔都是他们民族的纪念碑。
这里人们的眼睛也像这里的城镇，
大而明净——灵魂的呼号从来
不会引起他们眼珠的异常的眨动，

长久的悲痛也从不令它们黯然神伤。
远远望去——多么的华丽，多么壮美！
进入中心一看，多么荒凉、多么空旷，
他们的身躯，犹如一个厚厚的大茧，
里面蜷伏着过冬的毛毛虫。
当它还没有准备好飞翔之前，
先要长好翅膀，改变它的形体。
当自由的太阳照临大地，
毛毛虫便破壳而出飞向天空。
是鲜亮的蝴蝶翱翔在大地之上？
还是黑暗会降临在脏乱的部落？

在荒原的地面上道路纵横交错，
这些道路并不是由商人开辟建成，
也不是被他们的马队踩踏而成；
而是由沙皇在首都勾勒出它们，
于是波兰的乡村便遭到了不幸。
沙皇想占领波兰的城堡和城市，
就必须把村庄和城堡夷为平地，
以便在它们的废墟上修建起大道。
现在这些道路隐没在深厚的雪里，
但眼睛还是能分辨出它们的痕迹。
道路又宽又长，笔直地伸向北方，
在森林中间穿过，像岩石中的江河。

是谁踏着雪路而来？这一边是马车

疾驰飞奔而至，卷起了阵阵雪花。

从另一边来的是黑色的步兵队伍，

在火炮、大车和篷车中间疾行。

他们是按照沙皇下达的命令，

从东方调往北方①前去作战。

另一队则是从北方调至高加索②。

这些士兵都不知道要调往何处，

为何要这样调动，谁也不去打听。

这里还看到了一个蒙古人，

他脸面肿胀，有双细小的斜眼睛。

那边是一个来自立陶宛的贫苦农民，

他脸色苍白，满腹心思，步履蹒跚。

这里英国枪在发亮，那边弓箭在闪光。

卡乌莫基人③手里拿着僵硬的弓弦。

他们的军官呢？这里是德意志人④，

坐在篷车里哼着席勒的伤感歌曲，

还常常敲敲被他碰见的士兵的脊梁。

那边是法国人用鼻音哼着自由的歌曲，

他是位流浪的哲人，在寻找擢升的机会，

---

① 俄国沙皇亚历山大于 1809 年占领芬兰，嗣后芬兰人民进行过多次的反抗斗争，这里是指沙皇下令调军队去镇压芬兰的起义活动。

② 从 18 世纪末开始，俄国的沙皇统治集团一直在侵略高加索，19 世纪初叶，俄国与高加索的战争接连不断，直到 1864 年俄国占领高加索全境之后才告一段落。

③ 原是指亚洲的一个蒙古游牧民族，他们大多居住在伏尔加河下游。

④ 在 19 世纪的俄国军队里，有不少军官是外国人，他们受雇于俄国沙皇。

现在正和卡乌莫基人的指挥官在交谈，
向他打听何处能买到廉价的军需用品。
他这样做便能让军费省去一半，
而省下的一半就能装进他的腰包。
如果这件事做得漂亮，瞒过别人，
说不定部长还会把他官升一级，
沙皇也会向他颁发节省开支的奖章。

这时一辆篷车疾驰而来，无论是哨兵、
还是火炮的车队、伤病员的营帐，
只要这篷车一出现，便纷纷退向两旁。
就连指挥官乘坐的马车也要退让三分，
篷车在飞奔，押车的宪兵挥动着马鞭，
道路上的一切人员和车马都急急退避，
谁若是不退让，篷车便从他身上碾过。
篷车要到哪里去，里面载着什么人？
谁也不敢打听。宪兵是朝首都飞奔，
里面载的肯定是沙皇下令逮捕的犯人。
"也许这宪兵是从国外回来。"将军说道：
"谁又能知道，车里押的是何许人？"
也许是普鲁士、法国和萨克森的国王，
也许是某个德意志人失去了沙皇的恩宠，
于是沙皇下令将他逮捕，送去服刑。
也许被逮捕的是个更重要的首领，

也许被押送的就是叶尔莫沃夫^①本人。

谁又能知道呢？这个坐在麦草上的

囚徒^②，凶狠地望着！露出自豪的目光！

是个大人物——后面还有一队马车，

定是某位亲王的宫廷随从人员，

看呀！他的眼睛是多么明亮、大胆！

我还以为他们是沙皇的达官贵人：

不是驰骋沙场的将军，便是宫中重臣。

可是，看呀！他们全是年幼的少年^③！

这是什么意思？这群人要到哪里去？

难道他们是某个受指控的国王的王子？

路旁的军官们都在悄声地议论他们；

篷车却一直朝沙皇的首都疾驰飞奔。

---

① 　阿历克希·叶尔莫沃夫（1772－1861），俄国将军，驻高加索俄军的统帅。1827年被怀疑与十二月党人有关系而失宠。

② 　诗人在这里暗示，这个囚徒就是康拉德－古斯塔夫。

③ 　这是指1824年受到指控和流放的"爱德社"成员。

京郊①

好远好远就看见了那座京城，

在宽广豪华的道路两旁，

屹立着一排排宫殿，像是教堂，

上有圆顶和十字架。那像草堆似的

是竖立在麦草和积雪下面的雕像群。

那边在一排科林式的圆柱后面的

平顶大厦，就是意大利式夏宫。

旁边是日本式的、中国式的商亭，

要么是叶卡捷林娜时期新近

仿制的古典式建筑的遗址。②

不同风格和不同形状的房屋，

如同来自世界各地的野兽

站立在铁槛后面的各个囚笼里。

那座依稀可见的宫殿，

是他们本国建筑师的杰作，

出自他们的构思，是他们天性的产品。

这些高楼大厦真是奇妙的工程！

————————

① 指彼得堡附近的皇村，是沙皇的夏宫。现名普希金村。

② 叶卡特琳娜二世·阿列克谢耶芙娜，俄国女皇，1762－1796 年在位。当时仿造古典建筑的遗址是一种被她鼓励的时髦。

是用无数巨石在沼泽地上堆积而成！
在罗马，为了给帝王们建剧场，
黄金像河水一样流淌。①
在这京郊，沙皇的卑鄙奴才们
为自己建起淫逸作乐的巢窟，
把我们的血和泪汇流成了海洋。
为了给这些方尖碑装上巨石，
他们想出了多少阴谋诡计，
又有多少无辜者遭到杀戮和放逐，
又有多少我们的土地被抢劫掠夺。
那是用立陶宛的鲜血、乌克兰的眼泪
和波兰金钱的高昂代价
去购买巴黎和伦敦所拥有的一切，
再给这些大厦加以时髦的装扮。
他们用香槟酒来清洗大厅的地板，
那是被优雅而缓慢的舞步所踩脏。

如今这里空空荡荡，皇室回城里过冬，
宫里的苍蝇也被沙皇臭气所吸引，
跟随着他们的臭味飞进了城中。
现今在这些大楼里只有风在起舞：
豪绅们在城里，沙皇在城里。囚车
也朝城里飞奔，这里只有

---

① 这句话是哥特人的国王第一次看到罗马称为科洛西姆斗兽场的大马戏场
时所说。——原注

315

刺骨的酷寒，皑皑的积雪。
城里的大钟刚刚敲过十二点
太阳就已经西沉。①
天空的拱顶无比开阔，
无云、空旷、寂静和纯洁，
没有任何色彩，苍白得透明，
好似流放者死后的眼睛。

我们前面就是城市了——城市上空
屹立着立柱、砖墙、回廊和城墙，
像一座座奇异的城堡直冲云际，
有如巴比伦的空中花园。
从两万根烟囱冒出的浓烟，
有如圆柱直向天穹飘去，
有的像卡拉拉大理石②那样发亮，
有的像红宝石那样红光四射。
那烟柱在高空中弯曲连成一片，
时而交错成回廊，时而又变成弓状，
描绘出墙壁和屋顶的奇形怪样，
就像海市蜃楼③，突然出现在

---

① 彼得堡的冬季下午三点钟天就黑了。——原注
② 卡拉拉位于意大利中北部，在古罗马时代已经是大理石开采中心，其石材颜色为奶油白带蓝灰色纹路，被称为"卡拉拉白"。
③ 北方城市的浓烟在严寒时在空中形成幻景般的奇形怪状，就像海市蜃楼一样，它诱骗着在大海上航行或阿拉伯沙漠上旅行的人们。海市蜃楼给人展现了城市、村庄湖泊或绿洲，景物清晰可见，但要走近它却不可能，它和旅行者总是保持着一定的距离，后来就消失了。——原注

地中海那明镜般的纯洁水面上，
或是降临在利比亚的尘雾上空，
它远远地吸引住旅人的眼球。
它永远是那样凝固不动，而又飘浮不定。
城门上的锁链已被摘下，城门敞开，
搜查，验身，审问，最后才允许进城。

彼得大帝纪念碑

两位青年黄昏时站在雨中，
相互拉着手，同披一件斗篷：
一个是流浪者、西方的来客，
沙皇暴力的不知名的牺牲品；
另一个是俄罗斯民族的诗人，
他以诗歌而名扬整个北国。[①]
他们认识不久，却相知甚多，
几天之内他们成了要好的朋友。
他们的精神超越了世上的障碍，
像阿尔卑斯山两座亲密的巉岩，
虽被汹涌的激流把他们永远分开，
但对这个敌人的叫嚣却置若罔闻，
两座高入云霄的顶峰却弓身相拥。
流浪者正在彼得巨像下面沉思，
而俄国诗人却在轻声地诉说：

"他是第一位创造奇迹的沙皇，

---

① 指俄国诗人普希金。

第二位女沙皇①为他建起这座纪念碑

彼得沙皇已被塑成为巨人的形象，

他骑在一头青铜骏马的马背上，

等待着，好像要奔向什么地方，

然而彼得却不愿站在自己的国土上，

对他来说本国的疆土还不够宽广。

为了寻找基石，他们派人远赴海外，

来到邻近的芬兰海湾，

挖来了一座花岗岩的小山；

遵照女皇的命令，

这石山便飘洋过海、搬上陆地，

来到京城，堆放在女皇面前。②

基座已建好，青铜的沙皇便飞跃其上，

他手持权杖，身穿罗马人的长袍。

那骏马跳上了花岗岩顶端，

前蹄腾空跃起，屹立在基座边上。

"在古罗马，并不是以这种姿态来

颂扬万民敬仰的皇帝马可·奥勒留③，

他之所以名扬天下，永垂不朽，

首先是他驱除了密探和告密者，

---

① 彼得塑像上刻有拉丁文写的"彼得一世，叶卡特琳娜二世立"字样。——原注
② 这句诗译自一个俄国诗人的诗句；这个俄国诗人的名字我已忘记。——原注
③ 古罗马皇帝，161－180 年在位。他也是哲学家，著有《沉思录》。

还严惩了国内的贪官污吏。

当他来到莱茵和帕克托尔河畔，[①]

便把野蛮的侵略者打得一败涂地，

然后返回宁静的卡皮托尔皇宫。[②]

他的前额英俊、高尚而又温和，

额头上显示出富国强民的思想，

他庄严地高举起一只手，

仿佛要向周围的臣民问候祝福。

他的另一只手紧握缰绳，

去制服那疾驰的烈马。

你可以想象，大路两旁站立的人群，

大声欢呼：恺撒，我们的国父回来了！

皇帝很乐意在人群中间缓步穿行，

并把慈祥的目光投向所有的人群。

那烈马扬起鬃毛，眼里现出火光，

但它知道骑在背上的是最可爱的人，

于是它抑制住那火一般的烈性，

让臣民们走近以便把慈父观看。

骏马以平稳的步子走在平坦的路上，

你会想到，它会达到永恒不朽的境界。[③]

[①] 莱茵河曾是日耳曼各部落和高卢间的界河；帕克托尔是小亚细亚的一条小河，传说河中流淌着金片。这是分别指马可·奥勒留的东征与北征。

[②] 罗马古城又名七丘城，国为是在七座山丘上建立起来的。卡皮托尔乃七丘之一，元老院的所生地。

[③] 彼得的巨型骑马塑像和马可·奥勒留的塑像都是如实描写的。——原注

"彼得沙皇撒开烈马的缰绳，
任凭烈马横冲直撞践踏众生。
一下便冲到悬崖的边缘，
发疯的烈马已经腾起前蹄，
沙皇制不住它，烈马脱缰，
你能想到它定会摔下粉身碎骨。
可是一个世纪以来它就
这样站着、跳跃，但却没有摔下。
就像从花岗岩直泻而下的瀑布，
严寒把它冻成冰块倒挂在深渊上：
只要自由的太阳一旦冉冉升起，
西方的和风把这些国土吹暖，
到那时，专制的瀑布将会怎么样?"

致俄国朋友

你们还记得我吗？每当我回忆起
那些已被流放、监禁和死亡的朋友们，
我就会想起你们，在我的梦境里，
你们的脸上便显示出人民的正义。

你们现在在哪里？我曾亲切拥抱过的
高贵的雷列耶夫①，现在沙皇的命令，
要将他吊死在那卑鄙可耻的绞架上，
诅咒他们，诅咒那些杀害先知的人！

别斯杜舍夫②曾向我伸出过的那只手，
那是战士和诗人的手，现在却被沙皇
夺去了刀和笔，还命令他去做苦工，

---

① 康德拉季·费陀罗维奇·雷列耶夫，俄国诗人、出版家，密茨凯维奇于
  1825 年在彼得堡和他结识。他是十二月党人起义的领导人之一，起义失败
  后被绞刑处死。
② 亚历山大·别斯杜舍夫，俄国作家，笔名马尔林斯基。他是近卫军军官，
  率部队参加十二月党起义，被判处死刑，后减刑流放到西伯利亚。

和波兰同志一起，在矿坑里挣扎呻吟。

别的人或许遭受到更惨重的酷刑，
有的人还可能受到官职和勋章的引诱，
居然把自己的自由的灵魂出卖给沙皇，
今天就在大人物的门槛前哈腰鞠躬。

或许，他那贪婪的舌头只对暴君歌颂，
对于同伴们的殉难反而幸灾乐祸，
或许，他正在我的祖国吸吮人民的鲜血，
在沙皇面前邀功请赏，夸耀可耻的功绩。

假如这忧伤的歌能凭着远飞的翅膀，
从一个自由的国家传到北方的你们中间。
在你们那茫茫的冰天雪地的国土上，
向你们报告自由，如同鹤群预报春天。

你们能听出我的声音，当我带着镣铐，
我瞒过了暴君，①像蛇一样悄悄地爬行。
可是在你们面前，我袒露我的全部感情，
对于你们，我从来都怀有鸽子般的纯真。

---

① 密茨凯维奇本人在流放俄国期间，表面上老老实实、遵纪守法，暗中却
仍与异议人士保持来往。他常常逃过宪警对他的监视；长诗《康拉德·
华伦洛德》也借着历史的外衣，骗了了书刊审查机关，于 1828 年获得通
过出版。

现在我把这杯毒酒泼向整个世界——
这从血管里迸发出的故事多么凄惨，
这毒汁由我祖国的血和泪所组成，
让它腐蚀——不是你们，而是你们的锁链。

假如你们中间有人在抱怨，在我看来
他的抱怨如同一只狂吠乱叫的狗，
它长久戴惯了锁链，而且乐于承受，
到最后，它还要去咬那只给它自由的手。

第二部

长诗

格拉齐娜

立陶宛故事

本诗1823年出版于维尔诺。初稿题目是《科里布特——诺沃格鲁德克公爵》，副标题"取自立陶宛历史的长诗"，公爵夫人叫卡里娜，立陶宛大公是凯斯杜特，故事发生在诺沃格鲁德克——塞维尔斯。到正式出版时，改为现题，地点也挪到了诗人的故乡诺沃格鲁德克，人物除雷姆维德外，科里布特改为李塔沃尔，卡里娜改为格拉齐娜，凯斯杜特改为他的儿子维托尔德，即故事发生的年代也后移了，为14世纪末15世纪初。

　　《格拉齐娜》是波兰文学史上第一部浪漫主义长诗，打破了古典叙事诗的框框，采用"诗体故事"的新形式。这一形式由拜伦和司各特所创造，不像古典叙事诗那样强调情节的连贯性，只选择其中的几个重要的场面，强调人物的心理描写，融合多种艺术手法，善于利用环境气氛作烘托。

夜越来越黑，朔风更加寒冷。

浓雾笼罩大地，阴暗的月亮

高悬在翻滚的黑云波浪之上，

从浓重的黑云里只露出半只眼睛。

世界就像一座高大的圆形大厦，

而天空犹如一个活动的穹窿；

月亮像一扇窗户，白天从此消隐。

诺沃格鲁德克山坡上的一座城堡①，

在月光的辉映下显得金光灿烂。

在杂草丛生的壁垒上和青青的沙地中，

它投下了一道阴影，又直又长。

---

① 　诺沃格鲁德克是立陶宛的一座古城，先是雅吉雅格人、罗斯人的属地，后
被巴图汗时期的鞑靼人破坏。鞑靼人退走后，立陶宛的艾吉维乌·蒙特维
沃维奇大公便据为己有。关于这次占据，斯特内伊科夫斯基曾这样写道：
"立陶宛人渡过涅曼河之后，发现四里外的一座美丽的高山，先是罗斯的
公爵在那里建起了诺沃格鲁德克都城，后被巴图汗破坏，不久艾吉维乌也
在那里建起了都城，重修了城堡，兵不血刃地占领了大片的罗斯土地——
因为那里无人防守——从此他便自称为诺沃格鲁德克大公。堡垒的遗迹至
今还在。"——原注［斯特内伊科夫斯基，波兰16世纪著名编年史家，著
有《波兰、立陶宛、日姆兹和所有罗斯人的编年史》。］

影子落在城壕里，从沟中的污泥里，
沟水散发出一种绿色的烟气。

城市已入睡，城堡的灯光都已熄灭，
只有值班的哨兵在城墙上走动，
他们不断喊着口号，以驱赶睡眠。
突然从远处的平原上传来一阵响声，
有几个人穿过草地朝城堡飞奔而来，
树枝的阴影遮住了他们，看不很清，
他们跑得很快，原来是一队骑兵，
他们身着胸甲，在黑暗中闪闪发亮。

战马嘶鸣，铁蹄的嘚嘚声划破夜空，
三个骑者穿过狭窄的山谷小径，
他们到了，勒住了马，为首的那位
大声喊叫，还吹响了那把铜号角，
他接二连三地吹了好几遍，
城上的守卫也吹起了回应的号声。
接着城门的闩响了，火把一闪，
吊桥放下了，发出哗啦的声音。

卫兵们听见蹄声急忙前来会合，
想从近处仔细观看来人的装束，
为首的那个骑士全身披挂整齐，
恰像德意志人上阵，全副的铠甲。
白色道袍上嵌有一个大黑十字，

胸前的金色穗子上也挂着一只。

他背着一把军号，插着一枝长矛，

皮带上挂着念珠，腰间挎着佩刀。

立陶宛人一见这装束便心知肚明，

他们中的一个对另一个悄悄说道：

"原来是从骑士团窝里来的恶犬①，

是喝普鲁士人的血才养得这么肥胖，

哼，如果这里没有别的卫兵在场，

我就会立即把这个恶棍扔进深潭。

他那傲慢的头颅，定会被我拳头打烂！②"

---

① 十字军骑士团也称条顿骑士团，1190 年在巴勒斯坦成立，全由德意志人
组成的宗教军事组织。他们身着白衣，胸前有一个黑十字。1230 年波兰
马佐夫舍公爵康拉德许以土地，邀请他们来防御异教的普鲁士人和立陶
宛人的入侵。从此以后，骑士团便成了大患，不仅是异教徒，就是四邻
的基督教国家也深受其害。当时的史家普遍认为，骑士团凶残贪婪，傲
慢，对基督教事业并不热心。主教们曾向教皇控告十字军妨碍他们对异
教徒的改宗工作，侵占教会财产，逼迫教会人士……据史家所记，1343
年左右，骑士团完全占领了普鲁士，并向立陶宛公爵宣战，武力占领了
立陶宛的大片土地。为了收回这些土地，立陶宛公爵答应改信基督教，
但十字军不答应，于是立陶宛公爵便愤愤用立陶宛语说道："我看，你
们不是为了信仰，而是为了钱，因此我将保持我的异教信仰。"十字军
骑士团对不幸的民族是极其残酷的……人们早就轻蔑地称德意志人为
"狗"。——原注

② 这毫不奇怪，普鲁士人和与他们兄弟相称的立陶宛人，都把德意志人看
成是他们的宿敌，这几乎成了他们的天性。在异教时代，甚至在信奉基
督教之后，在为立陶宛人或普鲁士人举行葬礼时，送葬人便会唱道：
"去吧！可怜的人，离开人世的苦难到更美好的地方去，在那里凶残的
德意志人不会再压迫你了，可你会统治他们！"别尔斯基和斯特内伊科
夫斯基都可以证明。至今在普鲁士统治下的立陶宛偏僻地区，如果把农
民称作"德意志人"，那是对他的一种侮辱。——原注

立陶宛人交谈着，这家伙装着没有听见，
他一定是听清楚了，因为他满脸怒容，
他也能听懂人话，尽管他是德意志人[①]。

"你们的公爵在不在城堡？""在是在，
可惜你们来得不是时候，今天太晚了，
公爵不会接见你们的，要等到明天！"
"什么？明天？虽然此刻已是夜深，
快去通报，使者到了，有急事求见。
我来这里，头上冒着多大的风险。
这只戒指你们拿去，可以作为凭据，
只要他一见这戒指，自然就会明白
是谁来找他，我为什么会来到这里。"

四周万籁俱寂——城堡都沉入了梦乡。
这时候正是午夜，秋天的夜晚很长。
多么奇怪——从李塔沃尔所住的塔楼上，
窗棂里依然闪耀出星星般的灯光。
何况他今天刚回来，走了很远的路，
早早入睡应是他首先关注的重要任务。
但他偏偏没有睡，大家都在相互打听。
尽管他还没有睡，但无论是宫中卫兵，
还是侍从、僚属，抑或是枢密院的大臣，

[①] 普鲁士人和立陶宛人不仅对德意志人的性格，就连他们的智力都有一种
不好的印象。有一句成语是"和德意志人一样笨"。——原注

332

没有一个人敢走近这位公爵的房门，
那使者一再地威胁，再三地恳求，
但种种办法都无济于事，毫无作用。
最后他们才去喊醒了他的传令官，
名叫雷姆维德，公爵的代言人，
战时是他的助手，平时执掌枢密，
"他是第二个我！"公爵常常这样说，
无论是在军营里，还是在城堡，
他随时可以觐见公爵，不用传报。

公爵的卧室里朦胧昏暗，只有桌上
那快要熄灭的油灯发出暗淡的灯光。
李塔沃尔在房间里走来走去，
随后他站住了，陷入了沉思，
他听着雷姆维德关于德意志人的简报。
听完之后，他一句话也没有说。
他脸上一阵红一阵白，还不住地叹气，
他忧心忡忡，脸上露出阴沉的焦虑，
他朝油灯走去，像是要剔一下灯芯，
把油灯挑亮，但他用力过猛，
把灯芯剔掉了，灯光随之熄灭。
他这样做，也许是故意，也许是失手，

也许是他抑制不住心中的怒火，
或许是他无法掩饰脸上的不安，
他这一手原本是预定的策略，

为了不让仆人看穿他心中的秘密。
接着他又在黑暗的屋里踱来踱去，
每当他走近了窗口的铁栏杆，
窗户上的格子玻璃都很明亮。
从窗口射进来的月光，
正照着公爵的阴沉的脸上。
他紧闭嘴唇，眼里电光闪现，
倔强的脸上露出愤怒的火焰。

然后他急步转向房间的一角，
吩咐雷姆维德把旁门关好。
他坐了下来，故作镇静地说道：
脸上还露出一种可怕的冷笑。

"雷姆维德，正是你从维尔诺带来消息，
维托尔德①，我们的好心而富有的主人，
要把利达②赐给我，作为封地。
利达原是我妻子陪嫁的土地，
可他为何要以自己产业或战利品
去赠送给李塔沃尔，他的仆从？"

"是的，公爵！""既然这封地归我所有，

---

① 维托尔德，凯斯杜特的儿子，立陶宛最伟大的人物之一，关于他的军事业绩和政策，波兰国内外的历史著作都有论述。——原注
② 位于维尔诺与诺沃格鲁德克之间的一座城市，14世纪曾为利达公国的都城，城堡由格底明建立。

我们就该名正言顺地前去处置和经营，
快去吩咐把我的旗子拿到下边院子里，
让灯笼火把一起点燃，把城堡照亮。
我的号手在哪里？吩咐他们今天半夜
齐集到城中心，要在市政广场上，
向四面八方尽力把号角吹响。
要努力地吹，要不停顿地吹下去！
直到把所有的骑士从睡梦中唤醒，
叫他们个个都要把盔甲披挂齐整。
各自拿起长矛，腰间挂好战刀，
还要给自己和马匹准备好粮草。
每个妻子都要为丈夫预备一袋口粮，
能够让他们从早上坚持到夜晚。
再把牧场上的马群统统赶回城堡，
喂饱它们，准备好出征的草料。
单等太阳从什佐尔索夫的边境，
把第一道霞光照在明多格的坟上，①
大家都要在利达的街上会齐等我，
要厉兵秣马，披坚执锐，准备出战！"

公爵这样说着。他说的这些话，

---

①   什佐尔索夫是立陶宛最古老家族赫雷普托维奇的领地，在诺沃格鲁德克
的东边。明多格是立陶宛第一个排除了外国影响、使国家强盛四邻畏惧
的大公。他接受了基督教，1252 年经教皇允许在诺沃格鲁德克自立为立
陶宛王。在诺沃格鲁德克城外有一座山，至今称为明多格山，山上有这
位英雄的坟墓。——原注

通常只有在出兵的时候才会这样。
但为什么这样突然，又是在晚上？
而且他的态度为什么这样强横？
他说起话来，又凶狠，又缓慢，
好像一个字、一个字都跟不上趟。
这让人觉得，他的话只说了一半，
还有许多话好像冻结在他的胸中，
他的这种举动让人感到十分不安，
这种语调也不能让他考虑周详。

李塔沃夫沉默了下来，像是在等待，
等雷姆维德带着他的命令出去传达，
但是雷姆维德站在那里不急于离开。
对于他所听到的、所看到的这些事情，
似乎要在他的脑海里进行反复的思考。
他能从这番话中看出问题的严重性。

怎么办？他深知这位年轻的公爵，
脾气固执，一向听不进别人的劝说。
也不喜欢对国家大事进行详细的讨论，
他常常是一个人悄悄地思谋筹划，
一旦决定，便不顾一切地付诸实行。
如果受到阻拦，他便会大发雷霆。
然而雷姆维德是位忠心耿耿的谋臣，
又是位深受立陶宛人爱戴的骑士，
如果他唯命是从，就会对不起国人，

就会给全体人民带来巨大的损失，
是沉默，还是进谏，他犹豫不决。
最后他做出了决定，采取进谏：

"公爵大人，不论你要开往哪里，
既不会缺人手，也少不了马匹。
只要你在前面领路，指明方向，
不管到哪里，我们都会勇往直前。
雷姆维德决不会最后一个，落在后面。
但是大人，对于下属也该区别对待，
一般的群众只是你手中的盲目工具。
有些却很有才干，他们的地位应有不同。
你父亲在世的时候也喜欢独断专行，
他常常是独自谋划，秘密做出决定。
可是每当他需要拿起利剑出战之前，
总要先召开会议，听取老臣们的意见。
在这样的会议上总有我的一席之地，
我想说什么就说什么，没有顾忌。
因此今天，请原谅，我将坦诚相见，
把心里怎么想的都尽情说了出来。
我老了，已是满头白发，眉毛也白了，
你也看得出我经历过多少事件和年代，
你的计划呀，我倒希望不会带来危害！
在老人们看来，你的决定太匆促、太离奇，
如果你进军利达，夺回本属于你的领地，
这样的进军就带有侵占、掠夺的性质，

结果会损害你的新、旧臣民的利益。
因为作为胜利者的旧臣民只想要战利品，
而新的臣民们就会被戴上枷锁，沦为奴隶。

"消息会传遍全国，就像种子那样，
老百姓会把它拿来，播撒在地里。
然后是生根开花，结出苦涩的果实。
那苦果毒害团结，毁坏你的名誉。
人们会说你贪婪，为了战利品，
竟动用武力去劫掠不应得的土地。

"然而我们古老的习惯完全不是这样，
上几代的公爵们有时也曾迁都。
但他们总是按照一定的老规矩，
我记得清清楚楚，仿佛就在昨天，
公爵，如果你想按老规矩办事，
就把它交给我，我会尽心尽力。

"首先，我会把骑士派往四面八方，
把号令传给所有的贵族，让他们知道，
不论是住在城市，还是住在农村，
一律都要前来集聚，在这城堡。
让你的皇亲贵戚和年老的重臣们，
为了安全，也是显示自己的体面，
可以各自带着大批随从前来集合。
同时，趁着这些事情还没有办好，

明天或者后天早晨我就出发，
带着一队仆役和一个牧师一道，
去采办宴会所需的一切食品。
我会在事前把一切安排得妥妥当当，
兽肉和蜂蜜应有尽有①，样样不会缺少。

"因为不仅是那些朴实的平民百姓，
就连达官贵人也非常热衷于宴饮。
要是看到公爵大人如此的慷慨大方，
都会认定未来的征战必定马到成功，
在立陶宛和日姆兹都是这样的传统。
如果你不相信，就请去问老人们！"

他说完了，便走到窗前朝外一看，
又说道："天色阴沉，明天天气难料。
我看见一匹马站立在塔楼旁，
一个骑士正倚靠在马鞍鞒上。
还有两个骑士正牵着马来回走动。
看他们的装束，定是德意志的使者。
我们要不要让他们进来面见大人，
还是派个仆役去传达你的意旨？"

他边说着，边把窗户推开了一半，
他朝外一看，好像是无意的举动，

---

① 兽肉和蜂蜜是古代立陶宛人设宴时的两种主要食物。——原注

其实他这样张望，这样提出问题，
目的是要探听出德意志使者的来意。

李塔沃尔听了他的话立刻作了回答：
"无论什么事，只要我的智慧想不到，
需要听取臣僚们的意见和忠告，
我都是把你的忠告摆在第一位。
因为你打仗像青年，定计又老成，
你永远受到我的尊敬和信任。

"因此，虽然我不愿意将我的未来计划
向外人泄露，让别人胡乱猜测和议论，
因为计划还处在酝酿之中，尚未定形，
不能过早地泄露出去，以免受到破坏。
军国大事就得出其不意猛然一击，
要像雷霆的猛击，而不是像电光一闪。
不过对于你，我现在要简单地告诉你，
什么时候出兵？——今天，或者明天。
什么地点？进军日姆兹，进军罗斯！"
"这可不行！"——"行！而且必须做到！"——
"今天我要坦露我的心扉，让你知晓。

"为什么我下令披挂整齐，备马出征，
为什么我策划了这次突然的袭击，
因为我知道维托尔德已率领人马
要在中途对我偷袭，这是他的计谋。

也许他把利达给我，只是一个陷阱，

单等我一到，要捉要杀全由他决定。

"但是我已和德意志骑士团的大团长①，

签订了一个秘密的联盟协定，

他答应派出骑士帮助我们进攻，

作为补偿，他们将得到一份战利品。

如果照我听到的，使者真的来了，

这表明大团长遵守密约，言而有信。

"在这七姐妹星星②落下去以前，

我们在与立陶宛军力的对击中

能得到三千德意志的铁甲骑兵③，

还有数量超过一倍的步兵援军。

那是我在骑士团亲自挑选的人马

他们都是多年驰骋战场的精英。

个个都比我们的士兵身高体壮，④

从头到脚，全身都被铁甲所武装。

你知道他们的战刀有多么的锋利，

---

① 德意志骑士团，也就是十字军骑士团，为首的是大团长，由牧师会选出，
下设大康杜尔、财务官、元帅即司令和康杜尔，也就是各个城市和城堡
的骑士分团的指挥官。——原注［康杜尔是拉丁语，原意指既是教士又
是战士的人。］

② 立陶宛人有自己的一套办法来确定四季、月份和时间。——原注

③ 十字军军队的组成——骑士团兄弟、属于骑士团的侍从和俗家骑士，以
及志愿和雇佣的骑士和骑兵，还有雇佣的步兵。——原注

④ 编年史家总是在每次战争的描述里认为德意志人的身体和力气都要超过
立陶宛人，他们长矛的刺击是很难抵挡的。凯斯杜特、纳里蒙德虽然都
是勇敢善战的骑士却在单打独斗中被打下马来。——原注

他们使起长矛来也比我们更有力。

"他们的步兵个个都有根铁蛇，
铁蛇里装满了铅块和煤灰，
只要将蛇头朝敌人那边一转，
火星一点，蛇嘴就会张开喷火，
还发出巨大的声响，像雷声，
人马不是受重伤，就是死亡。
当年我的曾祖格底明在维诺提战场，
就是在这种武器下不幸阵亡。[①]

"一切都准备好了，悄悄地进军，
粗心大意的维托尔德过于自信，
只留下少数兵力守卫着利达城，
明天一到，我们烧杀、我们进攻。"

雷姆维德听了这惊人的回答，
顿时目瞪口呆，真是难以相信。
他眼看暴风雨来临，得设法阻止，
然而种种办法随生随灭，全不管用。
事情来得突然，又不能耽误时间，
愤怒和悲伤逼得他不顾一切地争辩：
"公爵殿下，我只怪自己活到这把年纪，

[①] 格底明并不是死于与十字军骑士团的战争。维诺提是骑士团在涅曼河畔、科甫诺西部建立的一座堡垒，后成了一座小城。

兄弟阋墙，岂能同室操戈、骨肉相残，
从前我们还在向德意志人挥动斧头①，
现在为什么要替他们当剑使？
兄弟相争不好，但你的密约更坏
那简直是把水和火混和在一块！

"这是常有的事，乡邻之间
多年不和，彼此成了宿敌，
后来仇恨消除，前嫌尽去，
相互拥抱，都以朋友相称。
立陶宛人和波兰人的仇恨，
有时甚至比恶邻居还要深，
但是他们常常会同桌共饮，
也常常在同一座屋顶下共眠。
当他们拿起刀枪一起抵御外敌，
立陶宛和波兰并不是永久的仇敌。
绝不像人类和毒蛇那样势不两立，
自古以来就是如此，有争吵有团结，
如果有人把一条毒蛇当作客人，②
邀请进了自己的家门。

---

① 斧头和棍棒是立陶宛人最厉害的武器。——原注
② 立陶宛人崇拜蛇，他们把蛇喂养在家里。斯特内伊科夫斯基当时就亲眼
  看见过沃特斯人拜蛇的古老习俗。而格瓦宁也曾在离维尔诺千里远的瓦
  瓦里斯基村看见过。——原注〔沃特斯人是住在波罗的海沿岸的一个民
  族；格瓦宁是一位波兰化了的意大利人历史学家，著有《欧洲贵族描
  述》。〕

假如立陶宛人为了众神的荣誉，
殷勤招待它，面包牛奶毫不吝惜，
等到蛇和人相处混熟之后，
和他同吃同喝，便会缠住他的双手，
它还会恬不知耻地蜷成花环的模样，
盘踞在熟睡了的婴儿的胸口上。
那些十字军毒蛇更是六亲不认，
无论是殷勤招待，还是祈求和礼品，
普鲁士人和马佐夫舍的诸侯们，
往它嘴里塞了多少的土地和黄金？——
但它还是贪得无厌，总是喂不饱，
还想把我们的这点家当全部吞掉。

只有联合的力量才能使我们得救，
尽管我们的军队年年去火烧刀砍，
却不能攻破他们坚固的堡垒城池。
可恶的骑士团却像一条毒蛇，
砍掉它一个头——又伸出一个来，
砍下一个头，又会长出十个头，
只有把它们斩尽杀绝，免除后患。
我们和他们结盟，结果总是上当，
无论是平民百姓，还是王公大臣，
在立陶宛全境，你尽管去明察暗访，
没有人不知道骑士团的奸诈狡猾，
将他们当作克里木瘟疫一样来躲藏。
谁都愿和骑士团兵戎相见战死沙场。

就连他们的百分之一的帮助都不需要。
立陶宛人宁愿赤手去拿烧红的铁块，
也决不会去握十字军流氓的右手！

"你说维托尔德在威胁？难道没有外援，
我们就不能靠自己的力量去和他作战？
难道事情竟已闹到了这种地步，
立陶宛人已不能同心协力、相互支援，
去清除自己田园里的有害莠草。
难道不能把武器留着去打外来的仇敌？

"你凭什么相信自己的抱怨正确有理？
你指责维托尔德背信弃义违了约。
可你竟采用背叛和结盟去与他作对？
公爵，请听我说，你再派我去吧，
重新立约。"——"别说了，雷姆维德！
维托尔德的条约我知道得清清楚楚，①
昨天他看风使舵，想出一个花样来，
今天他便会改变方向，走上别的路。
昨天我相信了他那庄严的诺言，
说定了利达完全由我继承掌管，
谁料到他今天的计划又有了改变？
他趁着我的骑士都已回家休憩，
便断然利用这大好的有利时机。

———————————

① 李塔沃尔的这番话正好说出了立陶宛各分封公爵对维托尔德的心声。——原注

率领着自己的军队驻扎在维尔诺。
现在他又散布这种消息来蛊惑人民，
说利达的民众不要我当他们的主人，
于是他要收回利达，由他亲自掌管。
他要给我别的地方，作为补偿。
一定是瓦雷格的沼泽、罗斯的荒原，[①]
要我们到那里去，这无异于充军！
维托尔德把亲属和弟兄们都赶往远处，
好独自一人坐上宝座，独揽全国大权。
看！这就是他的计谋！他的所作所为，
尽管采取的手段不同，目的都是一样：
他要凌驾于立陶宛的所有公爵之上，
让旧日的同伴全都匍匐在他的脚前。

"啊，我的上帝！难道这还不够，
维托尔德不是要把整个立陶宛
永远都置于他的专制之下？——
我们的头盔老是罩着眉眼，
我们的铠甲老是遮着胸膛。
我们手不离剑，一战接着一战，
我们的战马飞驰在周围的世界。
我们时而去攻打十字军骑士团，

---

① 瓦雷格在波罗的海的沿海地区。立陶宛的大公们自古相传的政策是：把
从敌人那里夺来的土地分给自己的兄弟，作为封地。蒙特维尔、明多格、
格底明都是这样做的。

时而越过高山，焚烧美丽的波兰。
又从那里去追逐蒙古的游牧队伍，
他们跑得飞快，像草原上的狂风。
我们从每座城堡抢来的金银财宝，
和我们宁愿挨饿也不愿杀死的牲畜，
还有我们刀剑相搏所获得的战利品，
我们都是很自愿地全都向他进贡。
维托尔德靠着我们的战绩才越来越强。
从芬兰海湾直到哈扎尔海①，
所有的城池都已归他统治。

看看他的王宫，多么富丽堂皇！
我见过骑士团雄伟豪华的宫殿，
普鲁士人见了都胆战心惊。
但和维托尔德在维尔诺的王宫、
和他在特罗兹湖畔的行宫②相比，
便显得多么的渺小，多么的寒碜！
我亲眼看见过科甫诺的美丽山谷③，
世界上没有比这山谷更美的风景。
春天和夏天，林中仙女们亲手把
碧绿的原野装点成繁花似锦。

---

① 即黑海。
② 托洛兹有两个城堡，一个建在湖里的一座岛上，是凯斯杜特的都城，后来传给他的儿子维托尔德。——原注
③ 这山谷离科甫诺只有几里路远，处于群山之中，谷中有条小溪，到处是百花争艳，是立陶宛最美丽的地方之一。——原注［诗人在科甫诺学校任教期间，经常到这谷中散步游玩，是他最喜欢的一个地方，称为"密茨凯维奇山谷"。］

但是有谁会相信？凯斯杜特的儿子，
会在大厅上铺满更鲜艳的琼花玉叶，
地板上铺着的是豪华的地毯，
四周墙壁上挂满了锦缎饰品，
银线绣的叶子，金线绣的花朵，
它们都是由被掳来的波兰妇女所织成，
比仙女们绣出的大地还要美过十分。
他的窗格上都嵌着一排排玻璃，
那是从遥远的地方搜来的水晶，
像是波兰骑士的盾牌在闪闪发亮，
又像是涅曼河撩开了冰封的雪幕，
去迎接太阳神的金光灿烂的光明。

"我伤痕累累，受苦受累，得到了什么？
我所得到的就是刚刚离开襁褓，
年纪幼小就披上了甲胄战袍。
我，一位公爵，靠吃马奶长大，
像鞑靼人一样，没有安稳的生活，
白天骑在马上，夜里枕着马鬃，
就在露天旷野上度过漫漫长夜，
一到天亮，号角便催我跃上战马。
这种时候，与我同龄的一般孩子，
还骑着竹马，挥动着木刀木枪，
在街上打着假仗，嬉戏耍玩，
以博取母亲的欢心和姐妹的笑声。
而我这时候却在追逐溃逃的鞑靼人，

或同波兰人兵刃相见，生死相搏！

"可是从奥德维尔的时代开始，
我公国的疆土半尺也没有加增。
看看那些用橡木建成的板壁，
看看我那座用红砖砌起的宫殿。
穿过我祖先住过的那些房间，
哪里有水晶？哪里有缴获的战利品？
没有金盘，只有潮湿的石头在发亮，
没有地毯，只有厚厚一层的苔藓。
我南征北战，到底我得到了什么？
疆土还是财宝？什么也没有，除了光荣！

"然而维托尔德的名望却在飞速增长，
他要超过所有的人，把我们压了下去，
我们的祭师们在宴会上对他歌功颂德。①
好像是新的明多维来到了人世间。

---

① 　关于明多维我们已经说过。祭师们的职责就是在各种庆祝会上，尤其是
　　在秋天的山羊节上，向人们讲述和歌唱古代人物的事迹。古代立陶宛人
　　和普鲁士人都很喜欢诗歌，也很爱写诗，这从民间保存下来的大量诗歌
　　和历史书中都可以得到证明。我们在斯特内伊科夫斯基的书中可以读到：
　　在公爵的葬礼上祭师们歌颂他们的业绩。在维和维塔时代，还在唱齐格
　　蒙特被罗斯公爵杀死的歌……在立陶宛，由于传入基督教和波兰语，古
　　代的祭师和祖国的语言受到轻视和遗忘。普通人民变成了农奴，只能种
　　地，他们丢下了武器，忘记了骑士歌曲，只记得一些适合当时的悲歌和
　　田园诗歌。偶尔遗留下来的历史故事和英雄歌曲，只能在家庭的集会上，
　　或者在与古代迷信有联系的仪式上听到，成了秘密流传的东西…… ——
　　原注

他们的琴弦和带有预言的颂词诗句，
会把他的声誉千秋万代传唱下去。
谁还会在茫茫人海里响起我们的名字？
又有谁愿意到忘却的沙丘上去寻觅？

"我这样说，并不是出于对他的嫉妒，
只要他自己去拼搏、去冲锋陷阵，
以增加他的财富，扩大他的声名；
只要他那贪婪的牙齿不去侵吞，
他的最亲近的骨肉兄弟的疆土。
就在不久以前，还是在安定团结期间，
他不是就用武力抢占了立陶宛的首都？
他不是驱逐了大公们，占领了他们的城池？
他还把奥尔格德的儿子拉下了宝座，①
他篡权夺位！他就爱这样的专制统治。
要让他的使臣和克里维特的使臣一样，②
公爵们的升迁凭他一人的意旨决定。
啊！是时候了，该我们来结束这一切，
决不能再任由他恣意暴戾、唯我独尊。
现在趁着我胸中的青春热血还在沸腾，

---

① 维托尔德把他的堂兄弟斯基尔加瓦赶出维尔诺，自立为立陶宛大公。
  ——原注
② 古代立陶宛政府是偏重于神权的。祭师的权势很大，大祭师称为克里维、
  克里维特……其住处离普鲁士的罗莫维城不远，那里后来成了赫利庚贝
  尔村，他在一棵神圣的大橡树下布道，接受供奉，分派祭师们出使各地，
  以他的手杖为信物…… ——原注

我的刀还能听从我胳膊的指挥；
我的战马还能像有翅的老鹰那样飞奔，
那是我从克里木缴获的战利品，
第二匹同样的战马是给你的奖赏。
另外的十匹都喂养在我的马厩里，
准备论功行赏，分给得力的部属。
趁着我的战马……趁着我的宝刀……"
说到这里，愤怒让他再也说不下去，
甚至连呼吸都透不过来。他沉默着，
只有身上穿的铠甲发出抖动的声响。
他怒火中烧，突地从座位上跳起，
好像他的头顶上燃起了一道火焰？
又像是一颗陨星从天空直落而下，
长发似的拖着火，一路发出亮光。
他挥动着战刀，猛砍向空中——
随后他劈到地面上，地上的石板
在重击之下发出阵雨似的火星。

出现了深沉的静默，两人都不说话，
随后公爵又说道："空谈已经够了！
现在已快到半夜了，
马上能听到第二遍鸡叫；
按照我的命令，快去作好准备，
我要休息一会儿，让紧张的心情
和疲劳的身体得到些许的恢复。
我一连三夜都未曾入睡。

现在月色昏暗，但今天月牙的尖角
已经露出，明天早晨一定晴朗。
我们按时出发，决不再延误时机。
我们要在利达截住凯斯杜特的儿子，
灰烬和火烟，就是他应得的下场！"
他说完后便坐了下来，双手一拍，
仆役们应声进来，他吩咐他们，
把他的衣服脱去，准备就寝。
他躺在了床上，并不一定能睡着，
只是借此催促雷姆维德离开房间。
雷姆维德眼见自己回天乏力，
便一句话也不多说，也不再停留，
便转身出了房门。作为忠心的臣仆，
他吩咐号手吹号召集所有的骑士，
随后他又再次回到了那森严的堡垒。
为什么？难道他还想再去劝说公爵？
不，他的脚步又朝另一个方向走去，
那是城堡的左翼，与主楼相连的厢房，
旁边有吊桥，直通城市的其他地方。
他穿过走廊，要去求见他的女主人。

那时候，李塔沃尔公爵不久前才结婚，
夫人是利达富甲一方的贵族的女儿，
她的名字叫格拉齐娜，意为"美丽小姐"，
在涅曼河流域里，谁也没有她美丽。
尽管她的芳华已从清晨走向日中，

却依然保持着无比娇嫩的姿容。
处女的鲜艳秀丽和少妇的端庄典雅，
在她的脸上奇妙地结合得天衣无缝。
她的仪表令人惊讶，又是那么迷人，
看见她，仿佛在春天里见到了夏天，
又像是盛开的花朵，显得无比的鲜艳，
然而在花朵里面，果实已快要成熟。
不仅她的容貌在宫廷里超群出众，
她那苗条的身段也无人能比得上。
尽管她身材瘦削，但长得高大，
与李塔沃尔的魁梧身躯不差毫厘。
站在一起你不比我短，我不比你长，
当满朝臣僚和仆役齐集在宫廷上，
这一对公爵夫妇真是气宇轩昂，
他们比所有在场的人高出一头，
有如灌木丛中挺立的两棵白杨。

不仅格拉齐娜的容貌和身材，
就连她的神情也像她的丈夫。
她不喜欢针线和纺织一类的女工，
而爱好耍刀弄枪和硬梆梆的战袍。
狩猎时，她常常骑一匹日姆兹马，
穿着朴素的带熊毛的熊皮胸甲。
头上还顶着白色的山猫爪子，
在狩猎的队伍中来往驰骋。
她常常穿着这套戎装，让丈夫高兴，

平常人见到这打扮以为是公爵本人，
就连宫中的仆役也常常把她错认，
往往向她致以公爵才享有的礼仪。

因此，他们在工作和娱乐上夫妻一体，
她分担他的忧愁，共享他的欢乐。
她和他不仅同床共睡，心心相印，
而且思想一致，同掌军政大权。
凭着她的聪明才智，战事和密约
李塔沃尔都要听取她的意见才做决定，
因此她比一般的妻子要高出千百倍，
一般的女人一旦成了一家之主，
就要处处表现自己，大发雌威。
但是公爵夫人左右着自己的丈夫，
却讳莫如深，不让别人看出痕迹，
她为人聪明，遮掩得丝毫不露，
连最亲近、最机敏的人也难以发现。

不过聪明的雷姆维德却意识到了
什么地方才能得到唯一的帮助。
于是他直朝公爵夫人的房间走去，
要把他所知道的一切向她倾诉。
他认为公爵行事有违古老的规则，
这对国家是损失，对公爵是耻辱。

这消息对于格拉齐娜也是当头一棒，

但她依然镇定，保持着平静的姿态，
表面上装出一副不相信的样子，
她的脸色和声音也和平时一样平静。
"我知道，公爵向来很信任他的骑士，
对于女人的说话和意见，他并不看重，
这件事只能靠他自己慎重做出决定，
我知道，他决定了的事很难改变，
别人的意见有时会适得其反。
如果是一阵暴怒使他无比震动，
在他心中激起了暴雨狂风，
如果有时候他会像青年人一样冲动，
定的计划太高远，与现实不合，
我们不妨等一等，让时间和冷静思考
去驱散他思想中的迷雾，使心情平静，
他的那些无聊的闲话应尽快忘掉，
不要让别人和我们自己都惶恐不安！"

"原谅我，公爵夫人！不过这些话，
并不是一时的愤懑才脱口而出，
也不是说过之后便会迅速忘记。
这不是出于一时冲动而产生的愿望，
也不是匆忙决定的杂乱无章的计策，
这股烟不是一片云，会随风散去，
这些火花会在他的灵魂中掀起大火，
这股烟一发作，便成了大火的先驱。

"我不是今天才随侍在公爵的身边，
他知道我的耿耿忠心已有十二年。
但是，他从来没有像今天这样，
和我做过如此坦诚的一番长谈。
拖延无用，他的命令我必须执行，
他已下令要我在启明星出现之前，
把军队都聚集在贝内谢克①的墓边，
现在夜色皓洁，路程也不很远。"

"什么？明天？多么令人头痛的事情，
我决不能让立陶宛流传这样的议论：
说兄弟之间阋墙相争、兵戎相见，
杀来杀去都是为了格拉齐娜的嫁妆。
等我去见公爵，我要规劝他一番，
好，我现在就去，虽已半夜深更，
不用等到朝霞把夜里的露珠晒干，
我定会带来好消息，你不用心烦。"

话一说完，他们两人便各自离开，
目的地一样，但路径却各不相同。
夫人在房间里一分钟也没有停留，
便穿过秘密通道来到公爵的卧室。
雷姆维德在院子里也未停留片刻，

---

① 位于诺沃格鲁德克城外的一个分岔路口，诗人却把它描写成某个神话人物贝内谢克的坟墓。

便顺着走廊来到了公爵的外屋，
他不敢进去，便坐在了门口，
从门缝里看去，竖起耳朵在听。

他没等多久，只听见一声门闩响，
旁门开了，便见白色人影一闪而过。
"谁?"公爵喊道。从床上跳起——
"我!"回答的是一个熟悉的女人声音。
然后雷姆维德听到的是一番长谈，
尽管内容能大致猜到，但听不分明，
因为字句被回声响应着难以听清，
再经四壁反射，听到的是混杂的嗡声。

只听见谈话越来越急促和杂乱，
时而说得较慢，时而听不清楚。
夫人说得较多，公爵开口较少；
后来他不作声了，像是在微笑，
到最后，夫人双膝跪在了地上。
公爵站了起来，像是在扶她站起，
也许是要推她出去，搞不清楚。
只听见他怒气匆匆地说了几句，
便不再说话了，也不再有动静。
屋里一片寂静。只见那白色人影
溜出了旁门，门闩又一声嘎吱响。
她是不是已经说动了他的心?
还是再说下去也不能改变他的决定。

夫人朝自己的住处走去，
公爵回到了床上躺下睡觉。
从房间里的寂静可以猜到，
睡眠很快就送他进了梦乡。

雷姆维德又徒劳地等了一会儿，
终于走开了，只见左边平台上
一个侍从正在跟德意志人谈话。
他想听听他们说什么，可惜风太大，
把他们的说话声吹到另一个方向。
他看见那个侍从用手指着大门口，
这是什么意思？他当然心知肚明。
那十字骑士忍受不了这样的轻蔑，
便怒气冲冲地跳上了他的坐骑。
"我发誓，"他叫道，"如果我不是使臣，
我就凭着这十字，康杜尔权利的象征，
要为我今天所受到的这种侮辱，
立即用我的铁臂向你们报仇雪恨。
我出使各国，见过不少的王公大臣，
我参见过教皇，到过皇帝的朝廷，
但从未遇到过像你主人那样的怠慢，
让我在露天里站着，一直站到天亮。
而且要我走开的是谁？是一个侍从！
我要警告你，我们决不会善罢甘休，
这种异教徒的伎俩一定会受到报应！
要去打维托尔德，你邀请我们出兵，

原来是要和他合力来包围我们！
好吧，我倒要看看维托尔德能否
抵挡住架在你们脖子上的利刃！

"你去告诉你的公爵，如果他不相信，
让他亲自来问我，我会重复我的誓言，
即使要我重复十遍，我也在所不辞，
无论是现在，还是永远，骑士的誓言，
就像祈祷文一样，绝不能有丝毫改变。
我嘴里说出的话，我的右手就要兑现。
你们今天为我们挖好了深坑，
正好留给你们自己用，这是自掘坟墓！
今天，啊，就是今夜，你们定会埋进坑中。
这是我，第提里赫·哈·冯·克里普诺德，
骑士团的康杜尔！士兵们，我们走！"

他还停了一会，没有人给他答话，
便掉转马头，冲出城门驰上大路。
只见发亮的铠甲在远处晃动闪烁，
而马蹄的踢踏声越来越远越来越小。
这儿那儿萧萧的马嘶声响成一片，
他们的身影便消失在远处的黑暗中，
最后，小山和树林遮住了他们，消失不见。

"祝你们一路平安！但愿你们的脚，
永远不再踏上我们立陶宛的国土！"

雷姆维德一边说着，一边望着他们，
他看到他们真的走了，便微微一笑，
"谢谢你，夫人！这样的转变太好了，
真出乎我的意料，现在谁也不敢说，
自己就能深悉别人心胸的这种大话。
他的声音多么愤怒，态度多么坚决，
竟不让他的忠心仆人再多说一声。
仿佛他一心想要的是鸟那样的翅膀，
好让他快快飞去，砍下维托尔德的脑袋。
可是现在，一个微笑，一句甜蜜的话，
便让他放下了武器，收回了进攻的命令。
不过这并不奇怪，只是白发的我忘了：
公爵夫人的美貌，李塔沃尔的年轻。"

雷姆维德说着，便抬起他的眼睛，
想看看铁窗栏后有没有灯光出现，
他枉费眼力，窗子里依然漆黑一片，
他转过身去，在平台上来回走动，
等待着公爵的召唤或另有吩咐。
他徒劳地等待，便问了问卫兵。
他走近了房门，房内一片漆黑，
只听见公爵的鼾声，睡得正酣。

"这真是怪事！我完全猜不透，
今天这一切到底是怎么回事。
刚才他还大发雷霆把我叫来，

下令军队晚上就要在这里集中，
可他还在睡觉，明天出不出征？
德意志骑士来了，本是应他的邀请，
难道会让他们空着手愤恨离去？
是谁传的命令？偏偏又是夫人的侍从！

"从今夜的所见所闻，我又能猜出什么？……
我承认，我连一个词也没有听清——
只听见苦苦的哀求和公爵的愤怒，
难道是夫人对他的意旨全然不顾？
难道是她自己贸然采取了这一步，
只凭女人的俏丽容貌便敢擅自做主？
我很担心，这一次她做得太过分，
翅膀张得大开，飞得高跌得更重。
的确，我知道她是有这样的胆量，
可是这件事关系太大，她可不敢。"

一个使者朝他走来，打断了他的话，
他远远就向雷姆维德招呼请他过去。
然后两人便快步走向城堡的左端，
在那边房间里住着的正是夫人。
但见夫人独自站在走廊上等他到来，
她把雷姆维德带进房里，把门关上。

"尊敬的老谋臣，事情真是有些不妙，
但是我们不要失望，虽然时机不凑巧。

虽然今天，我们的希望没有达到，
也许幸运的明天会带来好运道。
我们需要耐心，切莫过分慌张，
先不要对士兵和仆役们发出号令，
我们先把十字军使者打发回去。
公爵的怒气和报复心定会冷却下来，
免得他在盛怒之下做出的决定，
到了最后又要自己下令取消。

"你不用害怕，不管结果如何，
公爵的计划都不会带来灾祸。
如果时间还不能消除他的怒火，
他要调集军队也能很快做到。
他今天出征，我坦率地承认，
这样匆忙的出征我非常担心。
昨天他才回来，刚刚踏进家门，
刚刚把胸前的胄甲卸在一旁，
从远征回来还来不及歇口气，
难道他又要出门，再去作战？"

"什么？夫人！你是说拖延时间？
遗憾的是，你的打算可要落空。
来不及了，一切都已经准备就绪，
现在连一时一刻都不能再等下去，
我们只好再看看。我想问一下，
昨夜他对你的劝说是如何回答？"

格拉齐娜正要回答，下面院子里，
一阵混乱，打断了她的说话。
从院子里传来了一阵马蹄声，
跑来了一个上气不接下气的侍从。
立陶宛哨兵在利达路上得到消息，
特地派他回来转告军情：
他们从德意志人那里抓到了舌头，
听他们交代，十字军首领已向树林
开出了骑兵，还有辎重队和步兵。
据哨兵推测，用不着等到明天，
——俘虏们也是这样的交代——
他们就会包围城市，发动进攻。

"让雷姆维德快快去唤醒公爵，
一刻也不延迟，快快商量好计策：
是把军队分派在堡垒的城墙上，
还是把军队拉到城外去正面交锋。
哨兵的意见是：他们已离城不远，
我们应暗中抄小路去截住敌人。
首先要乘他们还没有把炮架好，
我们便出其不意地开上骑兵，
把敌军赶入沼泽和湖泊之间。
我们便可冲入敌阵，任意砍杀，
然后再向他们的步兵发起猛攻，
一番攻打，定能全歼这些毒蛇杂种。"
这消息让雷姆维德听了顿时发愣，

格拉齐娜听后更是大吃一惊。

"侍从，那些使者在哪里？"夫人问，
那侍从沉默不语，直发着愣。
他用怀疑的眼神看着公爵夫人，
无法理解夫人怎么会这样发问。
"你说什么，夫人？"惊异的侍从问道，
"难道夫人忘记了自己说过的话，
就在不久前，公鸡还未啼第二遍，
是你亲自带来了公爵的命令：
让我立即去通知十字军使者
要他们在黎明之前离开城堡？"

"是的！"夫人说着，脸色变得苍白。
尽管她把脸孔扭向了旁边，
仍可以看出她的惊慌神色。
说起话来也是语无伦次：
"是的，你说的不错，我想起来了，
这一切都把我搅得晕头转向，
我去……不，让我们打住——
也许我知道我该怎样去做……"
她默默地站着，紧闭着双眼，
低垂的额头上突然出现了妙计。
尽管它还朦朦胧胧，尚未定型，
忽隐忽现，正在形成发展之中。
她的计策已经成熟，做出了决断，

她要付诸实施，便向前走了一步。

"这样吧，让我亲自去叫醒公爵，
你召集军队，发出出征的号令，
你，我的侍从，把公爵的马备好鞍，
并把他所用的武器都准备停当。
所有这一切都应立即安排就绪，
我给你们下令，是用公爵的名义。
你，我的老人，一切都拜托你了，
至于目的何在，和以后的所有行动，
我现在吩咐你，天亮之前不许再问。
你出去吧，在前院等候你的主公!"

她转身便走，门哗啦一声关上。
老雷姆维德也连忙走开，边走边想:
"到哪里去，去干什么? 军队和将领
都已齐集完毕，号令也已经发出。"
他喘了口气，脚步也慢了下来，
他突然停住，低着头，努力猜想，
可是想来想去，却总是猜不出，
脑海里有太多的事件太多的决定，
它们纠缠在一起，使他无法分清，
也把他的心神搅得疲惫不堪。

"在这儿等待无用，天快要亮了，
那时候所有的谜团都会解开，

我必须去看看公爵有没有醒来。"
于是他笔直朝宫殿的走廊走去，
只见公爵卧室的房门轻轻打开，
李塔沃尔独自出现在走廊上。
全身是出征时的全副戎装，
紫色战袍显示出他的尊严。
他头戴盔甲，一副锁子甲
代替铠甲披挂在他的胸前。
左手拿着盾牌，比平常的轻巧，
右手有根皮带，准备挂刀剑。

他脚步不太稳，有点摇摇晃晃，
也许是过度的忧虑或者是发了脾气，
当骑士和仆从们走到了他的身旁，
他连正眼都不瞧他们一眼。
他从侍从手里接过箭袋和弓箭，
他挂上了剑，手还在抖个不停，
他把剑都错挂到了右边。
尽管大家都看到了这一点，
但没有一个骑士敢对他提醒。
他走下平台，帅旗在高高飘扬，
预示着血腥的一天就要来临，
他跨上战马，卫队已举起了号角，
正要用欢呼和号角来把他欢迎，
可他挥手示意，要把城门关好。
他什么也不说，一声不响地前行，

率领着随身的侍从和宫中仆役，
队伍一直延伸到吊桥外的广场上。

他们这时候并不走大路，
而是朝右边的低地走去，
穿过了山丘，进入了密林，
绕了一个弯，重又走上大路。
然后又进入一条昏暗的小道，
进口狭窄，随后越走越宽阔。

他们离开城壕已有一段路程，
到了德意志兵的子弹射程之内。
那里有一条小河，几乎无人知道，
小河曲曲弯弯，在树林中间穿行，
河流越来越宽地向前蜿蜒流去，
流到了大湖，消失在水波中间，
湖水像面大镜映着密密的森林，
湖的前面屹立着一座小山岭。

立陶宛军队来到了这山上，
他们看见的是明亮的月光。
月光下闪烁着旌旗盔甲和刀枪，
火光一闪，发出进攻的信号，
骑士们跃马向前，队伍奋勇跟进，
十字军骑兵横队而立，像堵大墙。

波那尔山上的松树林，
被皎洁的月亮照得格外鲜明，
夏天装饰的枝叶被风雨摧残，
树叶上挂着成串的露珠，
突然受到严寒的袭击成了珍珠。
这景象会瞒过那些来来往往的旅人，
只道是走进了长着水晶树叶的银树林。

一看见敌人，公爵便怒气冲冲，
他一马向前，把战刀高举过头顶。
部队随即跟进，勇猛冲向了敌阵，
将领们都感到惊讶，这次进攻
士兵们纷乱向前，毫无秩序和队形，
公爵也没有按照惯例发布指令，
他自己想要向那一点发起攻击，
也没有说把两翼交由他们指挥。

雷姆维德只好揣摩着主公的心思，
指挥着各队在旷野上排开了战阵。
对着山上，围成了一个半圆形，
两翼是弓箭手，重甲骑兵在中间。
立陶宛人通常都是这样排兵布阵。
他发出号令：搭上箭、弯起弓，
便听见一片呼啸而去的嗖嗖声
"耶稣玛利亚！冲呀杀呀！呜啦！"

直杀得长枪用不上了，放在身旁，
他们肉搏着，胸膛对着胸膛，
这些骑士的这番厮杀后人无法知道，
只杀得人仰马翻，天昏地暗。
朋友和仇敌，相互混战在一起，
杀声、叫喊声和着胄甲的声响，
刀断剑折，连头带盔都一起落地。
逃过了刀剑，却被马蹄踩成肉酱。

李塔沃尔一马当先，向前猛冲，
他单人匹马杀入敌阵，势不可挡。
德意志人都认识他的紫色战袍，
也看见了他盔甲和武器上的纹章。
这群敌人一见便胆怯得且战且退，
这位骑士紧追不放，加速了他们的崩溃。

不知是何方神灵夺去了他的力气？
虽然他在追杀敌人，那又有何用！
虽然他在奋勇砍杀，却杀不死敌人，
他的战刀砍在铠甲上只发出响声，
不是砍偏，就是砍空，或被弹回，
有时刀锋相遇，便会手握不稳。

十字军骑士一发觉他的进攻乏力，
便壮起了胆量。他们大喊一声，
转过身来，向他展开了反攻。

密集的剑像座森林把他围在当中，
他陷入敌人的重围中，摇摇欲坠，
他的刀和盾抵挡不住敌人的猛攻。

他危机万分，难于保住自己的性命，
十字军骑士刀枪齐上，包围越来越紧。
这时，一队立陶宛卫队杀入重围，
用他们的武器保护着自己的主公，
他们的攻势虽弱，但他们的抵抗顽强，
保护着主公免遭敌人的层层进攻。

夜已尽，在东方的云彩中，
玫瑰色的晨曦放射出黄金色发丝。
战斗犹酣，两军乱杀乱砍成一团，
无论是哪一边，都是寸土不让。
胜利之神操纵着他们的命运，
向敌我双方都吸吮同量的鲜血。
都把他们放在同一天平上，
命运的秤盘两头始终高下难分。

这正像涅曼河父亲，船只的保护者，
碰上了阻挡去路的卢姆西兹大汉 ①，
使用他的湿胳膊保住了那座巉岩，

---

① 　离卢姆西兹不远处，涅曼河中有一座巉岩，称为大汉，对船只航行十分
危险。——原注

卷起河底的沙石，鼓起他的胸膛。
那岩石也毫不示弱，奋起抵抗，
用坚强的肩膀抗击着河水的撼动。
岩石站住了，在沙泥中生了根，
而河流也不肯放弃它的通行之权。

十字军骑士忍耐不住这久久的搏斗，
他们的后备队正出现在这山顶上。
康杜尔亲自指挥，他身先士卒，
率领生力军直冲向立陶宛军中央。
立陶宛士兵已杀得精疲力竭，
一见新的敌军杀来无法抵挡，
便吓得节节后退，十字军胜利在望。
就在这时从山上传来可怕的一声呐喊。
所有的眼睛都朝向那个骑马来的人，
他身材高大，犹如山坡上的一棵杉树，
伸展着他那头披散了的头发，
把阴影投射在雪白的山坡上。
他那宽大的斗篷随着黑影在飘动，
他的战马盔甲和纹章像夜一样黑，
他大喝三声，像响雷般飞冲而下，
他支持谁、攻打谁，谁也不知道。

他逼近了德意志人，沉入在人群中，
你无法看见他的身影，但从混乱和
呻吟声中可以猜出他是在为谁而战。

他的双手发出雷击一般的神威，
只见头盔纷纷掉下，旗子倒在地上，
队形被冲散了，纷纷向后逃窜。

有如伐木工人在砍伐松树和橼树，
远远就能听见树木倒下的哗啦声。
斧头声、锯齿声一直在响个不停，
时时处处都有被砍倒的大树，
最后在伐木工人和斧锯所过之处，
你可以看到一根根被砍伐的断枝残株。
这陌生人在德意志人中间横冲直闯，
他杀出一条血路，终与立陶宛人会合。

快呀，骑士！去激起他们的勇气。
他们已危机万分！快呀，还来得及！
立陶宛人千钧一发，快要崩溃了。
他们的枪和盾从前是那样的雄健，
如今折的折，断的断，无法抗击，
胜利的康杜尔正在战场上寻找公爵，
而李塔沃尔这时候也放马过来迎敌。
只见两个骑士杀作一团，生死对击。

李塔沃尔挥舞战刀砍了过去，
那个康杜尔却朝他放了一枪。
立陶宛人一见发抖，深感不妙。
眼看公爵的战刀快要掉到地上，

缰绳也拉不住了，盔甲斜歪着，
他的头也无法再高高地仰起，
他从马鞍上滑到地上，躺着不动，
亲兵们积极上前救助，十分惊恐。
那黑甲骑士万分悲痛，便大吼一声，
其声势犹如雷鸣，声震原野和长空。
他像闪电那样杀向十字军的首领，
刚一交手，那康杜尔已摔在马下，
那骑士踩着他，策马直向前冲。

公爵周围挤满了他的将领和侍从，
骑士冲进人群，把他紧束的锁子甲拉开，
又小心翼翼地解开他那染满鲜血的胸甲，
想检查子弹射在何处、伤有多深。
这时伤口又喷出一阵鲜血流到地上。
一阵疼痛重又让公爵恢复了神志，
他睁开眼睛，朝四周环视了一番。
重又把面甲拉下，遮住了他的面容，
他严厉地命令士兵和侍从赶快离开，
他握着雷姆维德的右手，低声说道：
"现在一切都结束了，我的老人。
但不要碰我的胸脯，要严守秘密，
别费劲救我，我就要死了，
送我回城堡，让我的灵魂在那儿归天。"

雷姆维德睁大眼睛朝他看了一看，

他真不敢相信，完全出乎意料。
他垂下了他那沾满泪水的双手，
他浑身发抖，额上直冒着冷汗。
昨天的说话声现在他才听分明，
可惜的是，那不是李塔沃尔的声音！

这时候，那骑士把缰绳交给了老人，
自己急忙来到奄奄一息的公爵身前，
他吩咐把战马牵到大路上去，
他用胳膊扶住摇摇欲坠的公爵，
他紧紧抱住他，用手压住他的血流，
他一挥手，三人急急离开了战场。

他们来到了护城河边。一路上，
好奇的市民齐集路旁，惶恐不安，
这三人骑着马穿过围观的人群，
他们默声不响，直奔城堡的大门。
他们进去后，便拉起了吊桥，
黑衣骑士对士兵下了严厉的命令：
不管任何人，进出都一律严禁！

不久，其余的队伍都回到了城中。
虽然他们在这场生死大战中获胜，
但整个都城都没有欢乐和兴奋，
人人愁云密布，个个心怀悲痛，
大家都关切地询问公爵的伤情。

他是否活着？伤得有多重多深？

城堡大门紧闭，吊桥高悬，
传不出任何一点消息。
过了不久，出来一队卫兵，
带着刀斧，越过城壕，来到树林。
他们割下茅草，砍下白杨和松树，
把树枝和茅草都装上了大车，
他们还拾了些干柴，拉进了城堡。
这样的情景叫人更不安、更伤心。

院子里，有一座雷神的庙宇 ①，
里面供奉着能呼风唤雨的天神。
在那里天天宰杀牛马和银色的小羊，
用它们的血去祭奉古老的神灵。
在那里，他们垒起了火葬的柴垛，
高入空中，长宽是二十尺的方形。

院里中央立着一根橡树桩，桩上

---

① 立陶宛人信奉雷神，名叫裴尔库纳斯；罗斯人信奉雨神，名叫波赫维斯特。诺沃格鲁德克建有供奉这些神的庙宇，现在那个地方已成了巴西勒派的教堂。——原注

捆绑着一个德意志俘囚，①

他身着全副胄甲，骑着骏马，

绑着三根粗绳，还系上了铁链，

他就是第特立赫·冯·克尼普罗德

十字军的首领，使者，杀害公爵的元凶。

市民、骑士和僧侣都纷纷赶来，

等着看结果，谁也不敢胡乱猜想。

每个人的心中都被不安笼罩着，

还交替出现忧愁、恐惧和希望。

悲伤的眼光齐望着城堡的大门，

侧耳倾听着声音，大家站着不动。

塔楼上的喇叭发出了信号，

放下了吊桥，一队送葬人

鱼贯而出，他们都穿着丧服。

抬着放有英雄尸体的盾板缓缓前行。

身旁还放着他用过的弓箭和刀枪，

---

① 立陶宛用火烧俘虏来祭神，尤其是德意志俘虏。常常挑选他们的首领或
出身高贵、英勇善战的骑士来做牺牲。如同时有好几个俘虏，那就用抽
签来决定。例如1315年，立陶宛战胜十字军骑士后，斯特内伊科夫斯基
就曾写道："立陶宛和日姆兹在获得胜利后，从消灭的敌人那里缴获了
大量的战利品。当他们向自己的神献上供品时，就把一个出身高贵的十
字军骑士名叫吉拉德卢达的作为牺牲，他是沙姆比地区的一位行政长官，
是俘囚中地位最高的一个。让他骑上他的战马，穿上他的铠甲，带上他
的武器，把他放在火堆上活活烧死，让他的灵魂随着烟雾升天，把他的
骨灰撒在空中。在那个世纪末年，已经接受过洗礼的普鲁士人发生暴动，
杀死了四千名德意志人，并把他们抓住的梅尔康杜尔烧死。——原注

还有一件颜色鲜明的宽大紫袍，
那是公爵的官服，可是面容呢？
被面甲覆盖着，谁也无法看到。

是他，他们的公爵，伟大国家的主人，
他膂力过人，谁也无法与他抗衡！
无论是在攻打德意志人和诺盖子孙，
还是在宝座上运筹帷幄，为民执政！
我们的主公！为什么你这次的葬礼
竟没有按照神圣庄严的全套祖制？
以前你的立陶宛的先人们，
总是遵循祖制，殡葬如仪进行。

为什么你那不离左右的贴身侍从
没有为你陪葬，和你一起升天？
还有你那匹飞鹿般的战马，能征惯战，
是你战场上的忠实伴侣，只披上黑纱，
还有你的猎鹰和嗅觉灵敏的猎犬，
它们快如疾风，为何不随你殉葬？

人们议论纷纷，只见骑士们在柴垛上

放好了尸体，撒上了牛奶和蜂蜜。[①]
随着第二声号角吹响，伴和着笛声，
僧侣祭师们唱起了悼念亡魂的挽歌，
牺牲正要宰杀，火把正要点燃柴堆。
"且慢！"他们停住了。黑骑士急步赶来。

"他是谁？他是什么人？"大家问道。
士兵们都认识他，昨天在战场上
立陶宛军队被打乱，公爵被围困，
情况十分危急，眼看就要崩溃。
就是他力挽狂澜，鼓起了大家的勇气，
是他打败了十字军，生擒他们的首领。

关于这个陌生人，他们只知道这么多。
今天他的装束和战马依然和昨天一样，
他为什么来这里？还有他的家世和姓名？
你们看呀！他摘下了头盔，露出了面容，
原来是他，李塔沃尔，我们的公爵！
大家愣住了，说不出话来，非常吃惊，

---

① 火葬的习俗为古代许多国家所共有。在立陶宛，直到接受基督教之后才废止。编年史家找到证据，说明这一习俗来自古希腊或罗马。斯特内伊科夫斯基曾详细描写过这种葬礼，特别是凯斯杜特的葬礼："斯基尔加瓦——雅盖沃的兄弟——把他的遗体按照公爵的礼仪送到了维尔诺。在他们的火葬广场上，堆起高高的干柴堆。还有他的贴身侍从和战马、猎犬、猎鹰以及熊等动物（都是活的）也放上去，然后祈祷、祭神、对他歌功颂德，随后用松明点燃柴堆，焚化尸体，末了他们把骨灰和焦骨收敛装进棺材埋葬。著名公爵凯斯杜特的葬礼就是这样完成的。"——原注

眼睁睁地望着这位他们正在送别的英雄。
回过神来，他们欢呼鼓掌，声震长空：
"李塔沃尔还活着！我们的公爵没有死！"

他站着，脸色煞白，眼睛望着地上。
欢呼声还在雷动，回声一再回落。
他慢慢抬起头来，朝四周人群一望，
他脸露微笑，感谢大家对他的欢呼。
但这微笑不是出自他愉快的心情，
颜容舒展不开，眼睛也不炯炯有神，
这微笑来得勉强，转眼便要消失，
它不过是在嘴唇边上那么停了一停。
就像死人手中握着的一束鲜花，
只给他悲戚的脸孔增添了一丝光泽。

"把柴垛点起！"烟雾缭绕，火光腾空，
公爵说道："你们想知道，这是谁的尸体吗？"
但是大家都静静地站着，一声不响——

"尽管他身穿男人的铠甲，却是个女人！[①]
她有女人的美貌，还有英雄的灵魂！
我的仇是报了，但她却离开了人世！"
公爵一说完，便朝火堆上的尸体扑去，
随即也在这浓烟烈火中失去了生命！[②]

[①] 格拉齐娜的性格和行为让人觉得她非常浪漫豪爽，与当时的习俗有所不同。据史学家的记载，立陶宛古代妇女的地位并不尊贵，她们是暴力和压迫的牺牲品。她们生活在轻视中，几乎被当作奴隶来对待。然而在这些史学家的记载里，我们又发现了另外一种相反的传说：在普鲁士古代的旗帜和钱币上都有过戴王冠的女像。据此可以推断，妇女曾在某个时期统治过这个国家。更为明确的是，还有著名女教士格扎拉和卡迪那的故事，在基督教的教堂里还长期保存着她们的遗骨和衣物。我还从民族史学家奥纳策维奇那里听到过，有一位编年史家在自己的手稿中就曾记叙过某城妇女的英雄事迹，她们在丈夫出征后自己保卫城池，失守后宁死不屈。克伦梅尔提到普伦城堡时也曾谈及类似的情况。这种相互矛盾的情况让我们注意到，立陶宛种族是由两部分人组成：土著和外来户，他们很早就住在一起，但其后代又有所区别。很显然，外来户保持着对女性的尊重和挚爱。根据古代立陶宛的习俗，外来户的妻子特别受到丈夫的重视。对于妇女的轻视和压迫，似乎是在最古老的完全野蛮的时代才有的事情。后来，到了本诗故事发生的时代，便越来越显示出骑士精神的浪漫和情怀了。凯斯杜特——这位英勇严厉的战士，就曾钟情于一个名叫比卢塔的平民女子，她已被奉献给神了，凯斯杜特冒着生命危险把她夺走，使她从一个平民女子成为公爵夫人。而维托尔德的妻子也曾巧妙勇敢地把丈夫从狱中、从死亡线上救了出来。——原注

[②] 立陶宛人在病重或者非常不幸痛苦的时候，往往在家里点火自焚，活活烧死。开国之君和祭师长瓦伊德乌塔斯以及他的继任者，都是自愿在火堆上结束自己生命的，这样的自焚而死，他们认为是一种非常光荣的事情。——原注

380

出版者的结束语

读者，如果你耐心读完了这部作品，
对结尾感到不满意，那毫不为奇。
好奇心被吊起之后，情节复杂纷纭，
条理又不分明，难怪要让人生气。
为何公爵留在家里而让妻子出征？
为何他参加作战，却这样姗姗来迟？
是不是格拉齐娜心甘情愿代夫出战？
为何李塔沃尔又和德意志人兵戎相见？
想得到满意的答案，就是问我也不行。
当初编写这故事的人就住在这座城里。
他只把耳闻目见的事一一加以描述，
对其他的内容保持沉默，更不添枝加叶，
他无法把自己不知道的真相公之于众，
更不肯去胡编乱造，蒙混公众视听，
他临死前把这部手稿交到了我手中。
亲爱的读者，我认为你会感到高兴，
当多年的秘闻疑案向大众公开，
而残缺的结尾也能得到补充说明。
可我问过诺伏格罗德人，他们值得信任，
但是他们也不知道这件事的来龙去脉，
只有雷姆维德知道，可是他太老了，
不久就死了，生前从未向人提及。
（也许他曾发过誓：永远保守秘密）。

所幸还有一个人知道此事的真情，
此人便是夫人的侍从，当时就在宫中，
他憨厚老实，喜欢多嘴，不注意保密，
他说我记，他说出的那些故事，
全都与作者所写内容一脉相承。
谁若说他假，我也不会向他挑战，
谁若说他全是真话，我也不敢保证，
我只是把侍从说的话逐句记下，
决不敢凭自己想象任意编造，
现在，就请大家来听他的叙述：
"当时夫人真是焦急万分，
跪在丈夫面前苦苦哀求，
求他将立陶宛人脖子上的敌人赶开，
但他火冒三丈，一再表示拒绝，
任她再三恳求，他就是不理不睬。
'不，不行！'他回答。还赶她离开，
她原想等有好机会再向他恳求，
于是她吩咐让使者在城门口等着，
或叫他们暂时退出城外，我奉命执行，
就是这一着引起了更大的不幸，
那个康杜尔一听，便大发雷霆，
他要带着战车和烈火来攻城。
当时我急忙把这消息告诉夫人，
她又跑去见公爵，我紧跟在她身后，
我们进了房间，屋里又静又黑，
那劳累不堪的公爵早已沉沉入睡，

她站在他的床前，却不敢把他叫醒，
也许是怕再遭拒绝，或是要他睡好，
她立即改变了注意，做出新的决定。
她将公爵的战刀一把抓在手中，
身上立即穿好公爵的铠甲、锁子甲，
还披上他的战袍，遮住自己的前胸。
她轻轻把门关好，匆匆来到走廊上，
她严令我保密，决不告诉任何人。
马鞍已备好，她便骑了出去作战，
我却没有看见她左侧挂的战刀。
也许没有带上，或许掉在黑暗之中，
我跑进去寻找，返回时大门已关紧。
我朝窗外望去，人马已远离了校场，
我非常害怕，全身就像烈火在燃烧，
我惊恐不安、直冒冷汗、一筹莫展。
只看见火光冲天，远处阵阵炮响，
我知道我们和德意志人已经交战。
不多一会，也许是李塔沃尔睡够了，
或者是被叫喊声惊醒，他从床上跳起，
便大声呼叫，拍着手，嚷个不停。
黑暗中我跪在他面前，吓得浑身发抖，
我看到他在寻找自己的武器和战袍，
他推开房门，便朝夫人的卧室跑去，
他返身回来，打掉了门闩，来到走廊上。
我看到，（这时天快亮了，能看得清）
公爵一边朝外看着，一遍侧耳倾听，

他大叫大喊，城堡里没有人响应，
他像个发狂的人跑来跑去找战马，
随后他亲自跑到了他的马棚，
他跃身上马，跑出了城堡，
他站在壕堑旁，仔细倾听着，
是从哪里传来的叫喊声和枪炮声，
他缰绳一松，穿过院子、吊桥和大门，
直奔那雄伟富丽的维尔诺都城，
我望着窗外，又急又怕地等着，
万籁无声，直到东方升起了太阳，
李塔沃尔、雷姆维德从战场回来了，
从马上扶下夫人，她已昏迷不醒，
多么可怕，一路上都是血流不停。
她的胸口受了重伤，奄奄一息，
她倒了下来，双手抱住公爵的双膝，
随后又向他伸了伸受伤的双手：
‘原谅我吧，我的丈夫，这是第一次
也是最后一次没有听从你的命令！’
公爵哭着扶起她，她又昏了过去，
她死了。公爵站起、走动、双手蒙脸，
随后便站住不动。我在一旁看得分明，
当他和雷姆维德把她的尸体抬上了床。
我跑开了，此后的一切你都清清楚楚。”
这侍从讲的故事当初大家说好保密，
等到雷姆维德死后，便失去一切禁忌，
被禁锢的这些秘密便传向四面八方，

现在诺伏格罗德克的每一个村庄，
没有人不会唱格拉齐娜的颂歌，
多少年来风笛在吹奏，姑娘们在歌唱，
人们至今还把她战斗过的地方，
称为"立陶宛夫人的战场"①！

---

① 在诺沃格鲁德克的北面，有一个名叫李杜夫卡的村庄，村庄旁边有片大平
原，名为大战场，诗人便称此为"李杜夫卡战场，即立陶宛夫人战场"。

康拉德·华伦洛德

立陶宛和普鲁士的历史故事

Dovete adungue sapere, come sono

due generazioni da combattere......

bisogna essere volpe e leone.

因为你们应该知道，有两种斗争方法
——必须是狐狸又是狮子。[1]

---

① 引自马基雅维利的《君主论》第十八章。

献给

波纳文杜拉和约安娜·查列斯基夫妇 [1]

纪念 1827 年夏天

---

[1]　波纳文杜拉和约安娜·查列斯基夫妇是密茨凯维奇流放敖德萨时结识的一对朋友。他们在敖德萨和莫斯科都有宅第，密茨凯维奇常到他们家做客。

前　言

　　立陶宛民族是由立陶宛人、普鲁士人①和列特人②所组成。人数不是很多，占据的地区也不很辽阔，而且并不肥沃，长期不为欧洲所知道。约在公元 13 世纪时，由于邻族的入侵才被唤起积极的行动。当普鲁士人正受到条顿人③的武力追击时，立陶宛人从自己的森林沼泽中走了出来，用火与剑去摧毁周围的国家，不久便成了北方的恐怖。一个如此弱小的民族，又长期受到外国的欺压，却能突然奋起、反抗和威胁所有的敌人，一方面对十字军骑士团进行长期不断的血战，另一方面又去掠劫波兰，向大诺夫哥罗德④勒索进贡，其征服的范围直达伏尔加河沿岸和克里米亚半岛，历史对这种现象也无法做出充分的解释。奥尔格尔德和维托尔德在位期间是立陶宛最鼎盛的时代，他们的权力范围所及，从波罗的海到黑海。但是这个泱泱大国发展得太突然、太快了，来不及充实自己内部的力量，把各种各样的部落团结在一起，

---

① 普鲁士人原是住在波罗的海南岸的一个民族，既不属于德意志民族，也不属于斯拉夫民族。后来被条顿骑士团征服，渐渐被德意志人同化，到了 17 世纪，语言文学也被消灭了。在原来属普鲁士人的土地上迁移了大量的德意志人，因而现在所说的普鲁士人，是指德意志人和德意志化了的原普鲁士人。
② 居住在波罗的海海岸的一个民族。
③ 即条顿骑士团。
④ 俄罗斯最古老的城市之一，现诺夫哥罗德州的首府。

使其充满生机。立陶宛人分散在如此广袤的土地上，因而失去了其固有的民族特性。立陶宛人统治了好几代罗斯人[①]，并和波兰人发生了政治关系。很早就是基督教徒的斯拉夫人，其文明程度也更高，虽然被立陶宛人打败，或受到它的威胁，但由于其不断增长的影响却在道德上占了上风，反而把比他们强大而又是野蛮的压迫者同化了，就像中国汉人同化了鞑靼人一样，雅盖沃家族及其富有的臣属都变成了波兰人，许多住在俄罗斯的立陶宛王公贵胄则接受了俄罗斯的宗教、语言和民族特性。这样一来，立陶宛大公国就不成其为立陶宛了，而真正的立陶宛人也就局限在原先的疆域之内，语言不再被宫廷和贵族所使用，只在民间还保留着。立陶宛表现出一种奇特的现象：一个民族在获得巨大胜利之后消亡了，就像一条江河在洪水泛滥退落之后，流经的河床反而比原来的狭小了。

在上面所叙述的事迹之后，又过去了好几个世纪，立陶宛和它的最凶恶的敌人十字教团，都已经从政治生活的舞台上消失了，邻国的关系也完全改变了，当年燃起战火的种种利害关系和激情也都已经不复存在了，连民歌里也不再有它们的记载了。立陶宛完全成为过去，不过它的历史却给诗歌提供了一个有趣的园地，而诗人在歌唱它的这段历史时，只是作为自己的题材，和对题材的深化和艺术加工，作者并不需要借助于读者的利益关系、情绪和风尚。席勒所要求于我们的正是这样的题材：

[①] 俄国古代民族名，曾以基辅为中心建立了第一个巩固的俄罗斯国家，后与斯拉夫人和钦察人融合为俄罗斯人。

Was unsterblich im Gesang soll leben

Muss im Leben untergehen.

在诗歌里有生命力的东西，
在实际生活中定会消亡。①

———————

① 　　出自《希腊诸神》的最后两行。

序诗

从十字军教团将北方异教徒
投入血泊中已过去了一百年①。
普鲁士人有的在轭下挣扎呻吟,
有的交出了土地,有的献出灵魂。
德意志人对逃跑者展开了追击,
他们抓捕屠杀,一直到立陶宛边境。

涅曼河把立陶宛人和敌人分开,
河的这边闪烁着教堂的尖塔,
里面住着神灵,森林在沙沙作响。
河的另一边竖立着一座十字架,
德意志人的标志,高大而雄壮,
其尖顶直插天空,仿佛是居高临下,
向立陶宛人伸出了威胁的双臂,
要把帕列蒙②的疆土统统占为己有。

---

① 条顿骑士团与普鲁士的战争开始于1231年,并在1283年消灭了普鲁士。
《康拉德·华伦洛德》的故事开始于1391年的大团长选举,正好过去了
一百年多一点。
② 据说帕列蒙是古罗马的贵族,他带领一队人马来到涅曼河畔,成了立陶
宛人的祖先和立陶宛国家的开创者。

一方面，立陶宛的青年群众
头戴山猫皮帽，身着熊皮外衣，
他们背上扛着弓，手里拿着箭，
偷偷地跟踪着德意志人的行动。
另一方面是披坚执锐的德意志人，
骑着高头大马站在那里一动不动，
一双眼睛紧盯着立陶宛的防线，
他数着念珠，枪已装上了子弹。

　　涅曼河，过去以殷勤好客而闻名，
如今的两岸却站着敌对的哨兵。
过去是联系兄弟民族的一条纽带，
如今却变成了不可逾越的门槛。
谁要想越过，不是监禁就是死亡，
从此再也无人敢渡过这被禁的河水。
只有立陶宛这边岸上的一株忽布树，
倾慕着普鲁士对岸上的一棵白杨，
便从柳树的中间，沿着青绿的水草，
依然大胆地伸出手臂，像从前一样，
像一个花环似的跨过了宽阔的河面，
张开了双臂，把外国爱人紧紧缠住。
只有科甫诺①橡树林中的夜莺，
对着普鲁士山坡上的那些弟兄，

---

①　立陶宛的重要城市，位于维尔纽斯西北部，今称考纳斯。密茨凯维奇曾在科甫诺学校任教多年。

歌唱着，像是在进行立陶宛式的交谈。
有时候，他们会展开自由的翅膀，
毫不畏惧地聚集在那荒岛之上。

　　但是人们呢？战争已经把他们分开，
过去普鲁士和立陶宛亲如兄弟，
如今早已把他们的友谊忘记，
只有爱情还能时时让人们接近，
这样的爱情，我就知道有两人。

　　啊，涅曼河，不久你的渡口，
就要受到死亡和战火的威胁。
在你两岸无拘无束的青翠里，
斧头要砍尽一切美丽的花环，
大炮的轰鸣会让夜莺悄然飞起。
被大自然的金链联系起来的一切，
民族的仇恨定会把它完全割断。
完全割断——只有在牧师歌手的歌里，
情人的心儿才会再次相聚在一起。

一　选举

马利恩堡①的高塔上响起了钟声，
炮声隆隆，鼓声、喇叭声响个不停，
迎来了十字军骑士团的喜庆日子，
各地的康杜尔们纷纷赶到了都城。
在教会的大厅里，他们在聚首议事，
大家辩论着，又是祈祷，又是讨论；
国家的宝剑应该由谁来执掌，
伟大的十字架要挂在谁的胸前。
会议进行了一天又一天。
适合的骑士不少，各有其功绩和名望，
他们出身高贵，都是一样的尽忠尽职。
个个为教团都立下过赫赫战功。
到后来，骑士们一致公认华伦洛德，
在教团里最为出色，无人能与他抗衡。

他是个外国人，在普鲁士的骑士中

---

① 　马利恩堡，波兰称其为马尔堡，是座要塞，曾是十字军骑士团的都城。
卡其密什·雅盖沃国王将其并入波兰共和国，后归布兰登公国所有，最
后归普鲁士王管辖。在城堡的地下室里有历任大团长的坟墓，有些至今
还保存完好。历史教授伏格特几年前曾出版一部《马利恩堡史》
（1824），它对普鲁士和立陶宛的历史来说是一部重要的著作。——原注

竟无人知道他的来历和出身。
但在外国的名门望族中却赫赫有名，
无论是在卡斯提尔山打击摩尔人，[①]
还是在波涛汹涌的大海上追击土耳其人，
进攻时他奋勇当先，第一个攀上城墙，
围堵异教徒的战船，他的船总是第一。
如果碰上比武的机会，他总是掀开面具，
出现在比武场上，跃马冲向前去，
谁也不敢贸然出头向他挑战，
一致把胜利的桂冠戴在他头上。

　　他在骁勇的十字军骑士中威名远扬，
不仅因为他是个武艺高超的青年，
他还拥有基督教徒的种种德行；
虔诚、谦虚，对世俗的欢乐并不热衷。

　　在宫廷朝臣中间，康拉德的出名
并不是由于卑躬屈膝、阿谀奉承。
他从来不把时刻准备好的利剑，
为了私利去为卑鄙的公侯们效力。
他向来不看重别人的掌声和吹捧。
对于高官厚爵和升迁他并不在意，
而把青春岁月奉献给了修道院。

---

① 卡尔提尔山，位于西班牙的中部；中世纪时称居住在非洲西北部的阿拉伯人为摩尔人。

甚至连尘世的荣誉、高尚的嘉奖、
诗人的赞美、美人的深情爱意，
都无法温暖他那冷若寒冬的心灵。
遇到称赞，他总是平淡对待，
遇见美色，他更是躲得远远，
听到甜言蜜语，他便立即逃走。

　　他是否生来就是这样冷淡、骄傲，
还是岁月给他留下了冷漠的记号，
这很难说。尽管他还很年轻，
但两鬓花白，脸色也显得憔悴，
有时候，他也参与年轻人的娱乐，
甚至还乐意去听女人们的闲聊。
遇到宫廷侍从们的幽默和欢笑，
他也会作出愉快和诙谐的反应。

　　他会向女士们送去文雅殷勤的话语，
带着淡淡的微笑，就像给孩子们的糖果。
但这种忘记悲伤的时刻却很少出现，
有时候他会信口说出一个平淡的字句，
别人听来会觉得难以理解，毫无反应，
但在他身上却会掀起阵阵感情的激动。
这些字句是祖国、责任、亲爱的人、
十字架、立陶宛，每次听到它们，
华伦洛德的愉快心情就会随之消失。
听到它们，他会转向一旁，默然不动。

对一切事物又是无动于衷，
仿佛陷入了神秘的沉思中。
也许，他在思考神圣的使命，
世俗的享受、欢乐他必须舍弃。
只留下友谊和一个朋友的信任。
这朋友有高尚的品德、虔诚的信仰，
他是个头发花白的修士，名叫哈尔班，
他成了华伦洛德的灵魂的忏悔者，
他也是他心灵的倾诉者和抚慰者。
幸福的友谊！那才是个可崇敬的人，
如果他能把友谊和圣洁聚于一身。

　　教团会议上的各路头领们，
就是这样来谈论康德拉的优点。
当然也有缺点——谁能没有呢？
那就是他摒弃了人世的一切虚荣，
他也从不参与狂欢滥饮的盛宴。
每当他受着心事和苦恼的折磨，
他就一个人躲进偏僻冷静的房间，
在温热的烧酒中寻找安慰和快乐。
这时候他好像换了另一副面容，
他那苍白、忧郁的眼神又是一变，
他满脸红光，情绪变得更加激昂。
他那双原来是蔚蓝色的大眼睛，
无情的岁月已使它的光彩失色。
昔日的神采此时又发出炯炯亮光，

苦闷的叹息也从他的胸中消失。
眼里噙着泪珠，心情格外激动，
他拿起了诗琴，嘴里响起了歌声。
歌中的字句是外国的，他们听不懂。
但是他们的心里完全能猜想得到，
只要听听他那挽歌似的悲伤曲调，
只要看看这歌者凄楚悲戚的脸容。
他的脸上涌现出一种痛苦的记忆，
他眉头紧锁，两眼直盯着地下，
想要从深深的地里探寻出什么东西。
他歌声中所要表达的是什么内容？
在思想上他似乎追溯得十分深远，
从过去的深渊中追寻青春的陈迹，
他的灵魂在哪里？——在记忆深处的国度中。

　　但是他的手从不弹奏愉快的乐曲，
从他的诗琴中听不到欢快的声音。
他的脸上老是一副哀愁的神情，
连一般微笑都被看成是莫大的罪过。
他轮流弹奏一根根琴弦，只有一根不弹，
那一根就是幸福快乐的琴弦。
听众分享着他所有的忧愁、欢乐和情感，
除了一种情感——那就是希望。

　　有时候弟兄们偶尔碰见他，
对于他的巨变都深感惊诧。

康拉德激动起来会火冒三丈，

他把诗琴一摔，停止了歌唱，

他大声喊叫着，发出不敬的咒诅。

要么就和哈尔班低语，神情狡黠。

要不就站起身来，向军队发出号令。

他声色俱厉，却不明怒火从何而起。

弟兄们都胆战心惊。老哈尔班坐着，

一双眼睛紧盯着康拉德不安的神情，

既严肃、锐利、冷静又非常动人。

是唤起他的回忆，还是给他提建议，

抑或是在唤起华伦洛德心中的恐惧。

那眼神立即把康拉德的愁云一扫而光，

熄灭了他心中的怒火，脸色随之明朗。

就像是在马戏团里，一位驯狮员，

先向男女绅士和侍从骑士们声明，

随后打开了封锁兽栏的铁栅门，

他吹响了铜号，百兽之王出来了，

从强大的胸膛发出雷一般的怒吼，

观众惊恐失色，纷纷向后面退避。

只有那驯狮员神态自若，站着不动，

他把一双胳膊平静地交叉在胸前，

制止住狮子，用他的那双眼睛，[①]
那可是一道不朽的灵魂的符箓，
能把毫无理性的猛兽牢牢掌控。

---

① 库柏告诉我们：人的眼神，如果显示出勇敢和智慧，连野兽也害怕。我们可以引用一个美国猎人的真实经历作为例证：他有一次偷偷靠近一群野鸭子，忽听一声树枝响，他抬头一看大吃一惊，原来相距不远的地方躺着一头狮子，那狮子突然见到这个身高体壮的猎人，也同样吃惊不小，猎人因为子弹少，不敢放枪，于是他只好站住不动，瞪着眼睛威胁他的敌人，狮子静静地坐在那里，眼睛也盯着敌人，几秒钟之后，狮子掉转头去，慢慢走开了，但它刚走了十多步便停住了，回过身来它看到猎人依旧站在原地不动，又直视着它，最后它像是承认了人类的优势，垂下了眼睛，走开了。——原注〔库柏是最早赢得国际声誉的美国作家之一，代表作有《最后的莫希干人》。诗人在罗马时与他交往较深。〕

二

马利恩堡的钟楼上响起了钟声，
骑士们离开议事大厅前往教堂，
有首领、大康杜尔和高级官员，
有牧师、弟兄们和众多的骑士，
他们要跪在教堂里进行晚祷——
大家一致唱起赞美圣灵的颂歌。

颂　歌

圣灵啊，神之光！
郇山①的鸽子啊！
愿你今天显现你的圣像，
给我们，你的基督教徒，
在大地上，在你的宝座前：
请你展开翅膀庇护郇山的弟兄们，
要从你的翅膀下放射出
最灿烂光明的一线灵光；
照耀着一顶黄金桂冠，
给那位最值得你恩宠的人戴上。

----

① 又译锡安山，位于耶路撒冷老城南部，用来指代圣地和天堂。

我们是凡人的子孙，不值得你眷顾，
只凭你的指示，我们就俯伏在他前面。
救世主的圣子啊！
请举起你那威力无边的手，
在这群武功卓著的骑士中间，
挑选一位最值得尊敬的人，
让他佩戴上你的苦难的标志，
统领你的军队，用圣彼得的剑，
在异教徒的世界上，
把你的信仰的旗帜飘展。
让人世的儿孙向他诚心礼赞，
只要他胸上照耀着十字之星。

* * *

晚祷完后大家散去，可是大康杜尔[①]
却吩咐他们休息过后就要回来，
再替教士们和兄弟们虔心祈祷，
祈求上帝昭示他们应选的人。

他们出去休息，在清凉的夜色里，
五月的夜晚显得明朗而又宁静，
有的人惬意地坐在凉台上面畅谈，
有的人漫步在树林和果园之中，

---

① 　大康杜尔——大团长下面的第一高官。——原注

晨曦的微光远远地在天边窥探。
月亮已经照过了蓝宝石似的草地，
它的脸色在改变，眼里闪着异光，
时而在黑云里，时而在白云中间，
低下了它的头，在孤独的静谧中。
犹如一个在梦幻中沉思的恋人，
在脑海里回顾了他一生的历程，
重温着他的种种希望快乐和苦痛。
时而为过去的悲哀落下眼泪，
时而为昔日的美好时光露出笑容。
最后他垂下了头，垂到了胸膛上，
他感到疲倦——便昏沉地进入梦乡。

　　当其他骑士都沉浸在漫步的乐趣中，
大司令却不放过一分一秒的光阴。
他召集了哈尔班和权位很高的弟兄们，
并把他们拉到了远远的一旁，
离开了那些好奇的仆役和侍从，
以便更好地听取他们的意见和建议。
他们信步走去，来到了城堡外面，
他们穿过了果园，直朝平原走去。
他们谈得很起劲，忘了走着的路，
他们在这一带来回转了好几个小时，
他们的路径沿着平静的湖滨。
天已破晓，该是回到城堡的时候了，
他们站住了。——什么声音？来自何处？

仔细听起来，这声音来自尖塔上面，
那是一位孤独的修女发出的声音。

　　十年前她就隐居在这座尖塔里面。[①]
这是一个大家都不认识的虔诚女人，
只知道她是从很远的地方来到这座圣城。
是上天的启示让她做出隐居的决定，
还是受着良心的责备，想通过忏悔，
祈求上帝保护，以平复旧日罪孽的伤痕？
谁也无法回答，只知道这位隐居女人，
在这里找到了她得以藏身的活人之坟。

　　过了很久，教士们才做出允许的答复。
尽管她的祈祷那么虔诚，请求那么坚贞，
最终才在塔上给了她独身隐居的地方。
当她刚刚踏进这神圣的门槛，
塔门便封了起来，用石头和砖砌上。
她独自一人面对着上帝在沉思默想，
从此这座封闭的门便将她与活人分离，
只有天使才能在最后审判之日开启，
高处有个小窗口，加了严密的窗栅，
虔信的人们就从那里给她送去饮食，
苍天从那里给她送光明，送清风。

---

①　据当时的编年史记载：有一个乡下少女来到马利恩堡，要求把她关在一个
　　砌死的小屋里，后来就死在里面，她的坟墓以奇迹显灵而闻名。——原注

可怜的罪人！难道是世界的仇恨
让你年轻的灵魂受到了严重的打击，
竟使你愤世嫉俗，避开太阳和自然景色。
因为自从她把自己关进这座坟茔，
便没有人见过她站在高塔的窗边。
她的嘴也不去吸吮清凉的阵阵和风，
也不去仰望天空的夏日的五彩缤纷，
也不去看下面绿茵地上的万紫千红，
更不看人的脸，这要比一切都更美丽。

　　人们只知道她至今还活着，
因为不时有一位虔诚的过客，
乘着夜色朦胧徘徊在这地方，
有一种美妙的歌声让他停下了脚步，
这声音就是那修女唱的一首圣歌。
有时候，来自普鲁士村庄的孩子们，
会在黄昏时刻来到树林中嬉玩，
便有一种白色的东西在窗口一闪。
一闪便消失了，像初升的晨曦一样，
也许是她的一绺琥珀色的头发在闪光，
也许是她嫩白的小手高举过头顶，
正在热诚地祈祷，为了自己的灵魂？

　　一位康杜尔正朝这边走来，
他在塔边停下，倾听塔上的声音：
"啊，上帝保佑，你是康拉德，

应了这场劫数——你该做大团长，

你该把他们杀尽！他们还不知道你？

你的隐姓埋名，到头来还是白费心机。

尽管你改头换面，像蛇那样改了模样，

可是在你的灵魂里，依然保持着昔日的

许多东西，就像我一样保存了许多！

即使你死而复活，从你的坟里再生，

你还是你，十字军依然会把你发现。"

骑士们在倾听，这是修女的声音，

他们望着窗栅，好像她俯身向前，

正在把两只胳膊朝地面伸去，

伸向谁呢？四周是一片荒凉。

远远地，突然有一丝亮光在闪烁，

像是从一顶头盔上发出的光亮，

地上有个人影，也许是骑士的斗篷？

转眼消失不见，一定是闪现的幻影。

鲜红的晨光分明已经升起在天空，

清晨的雾霭也已掠过了整个平原。

"兄弟们，"——哈尔班说——"让我们感谢上帝，

上天已经给了我们最终的启示，

让我们相信由这修女传达出来的神谕。①

---

① 选举时如遇意见分歧或犹豫不决，这种事就可当作预兆，能影响教士会的讨论。温立赫·克里普洛德当时就是这样获得全场的推举，因为有几个弟兄向大家说，他们从历任大团长的墓地里听到了三声呼喊："温立赫，教团在危险中！"——原注

你们是否听清楚了？指的就是康拉德，
康拉德·华伦洛德的光荣的名字！
让我们站在一起，大家手挽着手，
让我们来宣骑士的誓言。明天的会上
我们就选举康拉德担任骑士团大团长。
大家一致高喊："同意！赞成！"

他们一边朝前走去，一边高声叫喊着，
他们的欢呼声久久在山谷里回荡：
"康拉德万岁！我们的大团长万岁！
骑士团万岁！异教徒定会被灭亡！"

哈尔班独自留下，沉思了良久，
他以蔑视的眼光目送着骑士们，
他朝塔上望去，随后转过身来，
临走时，他轻声唱起了一首歌：

歌

维利亚河！我们河流的母亲！
河床有着绿色的颜容，金色的闪光。
美丽的立陶宛姑娘饮用了你的河水，
她的心灵更纯洁，她的容貌更漂亮。

维利亚河，你流经科甫诺的山谷，
那里开放着美丽的水仙和郁金香。

在姑娘的脚边，我们的青年，
放下了花朵，比玫瑰和郁金香更美。

维利亚河对那里的鲜花不屑一顾，
便径直朝着她的爱人涅曼河流去。
立陶宛姑娘对立陶宛青年感到厌烦，
因为她爱上了一位来自远方的青年。

涅曼河会用它那强而有力的臂膀，
抱住它的爱人，紧贴在它的胸前，
它们一起流浪，穿过山谷和巉岩，
它们一起流去，消失在大海深处。

可怜的立陶宛姑娘！那外来青年
定会把你带走，离开祖国的平原，
你那独自一人的更加寂寞的生活，
也会被遗忘的波涛吞没。

不要去警告那颗心，或者那道河，
维利亚依然要流，姑娘依然要爱。
维利亚消失在热爱它的涅曼河中，
姑娘却哭泣着，在那隐居的塔上。

三

　　大团长做完了祈祷，宣过庄严的誓言，
他吻了神圣的法典。从大康杜尔手中，
接过了十字架和宝剑，最高权力的象征。
随后他傲然地抬起了头，尽管忧虑的
阴云还笼罩在他的头上，但他目光炯炯。
愤怒之中夹带着一半的欢欣。
他的脸上还出现了一位生客——
淡淡的笑容，隐隐约约，一闪即逝，
好像早上的雾霭中闪现的一缕微光。
这预示着太阳上升、出现晴朗天空，
但也预示着雷声隆隆，暴风雨来临。

　　大团长的热情和那严肃的神情，
都让大家的心里充满了信心和希望，
因为他们看到了战争和大量的战利品。
在他们的想象中，异教徒已血流成河。
有谁能比得上这样的一位伟大领袖？
有谁不怕他的战刀和严厉的目光？
时候快到了，立陶宛人！发抖吧！
十字军的旗帜就要在维尔诺城飘扬。

他们的希望落空了，他们耽误了
多少个日子，多少个星期，
直等到和平的时期过了一整年。
立陶宛气焰嚣张，大团长无动于衷，
他自己不上战场，也不派兵去出战，
等他醒悟过来，开始有所行动，
所下命令又和古老的办法完全相反。
他号召大家抛弃神圣庄严的誓言，
违背多年来严格遵奉的规定，
"祈祷吧！"他喊道，"让我们祈祷吧！
让我们放弃财宝，去寻求正义，
让我们从道德与和平中获得光荣。
让我们从斋戒、从忏悔中寻求快乐。"
他严禁一切无害的娱乐和贪图享受。
无论多么轻微的罪过他都要严加惩处，
不是关进地牢，就是充军或斩首。
立陶宛人从前经过骑士团都城，
都会胆战心惊，远远避开城门。
如今每晚都要焚烧四周的村庄，
掳去这一带不带武器的村民。
他们在城堡下面傲慢地宣称：
要上教堂和大团长一起做祷告。
孩子们站在父亲的门槛上，
第一次发抖，当他们听见了
日姆兹号角发出可怕的声响。

哪里还有比这更好的作战的时机？
由于内战，立陶宛已分崩离析。
英勇的罗斯人和凶猛的波兰人，
克里木汗带着他的强悍的臣民，
都在向这个公国展开猛烈的进攻。
被雅盖沃夺去宝座的维托尔德①，
已经逃到了骑士团，寻求对他的支持，
作为报偿，他愿献出大量的土地，
还有无数的财宝，但全都不管用。

弟兄们议论纷纷，举行了会议，
但大团长一味回避，不见他的踪影。
老哈尔班在教堂里、在城堡中寻找，
都找不到康拉德，不知他在哪里。
在哪里？一定是在尖塔附近——
弟兄们常常在夜里跟踪他的足迹，
大家都知道得很清楚，夜夜如此，
只要身后的夜雾开始笼罩大地，
他就会来到湖边，在那里踱来踱去。
要么就是靠近墙边，跪在那里不动，
他身披白色斗篷，直到天色微明。
他的身躯像座石像，远远闪着光辉，
整个晚上，睡眠不曾让他合上眼睛，

---

① 维托尔德是 1390 年投靠骑士团的，即康拉德·华伦洛德被选为大团长
之前。

常常是，只要塔上修女低声一唤，
他便立即站起，一样低声回应，
相隔太远，谁也听不清他们的说话声。
只能看见他的头盔闪出的一丝亮光。
他的头向后仰着，双手动来动去，
好像是在进行某种重要的彻夜长谈。

来自塔上的歌

谁数得出我的叹息，算得清我的眼泪？
在这漫长的岁月中，我常常以泪洗面。
我的胸中和眼里不知蕴含着多少悲伤，
我呼出的叹气都能腐蚀窗上的铁栅栏。
我眼泪落下的地方，也能把大理石洞穿，
它也同样滴着，落在一个好人的心坎上。

斯文托罗格城堡点燃着长明灯，①
虔诚的牧师们守护着它的火焰。
明多格山上喷出长流不息的泉水，
冰雪和雾气是供养活水的泉源。
我的叹息和眼泪却得不到帮助，
我的心一直悲痛着，这么多年。

父亲的慈爱，母亲的亲切拥抱，

---

① 　即维尔诺城堡，那里从前曾燃着长明灯。——原注

雄伟的城堡，生机勃勃的国土，
无忧无虑的白天，没有噩梦的夜晚，
和平的天使赋予我的心是多么平静，
无论是白天黑夜、还是在田野、家里，
虽然看不见，但我感到它对我的庇护。

母亲身边有我们三个温柔美丽的姐妹，
我最先嫁人，因为有人来向我求婚。
我的青春是在幸福富裕的家里度过，
怎么会知道世界上还有其他的幸福？
英俊的青年啊，你为何讲了那么多？
在立陶宛都是闻所未闻的奇闻逸事。

你讲了至尊的上帝和他的光明天使，
还有神圣的信仰，石头建造的城市，
那里的人民都在富丽的教堂中祈祷，
王公贵戚对低微的姑娘也一样奉承。
战斗中，他们和我们的骑士一样勇敢，
恋爱时，他们和我们的牧人一样大胆。

在那里，人们可以抛开冰冷的外衣，
以精神的羽翼飞向无限欢乐的天际。
啊，听了你讲的故事，我就相信
我也好像飞翔在那高高的天空。
从此我就做起梦来，无论是好梦凶梦，
我所梦见的都是你，和那美丽的天空。

你胸前的十字架给我带来无比的欢欣，
看见它，就像看到了未来幸福的象征。
不幸的是，从十字架上有道电光射出，
周围的一切都被粉碎，落下一片寂静。
但我并不懊悔，尽管苦涩的泪水在流淌，
我为你承受着一切，你给我留下了希望。

*   *   *

"希望！"一种回声，轻轻地，缓缓地
在湖岸、山谷和森林中间久久回荡。
康拉德醒了过来，他狂笑，他大喊：
"我在哪里？我听到有人在说希望。
你为什么这样唱？我知道你的欢乐！
三个美貌的女儿围绕在母亲的身旁，
有人先向你求婚，你是第一个嫁人。
不幸啊！美丽的鲜花！你们真不幸！
一条可怕的毒蛇偷偷地溜进了果林。
只要它在里面盘旋、停留短暂的时分，
青草便会枯萎，美丽的玫瑰也会凋谢，
它们会像爬虫的胸部那样焦黄！
你遁入想象中，你还是去回忆
那些你曾享受过的快乐的时光。
假如……你沉默了？你唱呀，咒骂呀，
不要让你那能洞穿大理石的悲伤泪水

白白地落下，我现在取下我的头盔，
让它落到这里，在我的额头上燃烧，
让它落到这里，我不怕任何的苦痛。
我就想知道，地狱会怎样把我折磨？"

来自塔上的声音

"请原谅，亲爱的！对不起，是我的错！
你来得太迟了，等待会令人多么难受。
我不由自主地想起了童年的一首歌……
抛开它吧！我为什么还要抱怨、哭诉？
我和你，亲爱的！曾经共同度过了
一段美好的时光，尽管是短暂的一段，
我也不愿去和别人冗长的一生相交换。
它比那种平静而苦闷无聊的生活好得多。
你曾对我说过，平常人就像那些蚌蛤，
它们在沼泽泥潭中过着隐秘的生活。
只有一年一度，当狂风暴雨掀翻泥潭，
才会把它们吐了出来，随着浑浊的水波。
它们只有这么一次张开大口面向天空，
然后依旧沉下，隐入它们的坟墓中。
不！我可不是为了这种幸福才来到人间！
那还是在祖国的时候，我过着平静生活。
但常常会在女友们的欢笑嬉戏的时刻，
萌发出一种思念，一种无言的叹息。
我感到我的心在激烈跳动，难以抑制。
于是我不止一次地从平坦的草地逃走，

悄悄地爬上那座本地最高的山峰，
在那里，我常常做着这样的遐想。
假如每只百灵鸟能给我一根羽毛，
我就能跟随这些百灵鸟飞上天空。
我只想在这座可爱的山上停留一刻，
摘下一朵可爱的小花——勿忘我花。
然后飞走，越飞越高，飞到云外！
消失不见了。你听见过我的祈祷，
百鸟之王啊，你有雄鹰的翅膀。
你曾经把我高高举起，拉到你的身旁！
百灵鸟啊，现在我对你们已一无所求。
她还要什么飞翔，寻求什么欢乐，
只要她已经知道了天上有个伟大上帝，
只要她在人世间爱上了一个伟大人物？"

康拉德

"伟大！又是伟大，我的天使！
为了这伟大，我们在苦难中呻吟。
不过这颗心痛苦的时日不会太久，
留给他们的日子也是屈指可数！
一切都会过去，不必为过去悔恨！
我们悲叹，就是要让我们的仇敌发抖。
康拉德也哭过，为的是杀敌更加凶狠！
你为什么来到这里？我亲爱的，为什么？
你离开了上帝的修道院，那个和平之殿。
我本是想让你平平安安地为上帝服务，

才把你留在他那慈悲、神圣的门庭。
让你远离我，让你在那里哭泣和死去，
岂不比在这欺骗和掠夺的地方更好？
在这死寂的塔里，经受着缓慢的折磨，
你只能睁着一双孤独无助的眼睛，
穿过坚固的铁栅栏望着外面求助。
我也只有站在这里，远远听着你的倾诉。
眼看着你长期受苦受难折磨而死，
同时我也只有去咒骂自己的灵魂，
因为在这灵魂中还存在着昔日的感情！"

来自塔上的声音

　　"如果你总是抱怨，那就不必再来；
即使你来向我作最热切的祈求——
那你也不会再听到我的说话了！
我就要关上窗子，回到黑暗的塔里，
我还会在痛苦的寂静中暗暗流泪。
别了，我唯一的人儿，永久地别了！
我期盼的那个时刻已经来到，
你对我的怜悯从此不再拥有。"

康拉德

"啊，你是天使，请你怜悯我吧！
停一下，如果你对我的请求置之不理，
我就要一头撞向这钟塔的墙角，
我要以该隐的死来请求你。"

来自塔上的声音

"啊，怜悯！那就让我们怜悯自己吧！
你要记住，我的爱人，世界尽管很大，
可是我们两人在这广袤的土地上，
有如沙漠海洋中的两滴小小的露珠，
只要从那寒冷的山谷里吹来一阵清风，
就会永远消逝！那就让我们一起消逝吧！
我来到这里，并不是要给你增加痛苦，
我一直不想接受修女的那种袈衫。
因为我还不想把我的心奉献给上苍。
只要人世间的爱人还占着我的心，
我情愿为那里的姐妹们虔诚地服务，
我情愿在虔诚修行中度过我的岁月。
然而没有了你，我便感到手足无措，
一切都那么新异、那么奇怪和生疏！
因此，我就想到，经过了多少年的探求，
你一定会回到马利恩堡做个完整的了断。
你会在那里向我们的敌人报仇雪恨，
你会去保卫一个多年来受欺压的民族。
一个在期待的人，由于自己浮想连翩，
往往会让岁月缩短。于是我就在想，
说不定他已经踏上了返回的路程。
也许他已经回来了——我就要求自己：
难道我就这样把自己关在这活人坟里，
我应该再见到你，再和你相聚在一起，

即使见不着你，至少也要死在你附近。
于是我来了！——我喊道——我要住在路边，
我要住在巉岩上，一座孤寂的茅屋中。
我要把自己关在那座孤独的土窟里。
也许会有过路的骑士提到他的姓名，
能偶尔听到他们对我爱人的赞誉声。
也许我能在外国的头盔中看到他的纹章。
尽管他换了他的武装，拿的是外国盾。
尽管他的面目已大大改变，但我的心
即使离得很远，也能认出他是我爱人。
那时候，他肩负着沉重的使命，
要去摧毁一切，杀戮所有的敌人。
当大家都在咒骂他，依然还有一个人，
在远方为他虔诚地祈祷，向他祝福！
我选择了这里作为我的住处和坟墓，
在这寂静的角落里，就连虔信的路人，
也不敢走近前来偷听我的悲哀的倾诉。
我知道，你向来喜欢独自一人散步。
我就在想，说不定他会在某个夜晚，
独自出来，远远地离开了他的伙伴，
面对着清风和波光粼粼的湖水，
你会想起我，会听到我的歌声。
苍天真的满足了我多年来的心愿，
你果然来了，听到了我的声音和言语。
多少年来，我祈求能在梦中见到你，
哪怕是你的形象模糊不清，沉默不语。

啊，今天，我是多么的幸福！我们——
终于能在一起痛哭……"

康拉德

                    "痛哭又有何用？——
你一定记得，当初我从你的拥抱中，
抽出身来永远离开了你，我就哭过。
至于幸福，从那天起我就已经死了，
只有躯壳还活着，为了血溅仇敌，
我已经承受了长年累月的折磨。
现在我已经达到了我期望的目的，
我可以向我的敌人报仇雪恨，
可是你来了，就把我的胜利根本推翻！
因为你从那高高的尖塔的窗口，
再次看见了我，我也看到了你的脸。
从此在我眼里，茫茫大地只有这些：
这个湖，这座尖塔和高高的铁栏窗。
尽管在我周围，刀枪震响，鼓号齐鸣，
战争的混乱如波涛似的在我身边奔腾，
但我却竖起耳朵，聚精会神地倾听着
你那天使般的声音，从你的唇间发出。
我的白天都是在焦急的等待中度过，
一直等到我所企盼的黑夜的到来，
到了黑夜，又想将它延长到白天。
我的生命只能用夜晚来计算。
这时候，骑士团便大骂我延误时机，

他们要求作战，情愿向毁灭冲去。
一心想复仇的哈尔班不肯让我休息，
他提起被毁灭的村庄，被蹂躏的土地，
或者叫我不要忘记早年立下的誓言。
因为我对他的抱怨充耳不闻置之不理，
他便双手一挥，双眼一转，一声叹息，
就能把我心中复仇的火焰重新燃起。
我的命运最终揭示的时刻已经临近，
什么也阻止不住十字军骑士的求战心切。
昨天我就接待了从罗马来的一位使者，
无数的骑士从世界各地前来这里汇合，
他们以全部的热情要求奔赴前线战场，
他们高喊着：要号令，要我率领大军，
手持宝剑，佩带十字，杀入维尔诺城。
可是，我羞愧地承认——在这种时候，
许多民族的命运都取决于我的号令，
我却一心想着你，再次推迟决定。
为的是我们可以在一起多活一天。
青春啊！你的牺牲真是太大了，
为了亲爱的祖国的壮丽事业，
我宁愿把爱情、幸福和天堂放弃。
带着悲伤、更带着勇敢。今天我老了，
责任、失望、上帝的意志，却要把我
推上战场，这是我自己的选择。
可是我却无法从这墙根的基石上，
抬起我那花白的头，转身离开此地，

因为我不能舍弃和你交谈的机会!"

　　他不再说了。只能听到塔上的呻吟声,
长长的时光在这寂静中悄悄地逝去。
夜已残了。黎明在平静的湖面上
闪着红光。清晨的阵阵凉风,
在睡着的树木枝叶之间沙沙作响。
醒来的小鸟也唱起了动听的歌声,
一会儿又寂静了,长久的寂静。
显然是它们醒来得太早了。——
康拉德站了起来,抬头朝塔上望去。
忧伤的眼睛久久望着上面的栅栏窗。
一只夜莺唱起了歌声。正是黎明时分。
康拉德朝四面八方环视了一番,
放下了面甲,宽大的斗篷遮住了脸孔。
他举手一挥,向塔上的修女告别,
随即转身离去,消失在浓密树林中,
就像站在隐士门前的地狱里的鬼魂,
一听到晨钟敲响,便消失得无影无踪。

四　宴会

这一天，是骑士团守护神的神圣节日，
康杜尔们和弟兄们纷纷骑马来到都城。
一面面白色大旗在各个尖塔上面飘扬，
康拉德举行盛大宴会款待各路的弟兄。

一百件宽大的绣有十字的白色斗篷，
十字又黑又长。大家围坐在长桌旁，
他们都是骑士兄弟。在他们的身后，
站着一圈专门伺候他们的年轻侍从。

康拉德坐在餐桌的首席上，威风凛凛，
右手坐着维托尔德和他带来的一群人，
他们已和骑士团结成了反立陶宛联盟，
过去曾是仇敌，如今已是骑士团的上宾。

大团长站起身来，发出他要讲话的号令：
"让我们举杯祝贺上帝！"①酒杯闪闪发光。
"让我们祝贺上帝！"大家一起回应。
银杯一闪一闪，美酒像泉水般流淌。

---

① 　当时骑士团举行宴会时的祝酒口号。——原注

康拉德坐了下来，一只手托着头，
轻蔑地听着那些杂乱无章的说话声。
头一阵喧哗声静了下来，只能听到
低声的玩笑和杯酒交盏的响声。

"让我们庆祝！"他说道，"弟兄们，
难道骑士们就是这样来庆祝？——
一开始是狂呼乱叫，现在是细声低语，
我们的庆祝应该像修士，还是像强盗？

"我们那时的风俗可和现在的不同，
那时候，战场上到处躺满了尸体。
我们就在燃起的篝火旁边开怀畅饮。
在卡斯提尔山上，或是芬兰湾的林中，

"那里有歌声伴饮。难道在你们这群人中
竟连一个歌手都没有？也没有行吟诗人？
酒能让人陶醉，能给人的心灵以快活，
而歌曲就是美酒，能让人的精神陶醉。"

有好几个唱歌的人立即站了起来响应，
这边一个胖胖的意大利人歌喉像夜莺，
他唱的歌尽是赞颂康拉德的英武和虔诚。

那边，是位来自加龙河^①畔的抒情诗人，
他唱出了那些失恋情人的痛苦的心情，
还有受魔咒的姑娘、流浪的骑士和牧人。

　　华伦洛德听得昏昏欲睡。歌声随之停下，
突然中断的喧嚣声又使他把眼睛睁开。
"你只歌颂我一个人，"他对意大利人说，
随手丢给他一个装有金币的钱袋。
"这样的歌手是不能得到什么别的赞赏。
拿去，滚开！那位年轻的抒情诗人，
他所赞美的是美女和爱情。
请他不要见怪，在我们这个骑士
队伍中，他找不到一位漂亮的姑娘，
给他献上一朵玫瑰，插在他胸口上。

　　"这里的玫瑰已经凋谢。我想请
另一位歌手：作为骑士团的骑士，
我想要听的歌谣粗狂豪放、雄浑悲壮，
要像雄壮的号角，要像刀枪的击打声，
要像修道院里沉闷的墙壁一样冷峻，
要像喝醉了的孤独者那样激情似火。

　　"至于我们，我们崇拜人，也屠杀人。
就让这杀人的歌曲宣告我们的神圣，

---

① 法国西南部流向大西洋的一条河流。

这首歌谣使人激动、愤怒和倦困。
然后再让倦困的人感到惊恐万分，
这才是我们的生活，我们喜欢的歌。"
"谁会唱这种歌？谁会？"
　　　　　　　　　　　　"我，我会唱！"
只听一声答应，来自门边的一位老人，
他白发如银，同随从和仆役坐在一起，
看他的装束，不是普鲁士人，就是立陶宛人。
浓密的胡须已被漫长的岁月染白，
头上的白发已是稀稀拉拉，几近秃顶，
头上和眼上都蒙着一方面巾，
他的脸上刻画着许多皱纹，
这表示他经历过多少岁月和酸辛。

　　他右手握着一把普鲁士的老诗琴，
他的左手朝餐桌那边一伸。
用这样的手势请求大家听他歌唱，
随即寂然无声。
　　　　　　"我唱了！"他说道，
"我曾给普鲁士人和立陶宛人唱过歌，
他们有的牺牲在保家卫国的疆场上，
有的看到祖国沦亡，不再珍惜生命，
便情愿自刎，倒在僵硬的尸体上，
就像忠心耿耿的仆从，无论成败，
都一样忠诚，在他们主人的火堆上自焚。
还有一些人贪生怕死，在森林深处藏身。

也有几个，像维托尔德，住在你们国中。

"然而在他们死后会受到怎样的折磨，
你们德意志人都知道得清清楚楚。
可以去问问这些可耻的民族败类，
永恒之火会在地狱里把他们烧成灰烬。
当他们召唤自己在天堂里的先人，
该用什么语言，什么文字去呼唤他们？
难道他们说着野蛮的德意志人的语言，
他们的祖先就能听懂他们说话的意思？

"啊，孩子们，那是立陶宛人的耻辱，
我，一个年老的歌手，没有人保护，
竟被德意志人捉去，带着手铐脚镣，
恶狠狠地把我带走，从神圣的祭坛前。
我孤苦伶仃，在异国他乡中渐渐衰老，
一个歌手，竟没有人来听我的歌唱。
我遥望着立陶宛，眼泪都已经流干。
今天我就是想向自己的家乡发出长叹！
我也不知道我可爱的家坐落在何处，
是在这里，是在那里，还是在远方！

"只有在这里，在我的心坎里还保留着
我们祖国最美好的最珍贵的东西。
在古老的宝藏中只留下这可怜的遗物，
拿去吧，德意志人，把这点纪念品拿去。

这正像比武时一个被打败的骑士，
为了保命，却丧失了自己的英名，
在人们的讽刺嘲笑中度过屈辱的余生，
重新回来，向着自己的战胜者问候致意。
怀着最后的愤恨心情向他伸出双臂。
在他脚前，抛下自己被折断的武器。

"我也是如此，受着这最后愿望的驱使，
才敢用颤抖的手再次去拨动这琴弦，
让我这立陶宛的最后一个行吟诗人，
最后一次向你们唱出我祖国的歌声。"

他停住了，等待着大团长的恩准，
大家在深沉的静默中期待着回应。
康拉德用一种锐利的轻蔑的眼神，
注视着维托尔德的一举一动和神情。

大家都发现，当老歌手一提到叛徒，
维托尔德脸色立即大变，又红又紫，
接着是苍白，发青，重又是一阵红，
愤怒和羞耻同时在折磨着他的心。
到了最后，他一手握住腰间的战刀，
便向前走去，把惊讶的人群推向左右，
一直奔向老人，到了中途才停步不前。
从高悬在他额上的愤怒的乌云中，
突然又洒下一阵急速的泪雨。

他转身回到座位，用斗篷遮住脸孔，
随即陷入了令人难以捉摸的沉思中。

那些德意志人便纷纷提出了抗议：
"为什么要把这老乞丐放进大厅来？
谁要听他的歌，谁又能听懂一个字？"
宴席上又掀起了一阵这样的喧闹，
讥讽的喊叫声中混和着阵阵欢笑。
随从们一边喊叫，一边吹起了胡桃：
"好吧，就让他唱一唱立陶宛的曲调！"

康拉德站了起来，这样回答他们：
"勇敢的骑士们，今天依照古老的惯例，
骑士团接受各个城市各个公仆的进贡。
还要接受从属国的土地和金银财宝，
这个乞丐奉献给你们的只是一首歌。
难道我们要拒绝这卑贱老人的心愿，
让我们接受他的歌，像接受寡妇的一文钱！

"在我们当中还有一位立陶宛的大公。
他和他的将军们都是骑士团的贵宾。
他们一定很乐意听一听祖先的事迹，
听一听用他们祖国语言唱出的歌声。
谁要是不想听，听不懂，就请他走开，
我有时特爱听立陶宛歌里的悲伤曲调，
就像听大海里的波涛声响，奔腾呼啸。

或者像听绵绵春雨所发出的轻声细语，

听着会让人甜蜜入睡。唱吧，老歌手!"

修士歌手之歌

每当瘟疫就要肆虐立陶宛的时候，

修士的眼睛就能先看到她的来临，

因为，如果歌手说的故事令你相信，

时常在荒凉的坟地和广漠的草原上

会出现一个身着白袍的少女瘟神①，

她的额上燃烧着一个火的花环；

她站着，高过比亚沃维茨②的树木，

手里挥动着一幅满是血红的手巾。

---

① 立陶宛的普通老百姓把瘟神想象成少女的形象。瘟疫发生前相信她会现
形，诗中所写均以此民间传说为据。我曾在立陶宛听到过一首歌谣，现
引用其大意如下：瘟疫女神在村里出现了，按照她的惯技，把手伸向人
家的门窗里去，还挥动着一块红手帕，在各家散布死亡。村里人紧闭门
户，不敢出门，但饥饿和其他需要又逼迫他们不得不出门，于是大家只
有等死。有一个贵族，家里存足了粮食，可以苦守很久。但他以邻人的
安危着想，决定牺牲自己。他手执一把古老的宝剑，上面写有耶稣和玛
利亚的名字，打开了窗户，他一剑砍下了这妖魔的手臂，把手帕夺了过
来。尽管他和他的全家人都死了，但从此以后村里便永绝了瘟疫。那块
手帕还保存在一个教堂里，我忘记了是哪个城市。在东方，传说瘟疫发
生前也会出现一个驾着蝙蝠翅膀的精灵，被它所指的人都会死去。很显
然，民间的想象是想用这样的形象来表达大灾难或死亡之前所引起的神
秘感和惊恐不安。这种惊恐不仅涉及个人，而是整个民族。在希腊，人
们就曾预感到伯罗奔尼撒战争的长期的恶战和残酷结果，罗马帝国灭亡
和西班牙人入侵美洲等都有过预感。——原注

② 波兰东部的一座原始森林。

城堡的哨兵立即用头盔遮住眼睛，
村里的狗群狂吠乱叫，声声凄厉，
它们嗅到了死亡的气息，把嘴埋在地里，
这女瘟神向前走去，迈着不祥的脚步。
她穿过许多村庄、城堡和富有的城镇，
只要她把血手巾对准某个方向一挥，
那里的豪华宫殿便会立即变成废墟，
她走到哪里，哪里就会建起座座新坟。

毁灭的幽灵——还有更大的死亡
带给立陶宛人，来自德意志方向。
闪亮的头盔上飘动着孔雀的羽毛，
黑色的十字显现在宽大的斗篷上。

无论哪里，只要这幽灵所经过的地方，
就不单是某个村庄、某个城堡的灭亡，
而是整个国土的陷落，变成了坟场。
啊！如果有谁还保有立陶宛的灵魂，
那就让他和我一起去凭吊民族的坟墓，
在那里，我们可以沉思、歌唱和痛哭。

啊，民间的传说，你是一个约柜，
装载着从古代直到近代的神圣誓约。
在你那里，人民寄存着骑士的胄甲，
思想的织物和自己情感的朵朵鲜花。

约柜啊！任何力量都不能把你摧毁，
只要你的人民相信自己，团结一心。
民歌啊！你守卫着民族记忆的神堂，
你还拥有天使长的羽翼和声音——
然而你所拥有的还不止这两种，
你还能时时使用天使长的宝剑。

火焰会烧毁掉描画的历史故事，
盗匪会掠去征战获得的财宝，
只有民歌才能完整地世代相传。
而且，即使卑鄙的人听到了它
不能用忧伤的食物、用希望的饮料
向它供奉，它就逃入山中，
依附于古迹之中，从那里发出悲声。
就像一只夜莺，在大火面前飞走，
情愿在原先停留的大厦顶上停息：
直到屋顶坍下，她便飞向小山的树丛，
从她响亮的胸膛里，面对废墟和坟茔，
向孤独的旅人唱起了悲伤凄婉的歌声。

我听到过这歌声，一位百岁的老农，
他的犁头翻起了一些久远的枯骨，
他立即停止了工作，取出他的竖笛，
向那些枯骨吹起了一曲安魂的乐曲。
也许要用激动的声调为你们祈祷，
伟大的先人们！你们没有儿孙供奉香火！

只有回声在响应。我站在远处倾听，
这情景、这歌声激起我强烈的悲痛，
因为我是唯一的目击者，唯一的听众。

　　正如天使长在末日审判的时候，
用号角唤起坟墓中的昔日的亡灵，
一听到歌声，我脚下的那些枯骨，
便立即跳起，汇合成巨大的形体。
从瓦堞中涌现出擎天石柱和屋顶，
寂静荒凉的湖里也响起了千支桨声。
城堡的大门敞开着，让人自由通行，
姑娘们在跳舞，诗人们在咏诗歌唱。
王公的王冠、骑士们的刀枪在闪光，
我梦里很英勇，醒来却是无比悲伤！

　　森林消失了，祖国的山岭也随之消逝，
思想，就像一片片飞倦了的羽毛，
落下之后紧紧贴在故乡的土地上，
在僵硬麻木的手里诗琴不再奏响。
然而从立陶宛人唱出的凄楚歌声中
我常常听不到古代的慷慨激昂的声音。
但青春的热烈的星火依然燃烧不息，
它在人们的心灵深处时时燃起烈焰。
把我的灵魂温暖，把我们的记忆照亮。
而记忆就像一盏精制透明的水晶灯，
被画笔描绘得海光山色、珠辉玉映，

虽然表面蒙上了一层灰尘和无数伤痕，
但只要在它的中心点上一支蜡烛，
就会有明亮的光芒照亮你的眼睛，
映照出宫殿墙壁上的精美的挂毯。
虽然有点模糊暗淡，依然是色彩斑斓。

　只要能喷射出我胸中的烈火，
去燃烧我的听众们的胸膛，
去复活古代先烈们的形象。
如果我能用火热的言辞，
射进我的同胞弟兄们的心中，
也许他们就能在这一刻，
当祖国的歌曲使他们激奋，
就能体验到先人们精神的伟大，
就能感受到先人们心灵的震动。
就在这一刻，他们就能活得正大光明，
如同他们祖先一样活得自由、死得英勇。

　我们为何要去追寻已经逝去的时代？
歌手对自己的时代决不要妄自菲薄。
因为就有一位活着的英雄离我们很近，
我要唱的就是他！听着，立陶宛人！

*　*　*

这老人停了下来，朝四周环视了一番，

看看那些骑士会不会让他继续唱下去。
整个大厅都沉浸在深沉的寂静中，
这样的寂静重又燃起了歌手的激情。
于是他开始歌唱，调子较为缓慢，
歌中的内容也与前面的大不相同。
他轻轻地、缓慢地拨动着琴弦，
代替赞歌的是一曲普通的故事。

修士歌手的故事

　　立陶宛战士从哪里回来？从一场夜袭中回来。
他们从城堡和教堂中缴获了大量的战利品，
俘虏的德意志人一大群。他们的双手被绑着，
脖子上套着绳索，在战胜者的骏马旁边奔走，
他们回头望着普鲁士，留下了一串串眼泪。
他们向前看看科甫诺，只有把命运托付给苍天，
在科甫诺的中心，伸展着一片裴伦①的草场。
在那里，立陶宛历代的王公们每次凯旋，
都会照例在火堆上烧死那些被俘的德意志骑士。

　　可是有两个俘虏骑马来到科甫诺，毫不胆怯，
一个是英俊的青年，一个却是佝偻的老人，
他们在战斗中间便离开了德意志人的队伍，
逃到了立陶宛军中，寻求凯斯杜特的庇护。

---

① 　波兰人的雷神名，也就是立陶宛的裴尔库纳斯。

公爵收容了他们，还派卫兵监视着他们，
把他们带回了城堡，对他们进行了审问，
他问他们的姓名、国籍以及前来投诚的原因。

"我不知道自己的姓名和出生的家族。"青年说，
"因为我从小就被德意志人抓去当了俘虏。
我只记得在立陶宛的某个地方，有座大城市，
那是座木头建筑的城市，屹立在美丽的山上，
那里有我父母的家，是座用红砖砌成的房子。
平地上有飒飒作响的杉树林围绕着那座山冈，
森林中央有个湖，远远地闪耀着晶亮的光芒。
有一天夜里，一阵喊叫声把我们从梦中掠醒，
只见火焰穿过我们的窗口，玻璃裂成了碎片，
整个房子烟雾弥漫，我们急急跑到了大门口，
只见大街上火光冲天，火星像冰雹一样飞溅。
可怕的喊叫声：'德意志人打来啦，快拿起武器！'
我的父亲立即拿起刀冲了出去，从此一去未返。
德意志人冲进我们的家，只见一人朝我跑来，
他追我，一把抓住了我，便跳上了他的战马。
以后发生的事情，我就一概不知道了。
只听见我母亲的哭叫声在我身后响了很久，
它压过了武器的碰撞声，房屋的倒塌声，
这哭声跟了我很久，老在我的耳朵里震动。
现在我只要一看见大火，一听到哭喊声，
便会在我的灵魂深处发出强烈的反应，
就像隆隆雷声在洞里引起的阵阵回声，

只有这一点是我从立陶宛带出来的全部东西。
我从父母那里带出来的也只有这一点——
还有我的梦。我常常在梦中见到他们——
我的可敬可爱的亲人——父母兄弟的身影。
可是每一次都会有神秘的云雾把他们遮住，
这云雾越来越浓厚、越来越昏暗，令人难辨。
我的童年就这样度过了，和德意志人一起，

　我也成了德意志人，他们给我取名瓦尔特[①]，
还让我姓阿尔弗，姓名虽然是德意志的，
可我的灵魂仍旧是立陶宛的，永不变更。
我心中深藏着对亲人的悲痛和对敌人的仇恨。
骑士团的大团长温立赫把我留在了他的宫中，
他亲自给我施行洗礼，把我当一家人对待——
他爱我，抚育我，简直像自己的亲生儿子。
可是我厌恶宫中的生活，便常常逃出宫殿，
来到一位老祭司那里，他是个立陶宛人，
很早就被德意志人俘虏，现在仍旧在军中
担任温立赫的翻译。当他打听到我的来历，
知道我是从立陶宛来的孤儿，从小当了俘虏，

---

① 　瓦尔特·方·斯塔迪安是个德意志骑士，被立陶宛俘虏，娶了凯斯杜特的女儿并和她秘密离开了立陶宛。普鲁士人和立陶宛人幼年被俘，在德意志教养成人后回到了祖国，往往成为德意志人的最可怕的死敌。在骑士团的历史上，普鲁士人赫尔库斯·蒙特就是这样的人。——原注〔据史料，斯塔迪安是1350年和凯斯杜特的女儿私奔的，并未和她正式结婚；蒙特是大普鲁士起义的领导人之一，战败后被骑士团绞死。诗中所叙述的一些情节，并不完全符合历史真实。〕

便把我带到他的身边，常给我讲祖国的事情，
用爱心、用祖国的语言和歌曲唤醒我的灵魂。
他还常常带我到草木葱葱的涅曼河的河岸上，
从那里我特爱眺望祖国疆土上的迷人的高山。
当我们返回城堡时，老人总是安慰我不要哭，
他擦干我的眼泪，为的是不引起别人的猜想，
他劝住了我的哭泣，却激起了我心中的仇恨。
我现在还记得，当我回到温立赫的城堡大厅，
我便偷偷磨利了一把小刀，出于报仇雪恨，
我用小刀划破了那些华丽的地毯和华盖锦帐，
划破了他的镜子，还朝他的盾牌吐上口沫，
又用沙子把它擦脏，使它失去原有的光泽。

    "到了我的少年，我们常常从克莱佩达①出发，
我和老人一起架着一叶小舟划到河的对岸。
那里是立陶宛的疆土，我采集了祖国的鲜花，
迷人的花香又勾起了我对昔日的朦胧的回忆。
我被这花香迷醉，我仿佛又回到了我的童年，
在父亲的花园里我和弟弟们一起追逐嬉玩。
老歌手帮助我回忆，他用最美丽动人的语言——
比花草更美的诗句，描绘出过去的幸福岁月。
能在祖国的怀抱里，能在亲人和朋友们中间
度过青春年华是多么的愉快，多么的幸福。
可是有多少立陶宛儿童从未度过这样的时光，

---

① 位于波罗的海南岸的一个港口，建于 13 世纪，现属立陶宛。

他们生活在骑士团的铁蹄下，只有饮泣吞声，
我在草原上听的这番话。可是远在波旺加海岸上，
大海在汹涌澎湃，从雷鸣般胸膛扩展到整个海洋。
还通过水沫的喉咙，掀起了一道道的泥沙——
'你看，'——老人对我说——'那一片海滨的草场，
如今已被沙砾覆盖着，那些芳香的绿草，
苦苦地挣扎着，要把额头伸出沙地生长，
可是完全不中用。新掀起的阵阵流沙，
像九头蛇似的重重把它压住，不让它成长，
这怪物伸出白色的鳍，把整个大地吞没，
把翠绿的草地变成了寸草不生的荒芜国土。
我的孩子，春天的种子被活生生地扔进了坟墓，
这正像被征服的人民，我们立陶宛的弟兄们。
孩子，暴风雨冲过来的沙砾，那就是骑士团。'
我听了这些话，就想把十字军杀尽。
或者逃回到立陶宛。但老人制止了我的冲动。
'自由的骑士可以自由地选择他的武器——'他说，
'可以公开地比武，可以进行公正平等地较量。
但你是个奴隶，奴隶的唯一武器就是计谋，
你暂且留下，要跟骑士团学好武艺和战略战术，
你要获得他们的信任，以后再决定自己的行动。'
我听了老人的劝告，跟随着条顿军队去出征，
可是战争刚打响，我就看见了我们祖国的旗帜，
听到了战场上响起的我们民族的战斗歌声，
我就和老歌手一道朝我们的军队跑了过来。
就像一只从窝里捉去的老鹰在笼里关了多年，

受到猎人的残酷的折磨，甚至失去了理性，
然后放它出笼，去攻击野鸟——同类的弟兄们，
可是当它冲上云霄，转动着它那双锐利眼睛，
望着祖国的广袤的国土，富饶而又蔚蓝，
呼吸着自由的空气，听到了自己的羽翼的震动，
猎人啊，回家去吧！拿着笼子你也等不回老鹰！"

青年的故事说完了。凯斯杜特好奇地听着。
听讲的还有凯斯杜特的女儿——阿尔多娜。
她年轻而且美丽，活像一位下凡的仙女。
秋天来了，黑夜的时间也随之越来越长，
公爵的女儿阿尔多娜和平常一样坐在织机旁。
陪伴在她周围的是她的妹妹和同龄的姑娘们，
她们不倦地纺着线，借以度过漫漫的长夜。
然而每当针线在飞动，纺锤在不停地转动，
瓦尔特就站在她近旁，讲起了他少年时的经历，
还有德意志人的奇闻逸事，她都听得津津有味。
凡是瓦尔特讲的，都会令她产生许多幻想，
他说的话她都记得，还会在梦中不断重复。
瓦尔特说，涅曼河那边有许多城堡和大城市，
她们的衣服非常华丽，她们的娱乐丰富多彩。
骑士们骑着马比武，对打时常把矛打断。
姑娘们站在高台上观看，把花冠奖给英雄。
后来他又讲起了涅曼河那边的至尊的上帝，
他也告诉了她那位圣洁无邪的圣母玛利亚。
还给她看了圣母那天仙般的无比慈祥的圣像

瓦尔特非常虔诚地把圣像挂戴在自己的胸上，
今天他把它给了阿尔多娜，美丽的立陶宛姑娘，
她已改变了信仰，和瓦尔特一起跪在上帝面前，
反复背诵着他教的祈祷文。他对她一往情深。
一心想把自己知道的东西统统传授给这姑娘，
但他也把自己还不熟悉的事——恋爱教给了她。
瓦尔特也从阿尔多娜那里学到了不少的知识，
听到她嘴里说出的忘了多年的话令他心潮澎湃。
这些话他在幼年就知道，勾起了他心里的回忆。
这次听到她说的这些词，就会激起别样的感情，
犹如从灰烬中燃起的火星：亲属、家人、友谊。
甜美的友谊，而比友谊更加甜美的是爱情，
爱情，在世界上，只有"祖国"才能与之相等。

"是什么引起女儿的突然变化？"凯斯杜特在想，
"昔日的快乐，童年的儿戏又到哪里去了？——
到了节日，姑娘们都兴高采烈地出去跳舞，
她却独自坐着，要么就和瓦尔特交谈闲逛。
平常日子里，姑娘们天天都在忙着纺织缝纫，
阿尔多娜却心不在焉，一副无精打采的模样。
针会从她手上掉下，织机上的纱线乱成一团，
他们把这一切告诉了我，昨天我还亲眼看见，
她竟把玫瑰花瓣绣成了碧绿，把叶子绣成朱红。
她哪里还能看得见？她的眼里，她的思想中，
只有瓦尔特，只有他说的话和他那明亮的眼睛。
我每次问她去了哪里？她总是回答：山谷里。

我问她从哪里回来？她也只回答：从山谷来。
山谷里有什么？是那青年为她建了一座花园。
难道那座花园要比我的城堡花园还更美丽？
（凯斯杜特有座精美的花园，栽有苹果和甜梨
还有许多动人的景观，是科甫诺姑娘们向往之地）
不，不是花园在吸引她。冬天我看见她的窗上，
只有朝涅曼河的那一扇还像五月时一样明亮。
窗上的玻璃没有被冰凌冻住，一点也不昏暗。
瓦尔特常到那一带逛游，一定是她坐在窗前，
用她叹息的暖气融化了玻璃上的那一层冰凌。
他还教她读书写字，我就在想，时下的风气
是所有的王公们都开始让自己的儿女去学习，
他是个好青年，很勇敢，作为教士又有学问。
我该怎么办？要把他赶走，可立陶宛需要他，
谁比得上他的排兵布阵，指挥作战构筑工事，
谁能胜过他的雷霆攻击，一人能顶一支军队。
来吧，瓦尔特，做我的女婿，为立陶宛作战！"

地上的积雪刚一融化，云雀就开始了歌唱，
在别的国家里，云雀总是歌唱爱情和欢乐，
对于不幸的立陶宛，却预示着屠杀和战火。
一年年开来的十字军杀人放火，无恶不作。
他们开来了无数人马，漫山遍野，声震山岳，
其回声已传下高山，越过涅曼河传到科甫诺，
这是大军的呐喊，武器的碰撞和战马的嘶鸣，
这声响、这兵马像毒雾一样遮住了军营和操场。

先锋部队的旗帜像电光一样闪耀，飞掠而过。
这是暴风雨的前奏。德意志人已到达了河岸。

沿着涅曼河展开军队，正对着对岸的科甫诺①。
他们在河上架起了桥，正准备向城市发起进攻。
一天接一天，他们的攻城槌震撼着城堡和城墙，
一夜又一夜，地雷像鼹鼠那样在地下挖掘前进。
一串串炸弹张着带火的羽翼在天空中掠过，
有如老鹰扑小鸟一样，从高处袭击着城中的屋顶。
科甫诺变成了废墟，立陶宛撤退到凯伊坦②，
当凯伊坦遭到破坏，立陶宛便退到大山密林中，
在那里设防抵抗。可骑士团依然在烧杀和进攻。

凯斯杜特和瓦尔特总是进攻在前，撤退殿后。
凯斯杜特依然镇定自若，他从小就能征惯战，
和敌人作战，无论是进攻和撤退，成功和失败，
他都习以为常。他知道他的祖先就是这样战斗，
他继承先人的步伐，不管将来，只像先人那样作战。
瓦尔特的想法不同，他在德意志人中间受过
多年的教养，他了解骑士团的全部威力。
他知道，只要大团长一句话，西欧各国就会
把财富、武器和军队源源不断地给他送来。
从前普鲁士人也曾与侵略的条顿人作过斗争，

---

① 科甫诺曾被骑士团围攻了三次，分别在 1362、1364 和 1369 年。
② 位于科甫诺的北部，涅维亚扎河畔，14 世纪时还是个小渔村。

可是后来条顿骑士团却把普鲁士彻底消灭了。
立陶宛依旧在抵抗，但迟早会遭到同样的命运。
他想着普鲁士的灾难，不禁为立陶宛前途担忧。

"孩子!"——凯斯杜特叫道——"你是个不祥的先知，
你指出的深渊，就像从我眼里揭去一层幕帘，
我听了你这番话，手脚都变得软弱无力，
失去了我们胜利的希望，也失去了我的勇气，
我们该怎样对付德意志人?""岳父!"瓦尔特说道，
"我知道只有一种办法，它虽可怕，但很可靠，
也许将来我会说出它来!"他们常常这样说着，
在打完了一仗，在战斗号角还未再次吹响，
催促着他们再去作战，再次遭到失败之前。

凯斯杜特越来越苦闷。瓦尔特也神态大变。
在过去，尽管他从来都不是个快活的人——
甚至在最幸福的时刻，眉宇间也常是疑虑重重，
脸上露出忧郁的神情。然而当他和阿尔多娜
热情相拥时，他的脸色就会显得明朗和平静。
他们相见时他总是微笑着，告别时眼里充满温情。
可是现在却有一种隐密的痛苦感觉使他难受。
整个早晨，他双手交叉在胸前，站在房屋前面，
目不转睛地注视着远方正在燃烧的城市和乡村，
他的目光充满野性。常常会在夜里突然惊醒，
他便站在窗前，注视着天空里的血红的火光。

"亲爱的夫君，你怎么啦？"阿尔多娜哭着问他。
"我怎么啦？难道我该安稳地睡着，等着德意志人
来攻打我们，好让他们在梦中把我抓走，
把我结结实实地捆起，交到刽子手手中？"
"绝不会这样，我的夫君，有卫兵在巡逻守城。"
"不错，是有卫兵在守城，我也在这里戒备着，
拿着我的战刀。可是卫兵会被杀，战刀会折断——
那时又怎么样？如果我活到老年，多么可怜……"
"上帝会赐给我们儿女，让我们享受天伦之乐。"
"那时候德意志人要攻打我们，掳走我的妻子儿女，
把他们带到远方，教会他们弯弓射箭去杀父亲，
假如我未曾遇到这位老修士歌手，也许我早就
不知不觉地杀死了我的父亲，我的同胞弟兄们！"
"亲爱的瓦尔特，那就让我们远走高飞好了。
走到立陶宛的中心区，藏身于高山密林之中，
这样我们就可以避开德意志人。""难道我们要
抛下别人的孩子和母亲，就这样一走了事，
任凭他们去死？普鲁士人就曾这样逃亡过，
可德意志人把他们追到立陶宛，还是被逮住了。
如果德意志人上山来搜寻我们，那又怎么样？"
"我们就再走远些！""再走远些，又能走到哪里？
如果我们走出了立陶宛国境，就会落到鞑靼人
或者俄国人的手中，那时候我们又会怎么样？"
阿尔多娜哑口无言，他的这番话让她心慌意乱。
过去她一直认为她的祖国是多么的辽阔宽广，
如今她才明白，整个立陶宛都没有她的藏身之地。

她搓着双手，再三恳求瓦尔特想法拯救立陶宛。
"有一个办法，阿尔多娜，可以粉碎骑士团的威势。
只有这一条路才能使我们的民族得救，亲爱的，
千万不要再问！一旦采取了那个办法，
就是最倒霉的时刻。那是受到了敌人的逼迫，
出于无奈采取的对策。唉，那一天真该受到诅咒。"

　　他不再多说了，也不再去听阿尔多娜的祈求，
他所看到的和听到的只有立陶宛的深沉灾难。
到了后来，复仇的火焰在失败和苦难的景象中，
不断地滋长和加强，占据了他的整个身心。
粉碎了他的一切感情，甚至粉碎了他唯一的
成为他生活快乐甜美的感情——他的爱情。
就像比亚沃维茨森林里的那株老槲树王，
猎人们偷偷地在它的心脏里燃起了一堆篝火，
它的树干被烧焦，随即失去了它的飘动的绿叶。
原先是挺拔的枝干，也被阵风吹落折断，
就连头上的装饰——槲寄生的冠冕也一起枯萎。

　　立陶宛人长期在城堡、高山和森林中征战，
他们攻打德意志人，也受到德意志人的进攻。
直到后来在卢达瓦草原①上进行的一场血战，
好几万立陶宛青年英勇地战死在疆场上，
而骑士团也死了数目相当的骑士和将领，

_____

① 　位于卢达瓦河畔。这一战役发生在1370年。

可是他们的援军从国外源源不断地开到。
凯斯杜特和瓦尔特的身边只剩下少数的士兵，
他们边战边退到了山里，刀折断，盾破碎，
满身是血污和灰土，从山里凄惨地回到家中。
瓦尔特见到妻子不说一句话，也不看她一眼，
他只同那老歌手和凯斯杜特用德语交谈。
阿尔多娜虽然听不懂他们的话，但心里猜测到
他们谈的是某种可怕的事情。他们一商量完，
三个人同时用忧郁的眼睛望着阿尔多娜。
瓦尔特看得最久，带着无言的绝望的表情。
随后大滴大滴的眼泪从他眼里倾泻而下。
他跪倒在她脚下，抓住她的双手按在胸前，
请求她宽恕他给她带来的种种苦难，言辞热切。
他叫道："那些爱上了疯子的女人真是可怜！
疯子的眼睛总是游离于村外的景象，喜欢流浪，
疯子的思想好比炊烟，总是在房顶上飞腾飘扬。
在他的心里对于家庭的幸福常常感到不满足，
他们的心，阿尔多娜，好比一座巨大的蜂房，
蜂蜜无法填满，因而成了蜥蜴栖息的地方。
亲爱的阿尔多娜，原谅我！今天我想留在你身边，
我想忘记一切。只有我们两个在一起亲亲密密，
就像从前那样。明天，等到明天……"他不敢说下去。

　　阿尔多娜听了无比高兴。她马上联想到——
瓦尔特这次变化之后，定会更加愉快更加平静。
她看到他不再那么忧愁，两眼也更加顾盼生辉。

脸上还露出了红润。瓦尔特整个晚上都倚靠在
阿尔多娜的脚边，像个正在热恋中的青年——
立陶宛、十字军骑士和战争，他统统抛到脑后，
暂时忘得一干二净。说的全是幸福、快乐的时光；
他回到立陶宛，他们俩人的第一次相遇和谈话，
他们第一次到山谷去游玩和相恋时的儿女情长，
他们的结婚和婚后的幸福永远留在他们的心中。
为什么他那动人的话语有时会被"明天"一词打断，
说完"明天"，他会长久盯着阿尔多娜，沉思默想？
眼里噙满了泪水，想说什么又不敢说出——
是不是想起了昔日的恋情和充满幸福的记忆？
难道只是为了告别才将这些甜美的记忆提起？
当天晚上的所有谈话和所有的亲密抚爱，
难道只是爱情烛光的最后一次的闪亮？
再问也无用。阿尔多娜只有望着，茫然地等着。
她离开了房间，便从壁缝里窥探着瓦尔特，
只见他自斟自酌，喝了无数杯的醇甜蜜酒，
还让老修士歌手整夜陪伴在他的身旁。

　　太阳刚刚升起，便听见石路上的马蹄声响，
两位骑士急急穿过晨雾，飞也似的跑向高山，
他们骗过了所有的卫兵，但是却没有骗过
爱人的锐利的眼睛，阿尔多娜猜出了他们的用意。
于是她先赶到了山谷的路上，挡住了他们的去路。
那是一次悲惨的会面："回去吧，亲爱的阿尔多娜，
快回家去吧！你还能在可爱的家庭中得到幸福。

你年轻又美丽，你会得到安慰的，忘掉我吧！
许多王公贵爵从前都曾向你求过婚，求过爱，
如今你自由了，你已经成了一个伟人的寡妇，
这个人为了祖国而牺牲了一切，包括你在内！
和我道别，然后忘记我——只要为我再哭一次。
瓦尔特抛弃了一切，茫茫大地只有他孤独一人
好比沙漠里的一阵风。他必须在世界上流浪，
他杀戮，他谋反，最后是带着耻辱而死去。
但在多年之后，阿尔弗的名字又会再次响遍立陶宛。
那时候他的英雄业绩定会成为歌手的歌唱主题。
当你听到这些，你就会记得，亲爱的，你就
会想起那个可怕的骑士，他的一生神秘莫测。
他曾是你的丈夫，一个仅被你所了解的爱人。
你就把那时候的自豪当作我这次遗弃的安慰。"
阿尔多娜默默地听着，但她一个字也没有听清。
"你走了，你走了！"她大声叫道。"你走了"这句话
听在她自己的耳朵里，也让她害怕得浑身打颤。
她什么也不想，什么也记不清。她的思想、
她的回忆和前途都混在了一起，纠缠不清。
但是，凭着她那女人的直觉：是要她回去，
或者要她忘记一切，她知道她永远不能做到。
她的惊慌的眼睛多次与瓦尔特的眼睛相遇，
但在他的眼神里再也找不到从前的那种安慰，
似乎在寻找新的什么。她也朝四下里一望，
掠过沙漠，越过树林，在树林的中心区里，
在涅曼河的对岸，只见一座孤塔在闪闪发亮，

塔下是一座阴暗的基督教的建筑——女修道院，

阿尔多娜全神贯注地凝望着那座孤独的尖塔，

同时在她的思想中也已把那里作为她的归宿。

就像一只鸽子在大海上遇见了狂风暴雨，

举目无亲，只好孤零零地落在小船的桅杆上。

瓦尔特理解阿尔多娜，默默地追随着她的心思，

向她讲述了他的计划，要她对外界保守秘密。

就在修道院大门前——唉！多么凄惨的离别！

阿尔弗和歌手策马而去，从此杳无音信，

可悲啊，可悲！如果他背弃了自己的誓言，

如果他抛弃了幸福，也毒害了阿尔多娜的快乐。

如果他牺牲了一切，却全是白费，毫无结果——

那要等将来才会明白。德意志人，我的歌到此结束。

*　　*　　*

"结束了，已经结束了！"大厅里议论纷纷，

"瓦尔特怎么样？他都干了些什么？

他在何处？要向谁报仇？"一片喊叫声。

只有大团长在大呼小叫的人群中，

低垂着头，静静地坐着一声不哼。

随后他由于激动，频频举杯痛饮。

他的整个形象都出现了新的变化，

灼热的脸上也显现出多样的表情。

就像是道道闪电忽来忽去变幻不停。

阵阵黑云越来越浓地横在他的额上，

他的嘴唇发青，不停地抖动，一双眼睛
四处张望，好像暴风雨中的一只飞燕。
最后他甩开斗篷，起身一跃来到厅中心，
"结局如何？给我唱出结局来！我命令你。
要么把诗琴给我，你为什么站着发抖？
把诗琴给我，过来喝上几杯醇酒。
如果你害怕，结局就由我来唱完！

"我知道你们歌手所唱的每一首歌曲，
都预示着不幸，就像夜里的狗吠声。
你们喜欢歌唱屠杀和火烧的横行，
而留给我们的却是忧愁和光荣。
你那叛逆的歌声对于摇篮中的孩子，
就像一条可怕的毒蛇，盘缠在孩子的胸上，
把最厉害的毒液输进了他的灵魂，
使他产生对荣誉的追求、对祖国的热爱。

"这歌曲紧紧跟随着他幼年的行踪，
它时常会出现在宴会的人群之中。
正像被杀的敌人的鬼魂要来报仇。
本来是欢乐的酒，他却用血来斟满。
我听这种歌曲太多了，很遗憾……
我知道你，你胜利了，你这个老叛逆！
诗人所期盼的战争就要临近了！
快给我拿酒来，所有愿望都会实现。

"我知道这歌曲的结局，不，我要唱别的。
当我在卡斯提尔的崇山峻岭中作战，
那里的摩尔人把他们的歌谣教给了我。
老头子，快弹起那曲调，那稚拙的曲调。
啊，多么幸福的时光！这曲调响彻山谷。
那时候，我习惯了天天伴着它哼唱——
快过来，老头子，凭着所有的神灵；
德意志的，普鲁士的……"老人只得听从。
他拨动着琴弦，但曲调弹得不是很准。
他紧跟着康拉德那粗狂豪放的声调，
像个胆怯的奴隶跟着大发雷霆的主人。

　　与此同时，宴席上的烛光都已熄灭，
骑士们喝得太久了，都已沉沉入睡。
但经康拉德一唱，全都醒来倾听。
纷纷围拢过来，挤成一个大的圆圈，
全神贯注地听着康拉德歌中的字句。

　　　　　　歌谣
　　　　阿尔普哈拉

　　摩尔人的城镇已被占领，
　　　　他们的人民身陷苦难之中。

格拉纳达①城堡还在抵抗敌人，
　　可是瘟疫却在城里肆虐横行。

阿尔曼佐②带领着残兵败将，
　　还在阿尔普哈拉③顽强抵抗。
西班牙人已在城外竖起了旗帜，
　　明天清晨，他们就要进攻高地。

太阳升起时，大炮轰鸣不停。
　　炮弹穿过壕沟，摧毁了城垣，
十字架在高塔上闪闪地发亮，
　　西班牙人已经把城堡占领。

阿尔曼佐眼看着自己的部下，
　　被打得七零八落，支持不住，
便在弹雨刀丛中杀开一条血路，
　　他逃了出去，躲过了敌人的追捕。

西班牙人在刚刚夺下的城堡废墟中，
　　四面八方都是残垣断壁和死人，

---

① 在西班牙南部，是摩尔人建立的最后一个国家。但直到 1492 年，也就是
　　康拉德·华伦洛德死后九十九年，西班牙人才攻占了格拉纳达。
② 阿尔曼佐不是真实的历史人物，但却常出现在历史和文学中。西班牙把
　　10 世纪的摩尔人绰号为阿尔—曼苏尔的领袖称为阿尔曼佐。
③ 格拉纳达南部的山区，并不是一座城市。摩尔人在首都失守后退入此山
　　区继续战斗。

他们大张宴席，沉浸在觥筹交错里，
　　同时还分配着他们掠来的战利品。

接着放哨的卫兵前来报告，
　　说有位来自外地的骑士，
他请求立即拜见将军，
　　还带来了许多重要消息。

原来是阿尔曼佐——摩尔人的国王，
　　曾领导过摩尔人的英勇抗战。
现在他不再抵抗，前来投降，
　　只求西班牙人饶了他的性命。

"西班牙人，在你们的门槛上，"
　　——他喊道，——"我向你们跪拜叩头，
我来是要尊崇你们的先知，
　　我来是要信奉你们的上帝。

让你们的声名远播传遍世界，
　　"一个阿拉伯王前来俯首称臣，
他想成为原先是敌人的兄弟，
　　做一个外国帝王的忠诚仆人。"

西班牙人原本就很喜欢勇士，
　　见来人是阿尔曼佐王公，
他们的首领便将他拥抱亲吻，

其他骑士给予他同志般的欢迎。

阿尔曼佐也问候了所有的人，
　　热烈地拥抱了西班牙将军，
他抱住他的脖子，握着他的手
　　非常热情地吻着他的嘴唇。

随后他软弱无力地跪了下去，
　　用他那颤抖得很厉害的双手，
把自己的头巾系在西班牙人的脚上，
　　然后拉着它在地上转了一转。

他四下一望，大家都很吃惊，
　　他的脸色先是苍白，接着发青，
他两眼充血，目不转睛地望着，
　　他龇着嘴，发出了可怕的笑声。

"看吧！你们这班邪教徒！我脸色发青，
　　你们能否猜到是谁派我到这里来？——
我蒙骗了你们，我负的是格纳拉达
　　的使命，我给你们带来了瘟病。

"我的一吻在你们的灵魂上，
　　注入的毒液会把你们吞噬。
过来吧，看看我所受到的痛苦，
　　不久你们就会像我一样死亡！"

他大喊大叫，张开着双手，
　　他笑着，一副诚恳的笑容，
好像要把所有的西班牙人，
　　永远地紧抱在他的心头。

他还笑着——快断气了，可是
　　他的眼睛和嘴唇还未合上。
直到最后，他那冰冷的脸上，
　　还凝结着一副狰狞的笑容。

西班牙人惊恐万状，各自逃生，
　　可是瘟疫已追上他们的逃亡。
剩下的军队也都染上了瘟病，
　　死在了阿尔普哈拉的高地上。

　　　　　　＊　＊　＊

　　"在多年以前，摩尔人就这样报了仇。
立陶宛人的报仇，你们是否想知道，
会是怎样？如果有一天他来到这里，
实践他立下的誓言，把瘟疫投入酒中，
啊，不，不会！如今风气已经大变，
维托尔德大公，今天的立陶宛贵族，
纷纷前来向我们奉献出他们的领地，
而把报仇雪恨指向自己的苦难的人民。

458

"啊，不是所有的人，不！雷神在上！
在立陶宛还有……我再给你们唱唱……
把诗琴拿开——琴弦已断了一根。
不唱了！我希望以后会有人来唱——
今天算了，我喝得太多，这是贪杯之过。
你们自己娱乐吧！高高兴兴地玩吧！
你，老阿尔——曼佐，快快走开吧！
阿尔班①滚开，让我独自一人留下。"

    他说完，便迈着蹒跚不稳的脚步
回到自己的座位，倒在了椅子上。
他发出阵阵威胁，还用脚乱蹬，
桌子和酒杯都被他踢得乱撞乱翻。
最后他软弱无力，低着头，缩成一团，
全身靠在扶手上，不久便闭上了眼睛，
吐出的泡沫淹没了他那颤动的嘴唇，
他沉入了睡乡。

    骑士们都惊呆了好一阵子，
虽然他们知道康拉德的秉性，
他喝醉之后便会大发雷霆，
随后就是昏昏沉沉进入睡乡。

_____

① 在酒醉和愤怒中，混合前面提到的阿尔曼佐，康拉德喊出了歌手的名字
（哈尔班）。

可这是宴会！这是一种耻辱！
当着外人的面这样怒气冲冲。
是谁把他挑动？老歌手哪里去了？
他已离开了人群，无影无踪。

　　人们在说，乔装打扮的哈尔班
给大团长唱了一支立陶宛的歌，
他就是用这种办法挑起了战争，
一场基督教反对异教的血腥之战。
为什么大团长会有这突然的改变？
为什么维托尔德会这样怒气冲冲？
大团长所唱的古怪歌谣又是何意？——
人人都在猜测，要找答案白费力气。

五　战争[①]

战争——康拉德再也无法阻止了，
面对议会的催促和人民的呼声，
要求复仇的叫喊像响雷震动全国；
报复立陶宛的侵犯和维托尔德的背约。

维托尔德，为了夺回维尔诺城，
早就卑躬屈膝地与骑士团结成联盟。
当他参加宴会后，得到了可怕的消息：
十字军骑士们不久就要开赴战场。
他便改变了意向，背叛了新结的盟约，
悄悄逃离了骑士团，带着自己的随从。

他假奉着大团长亲自下达的命令，
叩开了骑士团的许多城堡的大门。
一进城，他就把守城的卫兵缴了械，
他用刀与火摧毁了沿途的村庄城镇。
他一路烧杀掠夺，逃回了他的祖国。
骑士团感到无比的愤怒和深深的耻辱。
便决定对邪教进行十字军战争，

---

① 　这一场战争的描述是根据历史写成的。——原注

并发出号召，一批批骁勇的骑士
从海上、从陆路纷纷前来参战助阵。
就连富有的王公也带了部下奔赴战场，
所有的武器上都标出了红红的十字。
每一个骑士都以自己的生命来起誓：
不是要异教徒受洗，就是自己战死。

　　于是向立陶宛进军了。他们干了什么呢？
如果你好奇，就去看看，当夜幕降临，
你站在堡垒上，朝立陶宛的方向一望，
只见一派火光直冲云霄向立陶宛推进，
就像一条血与火的洪流在迅速泛滥。
这就是侵略战争的故伎重演，老一套，
脱离不了屠杀、抢劫和放火烧光的故事。
火光一现，就能使愚蠢的喽众勇往直前。
可是无声的哭喊却震撼着智者的心灵，
这哭喊声在呼吁上帝："请制止这场战争！"

　　风催火势，大火越烧越猛，越烧越远，
十字军骑士已深入到立陶宛的核心。
听说他们已包围了科甫诺和维尔诺城，
此后就再也没有听到战争的音讯。
附近一带也不再看到火光和烈焰，
天空中的红光似乎是越来越远。
普鲁士人的期望落空，他们没有看见
从被占领土地押回来的俘虏和战利品。

他们徒劳地派出使者前去探听音讯，
使者们一批批派出，但全都没有回来，
对于这可怕的情景，人人都在猜测，
他们情愿看到失败，也不愿翘首等待。

秋天过去了，冬天狂风暴雪肆虐，
在高山上呼啸，把山下的道路堵塞。
重又在远远的天空中闪现出光亮——
是北极光吗？还是战火焚烧的亮光？
它越来越亮，火焰已高高冲上天空。
只见天空越来越红，火光越来越近。

人们从马利恩堡朝东边的大路眺望，
远远看见在风雪中挣扎着的几个旅人。
那不是康拉德，我们的首领？还有
他的骑士们。该怎样去迎接他们？
是作为胜利者呢？还是作为逃亡者？
其余的队伍哪里去了？只见康拉德
举起右手指着后面的一群败将残兵
啊，这景象本身就泄露了失败的秘密，
他们稀稀拉拉，行走无序，深陷在雪中。
有的摔倒了，挣扎着，踩着尸体爬起，
有的相互推挤，刚刚爬起又摔倒在地，
新的一伙便把刚刚爬起的压在了下面，
就像浅浅的酒杯里挤死的昆虫一样。
有的人在匍匐前进，双腿又直又僵，

有的人突然站住不动，陷入了绝境。
举着僵硬的胳膊指着通往城市的方向，
呆立着的尸体就像一座座指路的路标。

    人们纷纷跑了出来，既惊奇又沮丧，
呆呆地站着，不敢猜测也不敢打听。
因为这整个的故事，这不幸的疑问，
都清楚地显示在骑士们的眼里和脸上，
冷酷的死神已显现在他们的眼中，
他们的双颊像被饿鬼吸过一样瘦削。
立陶宛军号在他们身后响着，紧追不舍，
近处是狂风掀起的积雪，浓雾重重，
远处传来了稀稀拉拉的几声狗吠声，
一群群乌鸦在他们头上不断地飞旋。

    一切都完了。是康拉德毁了他的臣民。
他，当初以赫赫战功获得了巨大声望，
他，一贯夸耀自己的决策多么英明。
可是这一战却显得又胆小又粗疏失慎。
他没有发现维托尔德阴谋设下的陷阱，
他受到了蒙骗，被复仇的心蒙住了眼睛，
他驱使全部军队开进了立陶宛的草原，
久久围攻维尔诺不下，延误了有利时机。

    当军中的畜群散失，粮草接应不上，
饥饿便开始侵袭骑士团的兵营。

由分散的敌人开展的游击战争，
又把粮草劫去，把运输线切断，
德意志官兵每天成千成百地死去。
时候到了，应该发动一次猛攻，
要么就撤兵回去，不能久拖不决。
可华伦洛德却非常自信，漠然不动，
他只骑马出去打猎，或者待在营里，
独自一人在那里踱步，思考良计。
将领们的建议和意见，他全都听不进去。

　　他的战争激情变得越来越冷淡，
部下的苦苦请求他也不屑一顾。
他的宝剑插在剑鞘里久不使用，
他双臂交叉胸前，对一切漠不关心，
他整天沉思默想，或和哈尔班交谈。
冬天来了，大雪纷飞，堆积成山，
维托尔德便利用这时机调兵遣将，
他把十字军团团围住，展开了进攻。
耻辱啊！在骑士团英勇的历史上！——
伟大的大团长最先逃离了战场。
他没有带回光荣和丰富的战利品，
只带回了消息——立陶宛人打了胜仗。

　　你们是否看到，当时他从溃败中
是怎样把他鬼魂似的队伍带回国内？——
他的额头上布满了愁苦的阴云，

他的脸颊上扭动着蠕虫般的痛苦。
康拉德痛苦着。可是看看他的眼，
那一双半睁着的大眼球这时正闪出
明亮的斜视的眼光，像预示战争的彗星；
这眼光时时闪亮、变幻，像怪异的奇光，
是撒旦放出来的光芒，用来迷惑路人；
这眼光把愤怒和欣喜结合在了一起，
闪耀出恶魔般的火焰，令人不寒而栗。

　　人们发着抖，议论着，康拉德置之不理，
他把那些对他不满的人召集在一起，
他讲话，他望着，他只会——可耻啊！
他们竟仔细听着他讲话。而且相信
在人的错误中他们看到了上帝的审判。
当人们遇到了恐怖，有谁还能不信神？

　　　　　　　＊　＊　＊

　　住口，傲慢的统治者！该审判你了。
我知道在马利恩堡的一座地下洞穴中，
当夜幕把整个城市都笼罩在黑暗里，
一个秘密法庭正在那里举行审判会议。

　　大厅的拱顶上高挂着一盏油灯，
无论是白天黑夜，它总是被点燃。
那里放着十二把椅子，中间是宝座。

宝座上放着一部神秘的法典。
十二位法官，个个穿着黑长袍，
人人带着面具，遮住了他们的脸孔。
在这深深的地窖里他们避开了人们，
他们彼此保密、相互也不能相认。

　　他们宣了誓，完全自愿，团结一致，
对他们的最高首领的罪行进行审判。
涉及种种不为人知的隐秘的罪恶，
只要最终的判决一旦获得通过，
哪怕就是亲生的兄弟也绝不宽容。
每个人都应激烈地或是秘密地，
注视着这严厉的法令的执行。
他们手拿匕首，腰间挂着锋利的宝剑。

　　在这些隐秘的人员中间有一人走近宝座，
　　他手持宝剑，站在那部骑士团的法典前，
　　　　他开口说道："最严厉的法官们！
我们的怀疑已得到证实，证据表明：
那个名叫康拉德·华伦洛德的人，
　　　　并不是真正的华伦洛德。
他是谁？我们不清楚，十二年前，
不知他从哪里来到我们的莱茵河畔。
那时候，真的华伦洛德已去巴勒斯坦。
他是他的随从，一副仆人的穿着打扮。
真的华伦洛德不久便失踪了，不知去向，

这个被怀疑为谋杀凶手的仆从，

　　　　便悄悄地逃离了巴勒斯坦。

　　随后他来到了西班牙海岸，

在与摩尔人的决战中他作战英勇，

使他声名远扬。在比武场上，

他也获得过无数的胜利和奖赏。

他自称是华伦洛德，到处宣扬，

　　　　最后他宣誓加入了十字军骑士团，

　　　　后被选为大团长，给骑士团带来灾难。

他的业绩如何，大家都心知肚明。

去年冬天，当我们同立陶宛、同风雪斗争，

康拉德却独自骑马穿过树丛和橡树林，

　　　去和维托尔德进行秘密的会谈，

　　　我的暗探早就在跟踪他的行踪。

　　　　　每到晚上他常常来到尖塔的下面，

　　　和那修女进行好几个小时的交谈，

我的暗探听不懂他们谈话的意思，

　　　因为，法官们，他说的是立陶宛话。

　　"鉴于我们的密使带来的秘密情报，

证明此人来历不明，心怀异志，

再加上我的暗探报告的最新消息，

以及从民众中听到的种种传闻，

法官们！我决定宣布大团长的罪行：

欺骗、凶杀、邪教和无耻的背叛！"——

控诉人一说完，便跪在了法典面前，
手持神圣的十字架，庄严地发了誓：
凭了我们救世主的苦难、凭了上帝，
他指控大团长的这些罪行完全属实。

一阵静默，法官们开始进行审议，
可是没有声音也没有低声的议论，
只需要眨眨眼，或者点一下头，
就能表达出深刻的恐怖的意思。
每个人都依次走到那高高的宝座前，
他们用匕首尖去翻动法典的书页，
每个人都低声念着他翻到的条例，
要做出判断，只须问问自己的良知。
每个人把手放在自己的心上做出决定，
所有的法官异口同声地宣告："该死！"
四壁发出了相应的回声，一连三遍。
"该死！"——整个判决就只有这二字。
这两个字便是法官们一致作出的判决。
十二把剑高高举起，唯一的目的——
就是康拉德的胸膛。他们悄然退去——
地窖的四壁还在回荡着低低的回声，
在他们的身后重复着："该死！该死！"

六　告别

　　一个冬天的早晨，朔风怒吼，漫天雪飘。
华伦洛德在风雪交加中飞快地奔跑，
他急急来到湖边的那座尖塔的塔旁。
他大声叫喊，还用剑敲打着塔墙，
"阿尔多娜，"——他喊道——"我们活着！我的爱人！
你那可爱的人回来了！他的誓言实现了！
他们已经完蛋了，一切都已如愿以偿！"

修　女

　　"阿尔弗？是你的声音？我的阿尔弗，
我最亲爱的人。怎么？和平了？
你平安回来了？不会再走吧？"

康拉德

　　　　　　　　"啊，上帝保佑，
你什么都不要问，听着，我的爱人！
听着，我说的每句话你都要注意听。
他们全完蛋了！你看看那边的火光——
你看见了吗？在那边，是立陶宛的手
在德意志人的国土上点燃的复仇之火。
就是再过一百年也医治不好他们的创伤。

这百头的妖怪已被我的剑刺穿了心脏。
它的财富消耗了，威势的源泉枯竭了，
城市被烧毁，到处是鲜血的海洋，
这都是我的功劳，我实践了我的誓言。
更惨的复仇，就连地狱里也无法做到。

　　"我不想再干了，毕竟我也是人，
我的青年时期老是说谎，不义不忠，
一直在流血和屠杀中度过。如今
我上了年纪，再进一步我力不从心。
谋反已使我厌倦、战争让我沮丧，
报仇也报够了，德意志人也是人。
上帝启迪了我！我是从立陶宛回来，
我看见了那些地方，还有你的城堡。
科甫诺城堡——现在已成了废墟。
我都不敢看了，赶紧地把眼光转向别处，
我又飞跑到我们常常约会的美丽山谷。
那里的一切都和当年一样，没有变化，
依然是昔日的景物，满山遍地的野花。
正和多年前那天晚上我们告别时一样
啊，想起来，这件事就像发生在昨天，
你还记得那块岩石——我们游玩的地方。
现在依旧高高屹立着，只是长满了青苔。
四周野草密布，我几乎认不出来了。
我除去苔藓，用我的眼泪把岩石擦净。
还有那个小丘，你喜欢在那里休憩，

在夏日困倦的时候，有遮阳的枫树阴影。
那条我曾为你去取过泉水的清泉——
这一切我都找到了，我边看边走，
甚至你的那座小凉亭也被保留了下来，
当年我曾用枯萎的柳枝为它筑起围墙，
而那些枯萎的柳枝，我亲手插在沙里，
如今真是奇迹显灵，亲爱的阿尔多娜，
你一定认不得了，它们成了美丽的树林！
春天生长的树叶被风吹动得摇曳不停，
新生的芬芳的花絮在空中飞来飞去，
啊，这景象让我感到无比的欢欣。
一种幸福的感觉在我心中油然而生。
我吻着那些柳树，我跪了下去倾诉衷情：
'我的上帝！'我喊道，'让我们的愿望实现，
让我们能早日回到我们的故国家园，
让我们将来能生活在立陶宛的土地上，
让我们那坎坷的人生能再次获得新生，
让柳树也披上希望的绿叶，欣欣向荣！

　　"让我们回去吧！答应我，我有权力
命令骑士团打开塔门，不，用不着下令，
即使这塔门比钢铁还要硬千倍，
凭我这双手也能把它拆除，把它打破。
啊，亲爱的，我要抱着你回到那山谷，
或者走得更远，立陶宛有的是荒原。
我们还有比亚沃维茨的茂密的树林，

可以遮荫乘凉，保持着深深的寂静。
在那里从未听到过外国武器的叮当声，
在那里再也听不到傲慢敌人的胜利叫嚣，
也没有我们的战败弟兄们的悲惨呼号。
那里，在一座寂静的牧歌式的花园里
你伸开双臂，敞开胸怀将我紧紧拥抱。
那时候，我会忘记一切，管它什么民族，
管它什么世界，我们要为自己活着，
回去吧！你答应吧！请你允许——"

　　　　　　阿尔多娜一声不响。

康拉德等着回答，
血红的晨曦此时已在天空中闪烁。

"阿尔多娜，对不起，清晨就要来临，
人们快要醒来了，卫兵会来抓住我们，
阿尔多娜！"他喊道，急得全身发抖。
他不再喊叫，只用眼睛去向她恳求，
他高高举起他那双握得很紧的手，
双膝跪下，像个乞求怜悯的人一样，
他疯狂地拥抱着，吻着那冰冷的塔墙。

修　女
"不，现在太迟了！"——阿尔多娜回答，
声音又忧伤又平静——"上帝会给我力量，

上帝会保护我躲过这最后的沉重打击。
当年我来到此地就曾发誓此门不再开启，
我再也不离开这里，除非要葬入坟地。
我和自己斗争过。难道你，我亲爱的，
也要帮我去违抗至高无上的上帝。
你要带回世界的是谁？一个可怜的幻影。
你想一想，啊，想一想，假如我发了疯，
居然依了你的要求，抛弃这座洞窟，
居然会兴高采烈地投入你温柔的怀抱。
那时候你不会欢迎我，也不会认得我，
你会掉转眼睛，一脸惊恐不安的神情，
难道这个可怕的鬼魂就是阿尔多娜？
那时候，你就会在暗淡无光的瞳孔中
你就会在干瘪的脸上寻找昔日的娇容。
啊，一想到这些，我就感到无比伤心，
我决不能让这丑老的修女形象，
去取代阿尔多娜当年的千娇百媚。

"亲爱的，请原谅我吧！我自己也承认，
每当月光照得更加明亮、更加灿烂。
一听见你的声音，我便藏身于窗后，
我不敢，亲爱的，近距离看到你的脸。
也许，今天你也有了很大的改变，
已经不是多年前那副英俊的容颜。
你还记得那时候，你和我们的战士，
骑着高头大马走进了我们城堡的庭院，

我的心中至今还保留下你的笑貌音容，
你的眼睛、面孔、服饰和举止风度。
就像是一只美丽的蝴蝶沉浸在琥珀中，
你的身姿铭记在我的心中，永世不变。
阿尔弗，还是让我们保持当年的容貌，
那时候我们富于青春活力，雄姿英发，
一直等到我们将来重聚，但不是在人间。

"让我们把美丽的山谷留给幸福的人们，
我还是喜欢这石头筑成的寂静避难所，
我只要每晚看到你的身影听到你的声音，
我就会感到无比的幸福，心里充满欢乐。
即使在这隐遁的地方，我的阿尔弗，
我也能把一切痛苦变成为美好的生活。
你应把谋反、烧杀和破坏搁置一旁，
只希望你来这里的时间更早、更频繁。

"请你听着，如果你能在这荒凉的平原
为我修建起一座家乡那样的凉亭，
再把你喜欢的柳树和花卉移种在它的四边，
连那块岩石也从我们的山谷搬到这荒原。
以后，附近村庄的孩子们会来到这里，
他们会在这来自祖国的树林中嬉玩，
同时还会用立陶宛的花卉编成花环，
让他们高唱立陶宛的歌曲，一遍又一遍。
这些故乡的歌曲会激起他的浮想联翩，

会勾起和唤起他们对故乡、对你的梦想。
到最后，到最后……在我死去之后，
他们依然在歌唱——在阿尔弗的墓旁。"

　　阿尔弗没有听完便沿着荒凉的湖畔
狂奔乱跑，他漫无目的，情不自禁，
被冰冻的山丘和一丛丛树林所吸引。
在这些野景中，在紧张而无聊的奔跑中
他找到了一种乐趣——让自己劳累。
在冬日的寒冷中他感到疲倦和沉闷。
他甩开斗篷和胸甲、撕开了他的外衣
从他的胸间抛弃了一切——除了忧虑。

　　凌晨，他踉踉跄跄地来到城边的壕沟，
他看见一个人影，便止住脚步望着。
这影子一闪而过，冰冻的积雪上，
留下了轻轻的足迹，迅即闪入壕沟中，
只听见一个声音："该死！该死！该死！"

　　阿尔弗听见这声音便醒了，开始细想，
只消片刻的沉思，他便恍然大悟。
他拔出宝剑，朝四周环视了一番，
用警惕的眼光仔细观察着山丘平原。
只见一片荒凉，漫天雪花飞舞，
北风劲吹，沙沙作响，他回头朝湖望去。
他站在那里，心潮澎湃，百感交集。

最后他迈着缓慢的摇晃的脚步，
重又回到了阿尔多娜的尖塔下面。

　　他远远看见了她，她还站在窗前，
"早安，我亲爱的!"——他喊道——"多少年来
我们只是晚上相见，难得白天会面，
可是今天这声'早安'，便是一个吉兆，
它驱散了多少年来的深沉的黑暗，
你知道今天为什么来得这样早?"

　　阿尔多娜
　　"我不想去猜测。再见，我的朋友——
现在天色太亮了，要是他们看见你……
不要再说了——再见，等到夜里——
我不能，也不想从这里出去。"

　　阿尔弗
　　　　　　　　　"已经没有机会了!
你知道我来求你什么呢? 抛下一朵花来，
不对，你没有花! 那就抛下一绺头发
或者从你的衣服上抽下一缕棉纱——
再不就从你尖塔的墙上取下一块石头，
我想今天——并不是人人都能活到明天，
因此，我希望，我亲爱的阿尔多娜，
今天你能给我一点非常珍贵的礼品，
带着你心头的温暖和你珍珠般的泪水，

我要在死前一直把它紧贴在我的心上，
我想让它成为我们的最后的告别纪念。
我的死神就要来了，她来得又快又急。
让我们一道离开这人间，一道死去。
你一定能看见那座离城很近的塔楼，
从此以后我就住在那里，作为信号，
早上我会在凉台上挂上一幅黑手帕，
晚上我会在窗栏上点起一盏明灯。
你要密切关注这两种信号，如果白天
我未挂手帕，晚上看不见那盏灯光，
你就关上窗户，我再也不能来了——
再见！"

　　　　　　　　他转身离开，消失得不见踪影，
阿尔多娜站在窗口，久久朝外面眺望，
整整一个早晨，直到太阳落山夜幕降临，
她都站在窗口，寸步不离，眼望前方，
大风吹动着她的白长袍，簌簌作响，
她向下伸出双手，透过尖塔的窗栏。

＊　　＊　　＊

　　"太阳落山了！"阿尔弗对哈尔班说道，
他从塔楼窗口指着渐渐落下去的太阳。
打从早晨起，他就把自己关在塔楼上，
他坐在窗前，只向着阿尔多娜的尖塔眺望，
"请给我拿来斗篷，宝剑，我忠诚的仆人，

478

我要到尖塔去！别了，也许会分别很久，
也许是永远！你听好，哈尔班，
如果明天天亮以后我还没有回来，
那你就要立即逃离这个地方——
我真想把后事托付给你，我真想——
我是多么的孤独啊，多么的凄凉！
我在这蓝天之下，就连在天上，——
当我面临着死亡，除了她和你——
我都没有一个可以倾诉衷情的人。
别了，哈尔班，当你把手帕取下
她就会知道——如果明天凌晨……
且慢，你听见了吗？是敲门的声音。"

"来人是谁？"门卫三次高声叫喊。
"该死！"好几个粗暴的声音在回答。
很显然，卫兵们已守不住这塔楼，
坚固的大门也禁受不住猛烈的槌打，
只听见随从们在前厅走廊上乱窜乱跑，
军队紧跟着一层层绕着铁梯在往上爬，
楼梯上面直达华伦洛德现在的卧房。
只听见带甲的士兵杂乱的践踏声，
阿尔弗砰的一声把双扇的房门关紧。
他拔出宝刀，拿起了桌上的一杯酒，
他走向窗口，"该来的都来了！"他喊道，
接着把酒喝下。——"老人，该你接着喝了。"

哈尔班顿时脸色煞白，他想把酒杯撞开，
可是他突然停住了，心中起了疑问。
外面声势汹涌，越来越大，越来越近，
他垂下了一只手——是他们，他们来了。

　　"老人，难道你还不明白这些嘈杂声？
你想怎么办？这是给你的药酒！
我的已喝完。老人，这杯是给你的。"
　　哈尔班绝望地站在一旁，一声不响。

　　"不，我的孩子，至少我要活到你死后，
还是让我留下来，我可以替你合上眼睛。
我要活着，要把你的业绩向世人宣扬。
我要让赞美你的歌曲世世代代相传，
我要跑遍立陶宛的大小城镇和村庄
我走不到的地方，我的歌定会飞到那里，
行吟歌手们会给征战的骑士们歌唱。
女人们会低声吟唱，给孩子们催眠，
母亲唱给儿女们。也许从这些歌曲中
将会涌现出为我们的枯骨报仇的英雄！"

　　阿尔弗靠在窗边，满含着泪水倒下，
他那双眼睛久久地凝视着对面的尖塔，
仿佛要让那迷人的景象永驻在他眼里。
他抱住了哈尔班，他们喘息在一起，
两人紧紧抱在一起，这是最后的拥抱，

刀剑已在门外叮当，铁闩已被撬开。
他们喊着阿尔弗的名字，向里面直闯。

"奸贼！今天你的脑袋定要砍落刀下，
忏悔你的罪行吧！快做好死的准备。
你看，那个老人就是骑士团的神父
他会洗涤你的灵魂，你会体面地死去。"

阿尔弗手持宝剑，等待着这次会见，
可他脸色更加苍白，身体越来越弱，
他靠着窗棂，露出无比坚定的眼光，
他扔去斗篷，把大团长的纹章踩在地上。
他带着轻蔑的微笑，用双脚乱踢着纹章。
"这就是我所鄙弃的一生中最大的罪行！"

"我准备一死，你们又能奈我何？
难道你们要听听我执政的功劳？
你们只需去看看那些死去的士兵，
城市的废墟和燃烧的村庄，还有宝藏。
你们听见大风没有？它刮起积雪，
会把你们的那些残兵败将活活冻死。
你们还听到了狗群的吠叫，越来越响，
它们撕咬着，争夺那盛宴的残骨剩肉。

"这都是我的功劳，我多么伟大，骄傲！
我只用一击便砍下了那九头怪的脑袋，

和参孙一样，只用了一次的拼命撞击，
便把整个大厦摧毁，撞击也随之死去！"

　　他话一说完，便朝窗外投去一瞥，
随即倒地死去，还打下了那盏明灯，
灯在地上转了三转，火光也随之转圈，
最后便停留在康拉德的头颅边。
倒出的油便形成了一条小火线，
这火线越烧越远，越烧越暗淡，
突然间，它又发出宽而亮的火光，
那是撞击消亡的信号，是回光返照。
这火光照见了阿尔弗的无神的眼睛，
随即火光熄灭，于是一切又归于黑暗。

　　与此同时，从尖塔那边突然传来一声尖叫，
这叫声让人撕心裂肺，又长又刺耳。
是从谁的心里发出？你们准会猜想得到。
听到的人都知道，从此又结束了一个生命
人们再也听不到那里的第二声尖叫。

　　这正像诗琴的琴弦绷得太紧，锵的一声
就断了弦，这悲欢离合的声音还要延长，
这就像是一支歌曲的美妙的序曲和开端，
但是这支歌的结局却是谁也没有猜中。

　　我的歌就是这样来歌唱阿尔多娜的命运，

但愿歌唱的天使张开双翼把它带往天堂，
但愿知音的听众能在心里把这歌儿唱完。

我们把这部作品称作历史故事，是因为主要人物的性格和其中所发生的全部重要的事迹都是根据历史写成的。那时候的编年史大多是片段的零碎的记述，只好借助想象来加以补充，才能成为完整的历史。关于华伦洛德的故事尽管采用了推测，但我希望能与真实相符。据史册记载，康拉德·华伦洛德并不是出生于德意志的名门望族的华伦洛德家族，尽管他假托是名门之后，却是个私生子，有的编年史说他是神父的私生子。关于这个怪人的性格可说是众说纷纭。多数编年史家说他傲慢、残酷、酗酒、对部下严厉，对信仰并不虔诚，甚至仇恨教士……另一方面，当时的作家们都称赞他智勇双全，高尚坚强。在一般人对他怀恨在心，而他给骑士团造成种种损失的情况下，如果没有特殊的才能，是很难维持他的权力的。

现在，让我们来看看华伦洛德的行为举止，当他执掌骑士团的时候，正是进攻立陶宛的大好时机，因为维托尔德答应亲自带领骑士团进攻维尔诺，还要提供大量财物作为酬劳。但华伦洛德却一再拖延，不出兵作战。更坏的是他伤害了维托尔德，并轻易地相信了他，使得他暗中与雅盖沃和解之后，不仅逃离了普鲁士，而且还以朋友的名义经过骑士团的许多城堡，放火烧毁城堡，杀尽守军。在这样不利的形势下，他本应放弃开战，或者更须谨慎作战。可是这位大团长却发布号令：进攻立陶宛。为了准备这次战争，竟花费国库 500 万马克 [史书记载为 50 万]，这在当时可以说是天文数字。本来他是可以攻下维尔诺的，如果不是大摆筵席，等待军援，贻误战机。秋天到了，华伦洛德抛下了军队，害得军队给养不足，向普鲁士撤军时溃不成军。当时和后来的史家对于这次撤退都摸不着头脑，找不出任何的理由。有些史家把华伦洛德的逃走归之于他的神经错乱。如果我们假定他是个立陶宛人，加入骑士团是为了报仇，那么我们这位主人公的性格和行为举止上的矛盾都可以解释得通了。他做了大团长，对骑士团的权势确实给了严重的打击。让我们设想一下，华伦洛德就是那位瓦尔特·斯塔迪安，只要把瓦尔特离开立陶宛和华伦洛德出现在马利恩堡的时间缩短十多年就行了。华伦洛德于 1394 年 [实际是 1393 年] 死去，据说他死时出现了种种怪事，当时雷电交加、大雨滂沱。河水冲垮了维斯瓦河和诺加特河的堤坝……

哈尔班，史家称他是列安德尔·冯·阿尔巴努斯博士，是个修士。他是华伦洛德形影不离的伴随。他装作很虔诚，但据史家论证，他是个异教徒，信邪说，也许还是个男巫。关于他的死亡，并无确切的说法，有人说他是淹死的，也有人认为他是秘密失踪了，或被魔鬼带走了……以上采用的史实，我们根据的是科热贝的著作《普鲁士的历史、证据和说明》。——原注 [译文有删减。]

附录

密茨凯维奇生平和创作年谱

1798 年　12 月 24 日生于立陶宛诺沃格鲁德克的查阿西村（今属白俄罗斯共和国）。父亲尼古拉（1765 – 1812）曾参加科希秋什科领导的起义，后曾担任诺沃格鲁德克律师，母亲巴尔巴娜是位管家的女儿。他们一共生了五个儿子，亚当是老二。

1799 年　2 月，母亲带儿子从查阿西村回到诺沃格鲁德克，并让儿子受洗，取名亚当。

1802 年　亚当在母亲指导下开始学习认字和阅读，而且进步神速。

1807 年　亚当和他的哥哥同时进入诺沃格鲁德克学校学习，由于学习努力，双双获得年度优秀生。

1809 年　亚当参加童子军活动时，路遇一小队俄国兵，学生们手持木枪便朝他们冲杀过去，结果遭到校方处罚，亚当的哥哥被勒令退学。

1812 年　5 月，父亲尼古拉逝世，家道随之中落。6 月，法国拿破仑军队和波兰军队进入立陶宛。出于对拿破仑的崇拜，亚当便在自己名字后面加上拿破仑，即亚当·拿破仑·密茨凯维奇。

1815 年　密茨凯维奇从诺沃格鲁德克学校毕业后，考入维尔诺大学的师资班。师资班的学生可以免除所有学杂费，但毕业后必须服务六年才能自由择业。

1816 年　开始写作长诗《长诗》。

1817 年　10 月，亚当和一些志同道合的同学成立"爱学社"。

1818 年　4 月，"爱学社"分成文学组和数理组，亚当被选为文学组组长。7 月在《维尔诺周报》上发表了他的第一首诗《城市的冬天》。

1819 年　1 月，在《华沙记事》上发表第一篇评论文章《关于〈雅盖隆之歌〉的意见》。2 月，在《维尔诺周报》发表短篇小说《齐维娜》。5 月，通过硕士考试。大学毕业后，被分配到科甫诺学校工作。开始写作歌谣，并对歌德、席勒、拜伦的诗歌发生兴趣。

1820 年　4 月，"爱光社"成立。暑假期间，密茨凯维奇到杜汉诺维奇度假，爱上马丽娜·维勒斯查卡小姐。10 月，诗人的母亲去世。维尔诺大学的"爱德社"成立。12 月写出著名诗歌《青春颂》。

1821 年　5 月，请假休息一年被批准。

1822 年　5 月，第一部《诗歌集》出版。7 月，开始写作长诗《格拉齐娜》。

1823 年　3 月，第一部《诗歌集》再版。4 月，第二部《诗歌集》出版，内收长诗《格拉齐娜》和诗剧《先人祭》第二、四部。5 月，维尔诺出现纪念"五三宪法"的革命标语，引起沙俄当局的恐慌。6 月，康斯坦丁亲王派出诺沃西尔佐夫前往维尔诺镇压；8 月，开始大规模地抓捕维尔诺的爱国学生。10 月23 日密茨凯维奇因"爱德社"而被捕入狱。

1824 年　4 月，由列列维尔保释出狱。9 月，沙俄当局作出
　　　　判决，密茨凯维奇被判流放俄国内地，永远不能回
　　　　立陶宛。10 月 25 日，密茨凯维奇离开维尔诺，于
　　　　11 月 8 日到达彼得堡。在彼得堡停留期间，他结
　　　　识了俄国十二月党人雷列耶夫和别斯杜舍夫，很快
　　　　得到他们的信任。

1825 年　1 月，密茨凯维奇被送往敖德萨。8 月游克里米亚，
　　　　后写出著名的《克里米亚十四行诗》。12 月，密茨
　　　　凯维奇回到莫斯科，被安置在总督府当文书。

1826 年　密茨凯维奇结识了俄国的维亚泽姆斯基、索博列夫
　　　　斯基和普希金等诗人。12 月，《十四行诗集》出版。

1827 年　密茨凯维奇和女诗人卡罗琳娜·雅埃尼茨相爱。12
　　　　月，密茨凯维奇前往彼得堡，申请创办文学刊物《鸢
　　　　尾花》和长诗《康拉德·华伦洛德》的出版审批
　　　　工作。

1828 年　1 月，《鸢尾花》的申请被否决，密茨凯维奇回到莫斯
　　　　科。2 月，《康拉德·华伦洛德》出版。4 月，密茨凯
　　　　维奇再次来到彼得堡，向政府提出出国治病的申请。

1829 年　2 月，密茨凯维奇的二卷本《诗集》出版。3 月获
　　　　准出国治疗。5 月 14 日晚，密茨凯维奇乘英国轮
　　　　船"乔治四世号"离开彼得堡。6 月 2 日到达德国
　　　　的汉堡，随后他经柏林、德累斯顿、布拉格到了魏
　　　　玛，参加歌德八十华诞庆祝活动。后经瑞士的苏黎
　　　　世、意大利的威尼斯、佛罗伦萨到达罗马。

1830 年　在罗马，密茨凯维奇结识波兰大贵族安克维奇一
　　　　家，并与其女儿艾娃相爱，但因遭到她父母的反对

而作罢。在罗马，他和美国作家库柏交往较深。11月29日，华沙爆发起义，听到消息后，密茨凯维奇准备回国参加起义。

1831年　密茨凯维奇克服种种阻力于4月22日离开罗马，经米兰、日内瓦、巴黎到达波兹南，因普鲁士政府封锁边界，密茨凯维奇未能进入起义地区。起义失败后，密茨凯维奇和流亡战士一道离开波兹南来到德累斯顿，写出《先人祭》第三部。7月移居巴黎。10月，《先人祭》第三部在巴黎出版。12月，出版《波兰民族和波兰巡礼者之书》。开始写作《塔杜施先生》。

1833年　担任《波兰巡礼者》的主编，积极参加波侨的爱国活动。由密茨凯维奇翻译的拜伦《异教徒》出版。

1834年　6月，《塔杜施先生》出版。7月，和塞丽娜·希曼诺夫斯卡（1812－1855）结婚。一年之后，他们的大女儿玛丽亚出生。

1835－1837年　用法文写出戏剧《巴尔同盟》和《雅库布·雅辛斯基》，未被法国剧院接受。和法国作家乔治·桑、雨果、维尼等作家结交。

1839－1840年　在瑞士洛桑大学担任拉丁文学教授。

1840－1844年　应法国政府邀请，担任法兰西大学新开设的斯拉夫文学讲座教授。

1841年　7月，波兰神秘主义者托维安斯基对密茨凯维奇进行宗教宣传和说服工作。随后密茨凯维奇便参加了宗教组织"小组",并成为其小组的负责人之一。

1844 年　由于密茨凯维奇在讲座中宣传了宗教神秘主义内容,法国政府于 10 月撤消了斯拉夫文学讲座。

1846 年　2 月,波兰克拉科夫爆发了起义,密茨凯维奇受到震动,开始摆脱神秘主义影响。

1848 年　欧洲掀起革命高潮,密茨凯维奇积极投身革命活动中。1 月,他来到意大利,组织波兰志愿兵团,为反对波兰和意大利的共同敌人——奥国而斗争。4 月,他率领队伍离开罗马,来到米兰,波兰志愿兵团得到扩大。6 月,密茨凯维奇回到巴黎,为招募兵员和筹集军费而奔波。

1849 年　4 月,在巴黎主编《人民论坛报》。6 月,报纸被查封。7 月,在意大利的波兰兵团被迫遭到解散。9 月 1 日,《人民论坛报》复刊,10 月,密茨凯维奇被法国政府勒令退出编辑部。11 月,报纸又遭查封。

1852 年　10 月,担任巴黎阿尔森图书馆馆员。

1855 年　3 月 5 日,妻子塞丽娜逝世。6 月,克里米亚战争爆发。9 月,密茨凯维奇来到土耳其,为建立一支统一的波兰军队而努力。11 月 26 日不幸染上瘟疫而在伊斯坦布尔逝世。

1856 年　1 月 9 日,诗人遗体运回巴黎。1 月 21 日举行盛大葬礼,遗体安葬在蒙特莫伦茨墓地。

1890 年　密茨凯维奇的遗体运回波兰,安葬在克拉科夫瓦维尔皇宫的地下墓室中,和波兰的伟人们葬在一起。

译后记

　　亚当·密茨凯维奇（1798－1855）是世界文化名人，波兰浪漫主义文学的伟大开拓者，也是民族解放斗争的坚定斗士。在他身上，诗歌和革命、创作和斗争得到了水乳交融的统一。正如波兰和德国无产阶级革命家卢森堡所说："亚当·密茨凯维奇不仅是波兰最伟大的诗人，他也是世界最伟大的诗人之一。波兰的民族和思想的历史是同他的名字不可分割地联系在一起的。在波兰，密茨凯维奇的名字意味着整整一个时代。"

　　我第一次看到密茨凯维奇这个名字，是在武汉大学中文系学习的时候。大学第一年学的是中国现代文学史，那时候我阅读了鲁迅的一些作品，其中有《摩罗诗力说》。这篇文章中，鲁迅高度赞颂了密茨凯维奇的诗歌："诸凡诗中之声，清沏弘厉，万感悉至，直至波阑一角之天，悉满歌声，虽至今日，而影响于波阑人之心者，力犹无限。令人忆诗中所云，听者当华伊斯奇吹角久已，而尚疑其方吹未已也。密克威支（即密茨凯维奇——笔者注）者，盖即生于彼歌声反响之中，至于无尽者夫。"鲁迅在《奔流》编校后记中还指出："Adam Mickiewicz 是波兰在异族压迫之下的时代的诗人，所鼓吹的是复仇，所希求的是解放。"但是，当时我只留下波兰也有位和拜伦、雪莱、普希金齐名的诗人的印象而已，没有更多地去了解他的情况，也没意料到我的一生会与他结下不解之缘。

　　1954 年，我被国家选派为留学波兰的学生，经过一年的语言培训之后，进入了华沙大学波兰语言文学系学习。到达波兰，就会感觉到密茨凯维奇的无处不在，特别是坐落在克拉科夫城郊大街中段的那座高大雄伟的雕像，和华沙大学在同一条街上，我们几乎每天上学都要从它的下面或旁边经过。

　　由于我是客家人，地方口音很重，不适合做口译的工作，因此从一开始我便抱定主意将来只做笔译或者其他的笔头工作，那密茨凯维奇自然地成了我最关注的对象。1955 年联合国教科文组织将密茨凯维奇定为世界文化名人，各国都举行了纪念他的各种活动，中国也不例外，秋天，文艺界在北京举行了盛大的纪念大会，出席的包括郭沫若、茅盾和戈宝权、孙绳武等一大批著名作家和翻译家。各大报刊都发表了消息，《文艺报》《译文》还相继发表了评介文字和由孙玮（孙绳武）根据俄文翻译过来的密茨凯维奇诗作。我十分关心这些活动，从中国驻波大使馆的图书室借来了有关报刊，仔细地阅读上面的文章，还把孙译的诗篇抄在了笔记本上。

　　到第二年（1956－1957 学年），我学的是波兰浪漫主义时期的文学，这是波兰诗歌创作最辉煌的时期，当时有句谚语：“国家亡，诗歌兴。”波兰虽经俄普奥三次瓜分而灭亡，但波兰人民从不屈服，掀起一次次反抗压迫的武装斗争，应运而生的波兰浪漫派文学，把民族解放和个性解放相结合，表达了民族的心声，唱出了争自由、求解放的最强音。而且，波兰浪漫派的诗人们大多也是民族解放的战士，仅十一月起义中，投笔从戎的就有四十多位，在欧洲的浪漫派中是绝无仅有的。好几位诗人和文艺家还是起义的组织者和发动者，因此，在波兰的民族生活中，浪漫派的诗人们享有崇高的地位，而密茨凯维奇更是波兰浪漫派文学的开创者和主将，民族解放运动的精神领袖，被波兰人民尊称为"诗圣""先知"。这一年当中，我读了密茨凯维奇的全部诗歌和政论文章，对他的诗和人格崇拜得五体投地，也从这个时期开始收集他的作品和有关著作。有一次在新世界大街的一家旧书店里，我看见书架上陈列着一套十六卷本的《密茨凯维奇全集》，这套全集虽然是1955年才出齐的，但很快就售完了，市面上根本见不着，只有到旧书店去碰运气，这次竟给碰着了，我心里的那种高兴劲儿就不言自明了。当时身上没带什么钱，我便请求老板先将书撤下来，免得被别人买去。我经常逛旧书店，在他那里买过好几次书，所以老板答应了我的要求。我立即赶回宿舍，取来省吃节用的助学金，再次到书店时都快关门了。老板人不错，他把书分成了两包，还用绳子绑得结结实实，好让我能双手提回去。

1956年我从国内报刊上看到出版《塔杜施先生》和《密茨凯维奇诗选》的广告，便立即托国内的朋友去买这两本书，不久朋友就把《塔杜施先生》寄来了，《诗选》却一直未买到。到1957年初，朋友告诉我，《诗选》找了很久都没有，似乎还没出版。心急的我，便给孙用先生写了一封信，由于不认识孙先生，更不知道他的通信地址，我只好碰碰运气，把信寄给了人民文学出版社。在信中，我介绍自己是个中国留学生，在华沙大学学习波兰语言文学，对密茨凯维奇十分崇敬，渴望读到您的译作，但据我朋友来信说，他找了几近一年都没有买到您译的《诗选》，不知是何缘故，因此我只好求助于您孙先生了。过了两个月，竟收到了孙先生的回信，令我喜出望外。他在信中告知，由于当时出现的一些原因，《诗选》尚未出版。他非常谦和地表示，愿和我这个小辈交往，嗣后我们便建立了经常的联系。当年暑假，我有幸被准许回国休假，到北京后受邀前去拜访孙先生。那时他住在建国门内顶银胡同的一个平房院里，房子并不大，但富于书香气。孙先生身材修长，一副文雅书生气质，非常热情地接待了我，和我谈起国内纪念密茨凯维奇逝世一百周年的盛况，和密氏作品的出版。他谈到了自己翻译密茨凯维奇的经过，这次《诗选》比起1951年的旧版，篇幅扩大了近两倍，除短诗外还增加了两首长诗，其中《康拉德·华伦洛德》是由景行先生翻译的。孙先生说，《诗选》都排印好了，因纪念日期已过，出版社也就不急于出版，何时出版还无法确定。他的态度非常和蔼和谦逊，没有一点大翻译家的架子。我向他报告了在波兰的学习情况，我对密茨凯维奇的挚爱和崇敬，也表达了我对孙先生的敬意，盼望能得到他的指教，非常想看到《诗选》的早日出版。告辞时，孙先生嘱咐我回华沙前再去他家一次。后来我按照约定，又拜访了他，这次主要谈密茨凯维奇的诗歌创作和翻译。他说自己都是从英文转译的，和波兰原文比起来不知道会有多大的差距，要我回到华沙后，把他译过的《给波兰母亲》和《在澄澈而渺茫的湖水上》根据波兰文一字一句地直译出来，不要任何的修饰和改动，这样他才能看出之间的差别来。除此，他也要我抽出时间再翻译一些密氏的短诗，尽快将译稿寄给他，乘《诗选》还没有出版，可以把我译的诗插进去。

我听了后既高兴又惶恐不安，高兴的是能得到孙老的提携、指导和帮助，不安的是自己才疏学浅，生怕有负孙老对我的期望，孙老看出我的犹豫，便再三鼓励我不要怕难，更不要怕羞，一个人不是天生就能做好一切的，都有迈出第一步的关口，只要坚持不懈地努力做下去，就一定会有所进步。

回到华沙后，我利用暑假最后几天，认真把孙老指定的两首诗译出来，出于对他的尊敬，我把译稿抄写得很工整。之后，我一边上课，一边挤出时间来翻译，经过两个多月的努力，终于译出了《希维德什》《青年和姑娘》《歌》和《犹疑》这四首诗，随同《给波兰母亲》和《在澄澈而渺茫的湖水上》一并寄给了孙先生，并写了一封短信，感谢他的关心和帮助，也请求对我的译诗进行批评指教，如果不能用就不要勉强。不久就收到了回信，孙先生谦逊地向我表示感谢，说这四首诗准备插入已排好的《诗选》中。孙老先生做事特别认真负责，翌年《诗选》出版，一一按比例给了我稿费，和样书。我接到样书后，急不可耐地找自己译的四首诗先看。虽然改动处不多，但往往经孙老改动一两字便增色不少，例如《青年和姑娘》中，每一段第一节的第三句，原诗和我的译诗都是"又来了一个青年"，但孙老在前面加了"看，"，就使译文更加生动活泼，也使全诗更富于立体感。可是，我译诗的消息传到使馆管留学生的领导那里，他便把我找了去，对我的"名利思想"进行了一番严厉的批评，要我以后做什么工作必须先请示报告。

我在 1960 年回国，分配到中国科学院文学研究所。由于国际形势发生变化，东欧也成了小修国家，从东欧各国回来的人员往往无事可做，劳动下放的任务便常落到我们身上。我先是到涿县整社，后又到通县马驹桥公社四清。1964年外国文学研究所成立，随即几乎全所人员都下到安徽寿县四清，四清回来后又被派到延庆康庄"去滚一身泥巴"。

回国之后，我立即和孙老取得了联系。那时他已搬到无量大人胡同（现红星胡同），离我工作和住宿的学部大院不远，使我能有机会常常去求教。在结婚成家之前，我几乎每个月总有一个星期天下午去拜访他。从交谈得知，他1901年出身于浙江一个贫寒家庭，中学毕业后到邮局当了检信生，后来他努力自学了世界语，英语也有很大的提高。他翻译的《勇敢的约翰》得到鲁迅先生的称赞，并出钱替他出版，从此他便一边工作，一边翻译外国文学作品，1952年调入人民文学出版社，负责《鲁迅全集》的校注。他的谦虚，他的勤劳，他的儒雅真令我感动和钦佩。在这期间，孙先生还向我提出，很想把《塔杜施先生》重译成韵文，让我先根据波兰原文译出初稿，再由他和我一起修改和润色。可是我一直在农村劳动和四清，根本无法静下来从事业务，五年多的时间，在所里连续工作还不到一年半，当时因为批判人性论的需要，所里让我翻译了几万字的波兰哲学著作，同时翻译了一批波兰作家论文学的文章（其中有密茨凯维奇的《论浪漫主义诗歌》），发表在《古典文艺理论译丛》第四辑上。和孙老约定的《塔杜施先生》的翻译，我利用回京的间隙时间，前前后后译出一半的初稿，便撂了下来。到了"文化大革命"的十年，更是连看看外文书都要受到批判和禁止，但心里还是憋得慌，总想做点什么，免得以后业务生疏。考虑到当时《先人祭》还没有人翻译，我决定先把它译出来，但只能偷偷地做，决不能让任何外人知道。于是我把草纸裁成两寸宽和五寸长的纸条装订成册，每本都不厚，便于藏匿，不会被人发现。就这样偷偷摸摸地，我竟把《先人祭》的第二、第四和第三部译出了草稿。后来人民文学出版社出版了易丽君学姐译的《先人祭》第三部，虽是内部发行，但总算出版了，我为之高兴，也就将我的译稿束之高阁了。直到1999年浙江文艺出版社要出一套《世界经典戏剧全集》，主编童道明让我负责其中的东欧卷，我选了六个剧本，把《先人祭》摆在首位。我先用了易丽君学姐译的第三部，后来得知她还译了第四部，又请她把译稿给我，因为她还没有译第二部，于是我把自己译的第二部的草稿找了出来，加以修改整理，终于使《先人祭》有了一个比较完整的版本。

上世纪80年代初，我曾应邀撰写一本密茨凯维奇的评传，虽然当时工作的头绪很多，翻译方面又把主要精力放在显克维奇的小说上，但我还是努力阅读了密茨凯维奇的全集和有关的评论著作。由于引文需要，在准备和撰写评传的过程中，我便把密氏的许多诗译了出来。那时我并没有出单行本的考虑，一是因为人民文学出版社刚在1980年再版了孙用先生主译的《诗选》；二是出于对这位良师和长辈的尊敬，我也怀疑自己很难超越他的译本；三是那时还没有重译的风气。直至90年代初，我才开始有要出一本更完整的密茨凯维奇诗选的念头，尽量把他的短诗收集进去，并拟订了一份要选入的诗的目录。1994年访问波兰时，我拿这份目录征求一位波兰教授的意见，他认为，供外国一般读者看的诗选，只需选一些代表作就够了。但我认为还是应该给中国读者一个更完整的版本，以能更好地了解这位伟大的诗人，于是参考了俄译本和英译本后，我采取了折中的办法，于是有了现在这本书的面目。其中，所选的短诗篇目几乎要比孙老先生的那部多二倍。由于我事先没有和出版社订立合同，这样就不用急着去赶任务了，所以一直拖到现在才完成本书的翻译。

在这个译本中，有早期著名的《歌谣和传奇》，正是这些诗篇的出现，才使波兰文学进入了一个浪漫主义新时期。我也选了一批反抗侵略、反对封建专制、充满民主思想和爱国激情的诗篇，它们体现了鲁迅说的"所鼓吹的是复仇，所希求的是解放"。密茨凯维奇的十四行诗名闻遐迩，由《爱情十四行诗》和《克里米亚十四行诗》组成，这些玲珑剔透的短诗，特别是后者成了这种体裁的不朽之作。我还选了多首爱情诗，代表着诗人的不同风格。密茨凯维奇后期主要从事民族解放运动和政论写作，诗歌创作较少，大多短小精悍，这里也选了几首，读来另有一番滋味。

两首长诗的翻译上我所花费的功夫特别多。《格拉齐娜》是诗体故事诗，这是由英国的拜伦和司各特所创造的一种诗歌形式，它和古典叙事诗的区别在于作品的故事情节只选择几个重要场面而不强调连贯性，以及强调人物的心理描写，把多种艺术手法融为一体。为了掌握这种形式，我阅读了拜伦的所有中译长诗，对《格拉齐娜》的历史背景也进行了一番研究，尽量使我的译文能更加忠实可信，传神达意。《康拉德·华伦洛德》则特别优美也特别难译，它是历史性的，但包含着深刻的现实意义——号召波兰人民为祖国的自由独立而战。这部长诗不仅情节曲折，人物命运坎坷，还采用了许多倒叙和插叙的手法，设下了许多悬念，交替使用叙事诗和抒情诗的形式，把赞歌、民歌、歌谣、对话、对唱相互穿插，融多种体裁于一体。其中有的句子格律严谨，有的句子很长，韵律自由，很难驾驭，我经过反复的修改，终于让自己较为满意地译了出来。

诗歌翻译是很难的工作，要做到神形兼备并不是容易的事情，尽管五十多年来，我一直在孜孜不倦地学习、探索和追求，但由于才疏学浅，不免有所纰漏，敬希读者和各界书友批评指正。

林洪亮
2016 年 7 月 4 日于北京农光里